Silke Neumayer
Die Männerversteherin

Roman

Piper München Zürich

Mehr über unsere Autoren und Bücher:
www.piper.de

Originalausgabe
Juli 2009 (TB 6278)
Juni 2011
© für diese Ausgabe:
2011 Piper Verlag GmbH, München
Umschlagkonzept: semper smile, München
Umschlaggestaltung: Eisele Grafik-Design, München
Umschlagmotiv: Peter Nicholson / Photographer's Choice / Getty Images,
Kei Uesugi / Stone / Getty Images (Frosch), Ryan McVay / Photodisc / Getty
Images (Krone)
Satz: Filmsatz Schröter, München
Papier: Munken Print von Arctic Paper Munkedals AB, Schweden
Druck und Bindung: CPI – Clausen & Bosse, Leck
Printed in Germany   ISBN 978-3-492-27182-0

Inhalt

rosa
— hellblau 7

PMS
— PS 33

Fußmassage
— Fußball 59

Modenschau
— Sportschau 75

Shoppen
— Poppen 101

High Heels
— High Five 209

Waagen
— Wagen 215

Spa
— Bar 231

rosa
  – hellblau

Was will der Mann???
Sex???
Autos???
Fußball???
Oder vielleicht alles auf einmal, das heißt Sex im Autokino, während eine Übertragung des Spiels HSV gegen Bayern München läuft???
Kann schon sein. Ich hab keine Ahnung. Ich weiß es nicht, und dabei bin ich schon dreißig Jahre, vier Monate und dreiundzwanzig Tage auf der Welt.
Aber eben als Frau.
Und obwohl ich durchaus Erfahrungen mit Männern in unterschiedlichster Form gehabt habe – Papa, Opa, jede Menge Cousins, verschiedene Lehrer, ein supermegagutaussehender Zahnarzt, ein fieser Nachbarsjunge, der immer versucht hat, mir Käfer unters T-Shirt zu schieben, meine erste große Liebe, verschiedene Beziehungen und, ja, auch ein verheirateter Liebhaber und sogar ein Verlobter –, muss ich gestehen: Männer sind mir im Großen und Ganzen ein Rätsel. Und je älter ich werde, desto schlimmer wird es, ehrlich gesagt.
Nehmen wir zum Beispiel meinen Verlobten. Oder vielmehr meinen Ex-Verlobten. Als ich Marius kennenlernte, war ich hin und weg. Ein gutaussehender großer BWLer, mit strahlend blauen Augen, der gerade in einer großen Bank angefangen hatte.
Wir haben uns erstaunlicherweise beim Minigolfen kennengelernt, verliebt, und innerhalb von vier Monaten waren wir verlobt. Aber leider innerhalb von zehn Monaten auch wieder getrennt. Dabei war Marius, als ich ihn kennengelernt habe, wirklich bereit, das ganze Programm

durchzuziehen: Verlieben, Verloben, Heiraten, Kinder kriegen, Haus bauen ... usw. usf. bis dass der Tod euch scheidet. Ich war so glücklich in der ersten Zeit, dass ich fünf Kilo abgenommen habe. Das ist bei mir immer so: Wenn ich glücklich bin, nehme ich ab, wenn ich unglücklich bin, nehme ich zu. Völlig unabhängig davon, was ich esse. Ich schwöre es. Da ist es ganz schön blöd, dass ich in letzter Zeit meistens unglücklich bin.

Ich kann am Stand der Waage quasi meinen Seelenzustand ablesen – über siebzig Kilo brauch ich dann dringend Antidepressiva (wobei: von denen soll man doch dann auch zunehmen, also lasse ich das besser).

Also, das mit Marius – ich habe gedacht, das ist es. Meine große Liebe. Endlich gefunden, und das noch unter dreißig. Das gibt's ja heutzutage kaum noch. Ich habe Marius angehimmelt. Ich habe ihn bekocht, ihm die Füße massiert, im Bett und auch sonst wo unglaubliche Verrenkungen gemacht, ich bin mit ihm tagelang zu seiner grauenvollen Familie nach Schleswig-Holstein gefahren, habe seine Pingeligkeit ertragen, und ich habe versucht, ihm jeden Wunsch von den Augen abzulesen. Ich glaube, ich habe während meiner Zeit mit Marius jeden Beziehungsratgeber und jedes Kochbuch gelesen, das ich auftreiben konnte.

Frauen sind vom Jupiter. Männer sind vom Saturn oder so was Ähnliches, oder Frauen können nicht einparken, dafür können Männer nicht im Sitzen pinkeln, ach, ich habe alles durchgelesen. Ich wollte Marius verstehen, und ich wollte vor allem eines: ihn glücklich machen.

Und dann hat er mich verlassen für eine russische Austauschstudentin, mit einem Hintern wie ein Brauereipferd, einem kleinen Damenbart, einer lauten Stimme und einer so herrischen Art, dass ich fassungslos war, als ich die beiden mal zusammen erlebt habe. Sie hat Marius herumkommandiert wie ein russischer General Intellektuelle in

einem Gulag. Und Marius hat alles getan, was sie wollte – freudestrahlend und mit »ja Schatzi, nein Schatzi, alles was du willst, Schatzi«. Er war wirklich glücklich. Dabei hatte er zu mir immer gesagt, er könne laute und allzu männliche Frauen auf den Tod nicht leiden. Und kochen konnte die garantiert auch nicht.
Tja.
Verstehe einer die Männer.
Ich tu's jedenfalls nicht.
Das ist vielleicht nicht gerade günstig, wenn man wie ich gerade ein Praktikum bei der Fernsehredaktion eines Privatsenders macht, die jede Woche ein einstündiges Männermagazin »MM – Men's Magazine« produziert. Da geht es natürlich die ganze Zeit nur um Sex, Autos und Sport. Mir persönlich ist es ein Rätsel, wie einen das Woche für Woche interessieren kann, aber unseren wohl ausschließlich männlichen Zuschauern scheint es zu gefallen.

Es ist Montagmorgen, und montagsmorgens ist immer Redaktionskonferenz. Und alle müssen sich jetzt wie jede Woche was Neues zu Sex, Autos und Sport einfallen lassen. Wir sind acht Männer, eine Frau und ich.

Ja – genau: eine Frau und ich. Ich werde hier nämlich nicht als Frau wahrgenommen. Ich würde sogar so weit gehen, zu behaupten, dass ich hier meistens überhaupt nicht wahrgenommen werde. Außer, jemand braucht dringend einen Kaffee, oder es müssen ein paar Hemden aus der Reinigung geholt werden. Das ist es, wofür ich anscheinend hier ein sechsmonatiges Praktikum mache. Natürlich vollkommen unbezahlt.

Ich weiß, ich weiß, es ist unglaublich traurig, gerade dreißig geworden zu sein und immer noch auf einer Praktikantenstelle festzukleben. Aber was soll ich machen? Ich habe ein fast abgeschlossenes Germanistikstudium, Auslandserfahrung und spreche Englisch. Zugegebenermaßen war ich beim Beinahe-Abschluss des Studiums schon etwas älter, da ich vorher ewig als Au-pair in England war. Ich hing dort über vier Jahre fest wegen des besagten verheirateten Liebhabers und, nein, er war nicht der Vater meiner Au-pair-Familie. Seit drei Jahren hangele ich mich jetzt von Praktikum zu Praktikum. Niemand gibt mir eine ganz normale Festanstellung als Journalistin. Und das ist und bleibt nun mal mein Traumberuf. Aber trotzdem hätte ich gerne dabei ein regelmäßiges Gehalt und Sozialabgaben. Aber wie gesagt – irgendwie gibt es für mich keinen normalen Job. Außer in der Kantine an der Kasse – ist mir bei meiner letzten Bewerbung für eine Redakteursstelle bei einer Kundenzeitschrift passiert. Die meinten in einem sehr netten Brief, die Stelle wäre gerade an einen Kollegen gegangen, sie hätten im Moment auch keine Praktikantenstelle frei, aber wenn ich wollte, könnte ich in der Kantine abkassieren. Dort würde man schon seit Wochen händeringend nach einer engagierten Mitarbeiterin suchen.

Ich hab's abgelehnt.

Vielleicht war das arrogant. In ganz besonders schlimmen schlaflosen Nächten stelle ich mir vor, wie ich als Fünfzigjährige bei einer Frauenzeitschrift ein Zehn-Jahres-Praktikum absolviere – natürlich wie immer unbezahlt. Ich hab's auch schon mal fünf Monate lang als so eine Art Ich-AG versucht, mich durchzuschlagen. Man könnte dazu auch sagen, ich war freie Journalistin. Aber nachdem ich in all dieser Zeit nur eine halbe Seite bei einer Fernsehzeitung untergebracht hatte, habe ich reumütig das nächste unbezahlte Drei-Monats-Praktikum angefangen.

Die einzige Frau, die hier in der Redaktion wirklich wahrgenommen wird, heißt Verena. Verena ist die Moderatorin. Dabei könnte sie locker auch als Playmate des Jahres durchgehen. Ich vermute mal, ihr Busen ist nicht mehr ganz echt, dafür ist er ganz schön groß. Verena schläft mit unserem verheirateten stellvertretenden Chefredakteur. Das ist allgemein bekannt – auch seiner Ehefrau. Meines Wissens hat Verena sich noch nie irgendeiner redaktionellen Idee wirklich schuldig gemacht, und ohne Teleprompter könnte sie nie im Leben moderieren. Ihre Texte müssen immer bis ins Letzte durchgeschrieben sein. Aber ich glaube, das stört niemanden, und niemand erwartet von Verena mehr, als hübsch zu sein und nett in die Kamera zu lächeln.

Ich glaube, wenn ich so aussehen würde wie Verena, würden mich meine Kollegen wahrscheinlich auch wahrnehmen. Aber wenn ich ehrlich bin, selbst für fünfzigtausend Euro – kein Chirurg der Welt könnte aus mir so was machen. Ich bin einfach mehr der androgyne Typ. Und irgendwie hoffe ich immer noch, dass es irgendwo auf dieser Welt einen Mann gibt, dem der IQ einer Frau wichtiger ist als die Körbchengröße. Aber wenn ich noch länger hier arbeite, werde ich auch diesen letzten Rest von erwartungsvoller Naivität verlieren, fürchte ich.

Schober – eigentlich Frank Schober – ist Verenas Lover und der stellvertretende Chefredakteur von MM. Er fährt einen alten Porsche, dessen kaputten Auspuff er extra nicht reparieren lässt, damit auch nur ja alle mitbekommen, dass er einen Porsche fährt. Außerdem trägt er eine Ray-Ban-Brille, Lederjacke, zu viel Gel im Haar und benutzt zu viel schlechtes Rasierwasser. Das hat wenigstens den Vorteil, dass man ihn immer schon riechen kann, bevor man ihn sieht. Denn Schober ist ein ziemlich fieser Chef und ein totaler Choleriker – alle hier zittern vor ihm. Alle, außer Verena natürlich. Die zittert wohl nur unter ihm. Schober denkt, er ist Mister Mega-Ober-Super-Cool, und er kann alles flachlegen, was nicht bei drei auf den Bäumen ist. Was er, wie ich so hier munkeln höre, auch schon bei allen Assistentinnen, Sekretärinnen und

Praktikantinnen ausprobiert hat. Aber das weiß ich wirklich nur vom Hörensagen. Mich jedenfalls hat Schober noch nie angemacht. Er sieht mich eben gar nicht. Leider geht mir das bei vielen Männern so.

Außer Schober gibt's noch ein paar andere Redakteure, von denen eigentlich nur einer der Erwähnung wert ist: Peter Walter, der sehr nette Chef vom Dienst. Peter hat drei kleine Kinder zu Hause, und seine Anzüge haben immer irgendwo einen Brei- oder Spuckfleck. Peter ist der Einzige hier, der mit mir richtig redet, und er geht sogar manchmal mit mir zu einem kollegialen Mittagessen. Und für ihn habe ich noch nie irgendwas in die Reinigung bringen müssen – dabei hätten es seine Anzüge ja wohl am nötigsten hier. Außer mir gibt es noch einen zweiten Praktikanten – Herbert. Herbert ist erheblich jünger als ich, hat die Journalistenschule frisch abgebrochen, und im Gegensatz zu mir hat er schon den einen oder anderen kleinen Beitrag unterbringen können.

Einen richtigen Chefredakteur haben wir gerade nicht, seit der letzte uns verlassen hat, um sein Glück in einem tibetischen Kloster zu finden. Ich hoffe, ihm geht es dort gut, er war wirklich okay. Schober hatte sich wohl große Hoffnung auf den frei werdenden Posten gemacht, aber bis jetzt ist daraus anscheinend nichts geworden. Der Vorstand des Senders hat ihn noch nicht berufen. Man kann sich vorstellen, dass das nicht gerade Schobers Laune hebt. Und solange kein neuer Oberchef da ist, benimmt Schober sich einfach wie der absolute Superchef. Schließlich ist er hier jetzt der Ranghöchste.

Gerade jetzt blickt er wieder ziemlich fies in die Runde. Montagmorgens brauchen wir mindestens fünf tragbare Vorschläge für die Sendung. Wenn man gemütlich auf seinem Sofa zu Hause sitzt und Fernsehen schaut, ist einem nicht ganz klar, wie viel Arbeit selbst hinter einer simplen Talk-Sendung stecken kann. Selbst wenn darin nur ein paar polyestertragende hysterische Teenager sich gegenseitig mit Ausdrücken beschimpfen, für die man früher eher ins Gefängnis als ins Fernsehen gekommen wäre.

»Wir könnten was über den neuen Wimbledon-Sieger bringen«, meint Bernd, einer der Redakteure. Kein Wunder, dass dieser Vorschlag von ihm kommt. Bernd ist ein absoluter Sportfanatiker. Vor dem Büro geht er eine Stunde joggen, nach dem Büro spielt er Tennis, Beachvolleyball oder sonst irgendwas. Und in der Mittagspause geht er ins nächste Fitnessstudio. Zugegeben, er hat einen Superkörper. Leider können sein Gehirn und sein Charakter da überhaupt nicht mithalten.

»Hatten wir vor drei Monaten«, knurrt Schober.

»Ein Special über die Fußball-WM?«, wirft Eric ein, ein weiterer Redakteur.

»Sind wir hier beim Sportkanal?«, raunzt Schober rüber zu dem Redakteur, der gewagt hat, den neuen sportlichen Vorschlag zu unterbreiten. Der Redakteur rutscht unmerklich zehn Zentimeter tiefer in seinen Sessel.

Stille breitet sich aus.

Einige Redakteure – alle eigentlich ziemlich gestandene Mannsbilder – versuchen, sich unsichtbar zu machen.

»Na, was ist los? Sie werden hier fürs Denken bezahlt, nicht fürs Rumsitzen«, raunzt Schober los, worauf einige Redakteure noch tiefer in ihren Sessel rutschen.

Mein Gott. Das kann doch nicht so schwer sein. Ich habe jede Menge Ideen, was die Sendung betrifft. Mir fällt eigentlich dauernd was ein. Nur leider, leider fragt mich niemand. Ich bin ja schließlich nur die Praktikantin hier.

»Wie wär's mit einem Interview mit dieser neuen Schauspielerin ... keine Ahnung, wie die heißt ... wisst ihr, wen ich meine? Die mit den langen blonden Haaren?« Der Redakteur – Michael – macht eine Handbewegung, die mit Haaren nichts zu tun hat. Zumindest solange der armen Schauspielerin keine Haare auf der Brust wachsen. Alle anderen grinsen. Echt ein klasse Witz. Ich lach mich tot.

»Nicht schlecht ... aber weiter, Jungs, weiter, wir brauchen Ideeeeeen.« Schober blickt erwartungsvoll in die Runde.

Betretenes Schweigen. Es ist aber auch verdammt schwierig, sich jede Woche was Neues einfallen zu lassen, wenn die Zielgruppe so beschränkt ist. Ach, würde Schober doch nur mich mal fragen. Seit Wochen schon spukt eine Idee hartnäckig durch meinen Kopf und lässt sich einfach nicht mehr abschütteln. Sie ist so penetrant, ich glaube, sie muss einfach mal raus. Vielleicht sollte ich sie einfach mal aufschreiben, vielleicht gibt sie dann Ruhe, und noch bevor ich wirklich nachdenken kann, öffnet mein Mund sich von ganz alleine, und ich höre mich zu meiner eigenen Verblüffung plötzlich laut vor versammelter Redaktionsmannschaft und vor Schober sprechen:

»Wie wär's, wenn wir etwas machen über die Gemeinsamkeiten von Männern und Frauen? Ich meine, das Zusammenleben zwischen Männern und Frauen wird ja immer schwieriger, das weiß ja mittlerweile jeder, und jede zweite Ehe wird geschieden, und diese ganzen Bücher, die die Unterschiede zwischen Männern und Frauen herausheben, sind so wahnsinnig erfolgreich. Das kennen doch inzwischen alle: Frauen kommen vom Nordpol, und Männer sind vom Südpol oder so, und da dachte ich mir ... ähm, ja, da dachte ich mir ... über die Gemeinsamkeiten, über das, was funktioniert, wird eigentlich nie so richtig berichtet, und ... ich meine, auch wenn beide von verschiedenen Polen oder Planeten kommen, so leben doch alle auf der Erde oder in einem Universum, und an jedem Pol, egal ob oben oder unten, ist es verdammt kalt, wenn man alleine ist ... ähm, nun ja ... ich dachte nur mal so.« Meine Stimme wird leiser und leiser und leiser und erstirbt dann gänzlich.

Für einen Augenblick herrscht tödliche Stille im Konferenzraum. O mein Gott. War wirklich ich das, die sich getraut hat, hier vor allen den Mund aufzumachen? Das ist mir noch nie passiert. Normalerweise sitze ich nur dabei, schenke Kaffee und Mineralwasser nach. Nur ab und zu muss ich mir auf Geheiß von Schober ein paar Notizen machen – wenn seine Assistentin gerade nicht da ist. Und bisher war ich in allen Redaktionskonferenzen so stumm wie ein Fisch. Aber die Idee mit den Gemeinsamkeiten spukt schon eine ganze Weile in meinem Kopf herum. Und jetzt wollte sie anscheinend einfach mal heraus.

Alle blicken mich für einen Augenblick irritiert an.

Ich merke, wie mein Kopf langsam leuchtend rot wird.

Ich bin eher der schüchterne Typ. Reden vor so vielen Menschen ist nicht so mein Ding. Nicht gerade eine gute Voraussetzung, um Fernsehjournalistin zu werden. Ich weiß.

»So ... so ... Sie denken also, dass man unbedingt mal etwas über die Gemeinsamkeiten von Männern und Frauen machen sollte?« Schober blickt mich vom anderen Ende des Tisches prüfend an. Ich sitze natürlich mit meinem Stuhl ganz hinten in der Ecke in der zweiten Reihe – ganz so, wie es sich für eine Praktikantin gehört.

Ich werde noch röter. Falls das überhaupt noch möglich ist.

Ach, wie gerne würde ich jetzt hier unter den Tisch kriechen.

»Ähm ... äh ... ich ... nun, ich dachte ja nur, so was hat noch niemand von den anderen Sendern gemacht, und vielleicht wäre es wirklich mal ganz interessant für unsere Zuschauer und Zuschauerinnen, etwas darüber zu erfahren.«

»Also, ich finde das eine super Idee«, wirft Peter, der

nette Chef vom Dienst, ein und lächelt mir ermunternd zu.

Schober blickt ihn an. Dann schaut er wieder zu mir.
Im Raum ist es totenstill.
Ich will unter den Tisch.
Und dann lacht Schober hemmungslos.
Hahaha ... hihihi ... kicher ... prust ... heul ...
Er lacht so laut und heftig und wird dabei mindestens so rot im Gesicht wie ich. Für einen Moment habe ich direkt Angst, dass er eigentlich keinen Lachkrampf hat, sondern einen Herzinfarkt bekommt.

Alle blicken ihn irritiert an, dann stimmen die Ersten vorsichtig in das Gelächter ein.

Noch mehr hahaha ... hihihi ... kicher ... prust ... heul ist die Folge. Ich weiß jetzt nicht so genau, was ich davon halten soll. Vorsichtshalber versuche ich es auch mal mit einem Lächeln, und gerade als ich auch so richtig mit hahaha ... hihihi ... kicher ... prust ... heul anfangen will, hört Schober auf zu lachen.

Schlagartig.

Die anderen verstummen augenblicklich. Schober blickt mich an. Und dann wird er – falls das überhaupt möglich ist – noch röter als ich im Gesicht. Oje. Das ist kein gutes Zeichen. Gar kein gutes Zeichen. Und dann holt Schober tief Luft und brüllt: »Also, Frau ... ähm ... Frau Dingsda ... wie kommen Sie überhaupt auf die Idee, hier den Mund aufzumachen ... das hier ist eine Redaktionskonferenz, falls Ihnen das entgangen ist, und ich kann mich nicht erinnern, dass ich Sie nach einem Kaffee gefragt habe. Ich kann mich noch nicht mal erinnern, Sie nach irgendwas gefragt zu haben ... Frau äh ... Dingsda ... Gemeinsamkeiten! Zwischen Männern und Frauen! Ha! So was gibt's doch gar nicht! Was für eine Schnapsidee.«

»Ich ... ähm ... ich heiße Sattmann, Felicitas Sattmann,

und äh ... also, ich ... ich mache hier schon seit fast fünf Monaten ein Praktikum, und ... ich ähh ... also ich wollte wirklich doch nur einen kleinen Vorschlag machen, ich meine, ich wollte wirklich nicht stören oder so was.«

»Ein Praktikum?« Schober wird in seinem cholerischen Anfall für eine Sekunde still und blickt mich verwirrt an. Was hat der denn gedacht, warum ich jeden Tag hier in die Redaktion komme? Weil ich kein eigenes Zuhause habe oder was?

»So so ... Sie machen hier also ein Praktikum ... na, dann machen Sie gefälligst auch eines hier, und halten Sie die Klappe, wenn ausgebildete Redakteure denken müssen, dann können selbst Sie vielleicht noch was lernen, und jetzt holen Sie uns noch eine Kanne Kaffee, wir müssen hier arbeiten.« Mit diesen Worten blickt Schober wieder auffordernd in die etwas sprachlose Runde.

»Tz tz tz ... wir sind doch kein Frauenmagazin! Gemeinsamkeiten?« Schober schüttelt noch mal den Kopf.

Und dann wenden sich alle wieder der Redaktionskonferenz zu, und ich gehe mit hochrotem Kopf raus und koche Kaffee.

In unserer kleinen Kaffeeküche kocht dann schließlich nicht nur der Kaffee, sondern auch ich koche.

Dieser blöde Schober! Was erlaubt er sich eigentlich? Und warum traue ich mich nie, jemandem wie ihm in so einer Situation einfach Kontra zu geben. Immer fallen mir die guten Erwiderungen hinterher ein. Manchmal noch wochenlang danach. Dann spiele ich (meistens abends im Bett vor dem Schlafengehen) im Kopf die Situation mit allen Einzelheiten noch mal durch, nur dass ich dann schlagfertig, eloquent und gleichzeitig so souverän kontere, dass meinem Gegenüber einfach die Luft wegbleibt.

Leider haben all diese Phantasien noch nie dazu geführt, dass es mir einmal in der Wirklichkeit gelungen wäre, so einen Angriff gut zu parieren. Verdammt noch mal.

Ich schnappe meine volle Kaffeekanne und trage sie rüber in das Redaktionszimmer. Stumm wie ein Mäuschen schenke ich meinen Kaffee aus und hoffe, dass alle den Vorfall von vorhin einfach vergessen.

Ich habe nie etwas gesagt.

Ich bin gar nicht da.

Ich bin nur ein menschlicher Kaffeeautomat.

Dafür reden alle anderen hier umso mehr.

Ah. Alle entscheiden, dass sie in der nächsten Ausgabe etwas über die blonde Schauspielerin bringen. War ja noch nie da. Und dann wird es eine ganze Strecke lang über ein neues Automodell gehen. Auch was ganz Neues.

Als die Konferenz nach über zwei Stunden endlich zu Ende ist, stehen alle auf und lassen leere Tassen und Gläser zurück, die ich gleich wegräumen muss. Nur Peter, der nette Chef vom Dienst, kommt auf mich zu und klopft mir beim Rausgehen auf die Schulter.

»Nimm's nicht so tragisch, Feli, deine Idee war echt klasse. So was hat noch keiner gebracht. Der Schober hat einfach eine ziemlich miese Laune heute. Man munkelt, es soll wohl einen neuen Chefredakteur geben, und er wird es nicht sein.«

»Mhm danke…«, ich werde schon wieder etwas rosa. War das gerade eben ein echtes Lob?

»Hat dir meine Idee wirklich gefallen?«

Peter nickt. »Ja, war echt klasse. Wenn ich Chefredakteur wäre, hätte ich dich schon längst eingestellt.«

»Eingestellt?«

»Ja, ich finde, du bist die engagierteste Praktikantin, die wir jemals hatten. Du bist viel zu schade zum Kaffeekochen. Und ich habe bemerkt, dass du Verenas Moderatorentexte noch mal überarbeitest, wenn sie von

Schober kommen, und dass du für sie besonders kurze Sätze machst.«

»Oh ... du hast das bemerkt? ... ich meine, ich ... ich dachte einfach, dann ist es leichter für sie, den Text zu sprechen.«

Peter grinst ziemlich hinterhältig.

»Das ist es sicher. Leider können wir ihre Texte nicht so weit kürzen, dass Verena nur noch guten Tag und auf Wiedersehen sagen muss.«

Ich grinse zurück, und dann werde ich wieder ernst. Peter ist wirklich ein netter Mann. Ein sehr netter. Wenn er nicht schon glücklich verheiratet wäre ... Aber wie alle netten Kerle ist Peter schon seit ewigen Zeiten vergeben und treu.

»Danke, dass du versucht hast, mich zu trösten.«

Peter nickt, dann nimmt er mich noch einmal freundschaftlich in den Arm. Ich komme dem Breifleck – wahrscheinlich Karotte wegen der orangenen Farbe –, der auf seiner Schulter sitzt, gefährlich nah. Seufz. Vor mir liegt noch ein langer Arbeitstag mit Kaffeekochen, Kopieren, Sortieren und vielleicht, vielleicht darf ich ja heute auch noch mal in die Reinigung.

Als ich nach einem langen Tag endlich aus der Redaktion raus bin, schaffe ich es gerade noch, schnell mit der U-Bahn nach Hause zu fahren und mich in frische Jeans und ein T-Shirt zu werfen. Nach einem langen Tag erwartet mich normalerweise noch eine lange Nacht. Und leider keine Nacht des Vergnügens. Da meine Praktika nicht bezahlt sind und meine Familie nicht Vanderbilt heißt, muss ich irgendwo mein tägliches oder vielmehr mein nächtliches Brot verdienen. Und das mache ich an drei Abenden in der Woche bei mir um die Ecke in der *Wunderbar* hinter der Theke. Die *Wunderbar* ist wirklich wunderbar, und sie wäre noch toller, wenn ich nicht immer so müde wäre, wenn ich dort anfange zu arbeiten. Oder, noch besser, wenn ich nach einem langen Tag als Redakteurin hier einfach auf einen Absacker reinkommen könnte. Das wäre wirklich wunderbar.

Aber als Arbeitsplatz ist es hier auch wirklich nicht schlecht. Alles ist viel relaxter und lockerer als beim Sender. Außer mir jobben noch ein paar Stundenten hier. Und Ralle, der Besitzer, ist selbst sein bester Kunde und drückt manchmal auch drei Augen zu. Was ich an der *Wunderbar* so mag, ist, dass jeder hierherkommt: die typischen Prenzlauer-Berg-Mamas, denen der Papa heute Abend bugaboofrei gegeben hat und die sich den Mütterstress in einer Stunde von der Seele trinken müssen, genauso wie die hippen Musikertypen, die alle auf ihren Durchbruch hoffen, oder die Studenten, die sich wegen Geldmangels einen ganzen Abend an einem Bier festhalten. Wir haben viele Stammkunden, und alles im allem läuft der Laden ziemlich rund. Und manchmal gibt es auch richtig viel Trinkgeld. Gerade eben zahlt Annette, eine unserer Stammkundinnen, und schiebt mir ein dickes Trinkgeld rüber.

»Na, nichts dabei für dich heute?«, frage ich sie, als ich die zehn Euro in meiner Hosentasche verschwinden lasse.

»Nee.« Annette schüttelt den Kopf und blickt sich noch mal in der *Wunderbar* um. »Ich glaube, ich muss heute alleine nach Hause gehen.«

»Ich wünschte, ich könnte schon nach Hause gehen – heute kommt Greys Anatomy im Fernsehen«, seufze ich und blicke auf die Uhr. Erst zehn. Vor zwei Uhr werde ich nicht ins Bett kommen.

Annette grinst mich an.

»Du könntest ja mit mir nach Hause gehen???«

»Ich steh leider nicht auf Frauen, das weißt du doch. Aber wenn ich auf Frauen stehen würde, dann ganz sicher auf dich.« Und das stimmt sogar. Annette ist supernett und sehr attraktiv. Aber leider nichts für mich.

Annette hat seltsamerweise die *Wunderbar* zu ihrem Jagdrevier auserkoren. Sie hat mir mal erklärt, dass sie einschlägige Bars nur für Frauen furchtbar langweilen, weil da immer schon klar ist, was läuft. Hier in fremden Gewässern zu fischen, findet Annette viel aufregender, und ich muss sagen, was ich so mitbekomme, ist sie ziemlich erfolgreich. Mit einen letzten Ciao verschwindet Annette aus der Bar. Ich blicke ihr sehnsüchtig nach. Vor mir liegt eine lange Nacht.

Am nächsten Tag in der Redaktion bin ich wie zu erwarten hundemüde. Auf die Dauer sind zwei Jobs einfach zu viel. Ich habe Ringe unter den Augen, als wäre ich eines von diesen komischen Äffchen, deren Namen ich wieder vergessen habe. Malakken heißen die, glaube ich. Große Augen in dunklen Höhlen. Fast könnte das als Smokey Eyes durchgehen. So viel Schlafentzug wirkt auf mich wie eine Droge. Alles ist wie in Watte getaucht. Ich schwebe fast über dem Boden, und alles kommt mir irgendwie irreal vor. Und ich bin schon wieder viel zu spät. Wenn der Wecker nach nur fünf Stunden Schlaf klingelt, ist jede Sekunde kostbar. Und dann ist die blöde U-Bahn auch noch mitten im Tunnel stecken geblieben. Fürs Erste schwebe ich in die kleine Kaffeeküche und mache für mich selbst einen fünffachen Espresso.

»Guten Morgen, Feli ... oh ... könnte ich auch einen Kaffee haben?« Ich drehe mich um. Vor mir steht Herbert, der Praktikant Nummer zwei.

»Hallo, Herbert.« Ich nuschle so vor mich hin. Ich bin noch nicht wirklich ansprechbar.

»Na, das muss ja gestern wieder eine tolle Nacht gewesen sein.« Herbert grinst mich wissend an. Ich habe Herbert erzählt, dass ich nebenher in einer Kneipe arbeite.

Er hält das für einen Witz. Er denkt, ich mache jede Nacht Party. Kein Wunder, Herbert stammt aus einer reichen Familie und hat so was wie Geldverdienen im Grunde genommen gar nicht nötig.

»Wie heißt denn der Glückliche?«

»Es gibt keinen Glücklichen. Das weißt du doch. Und ich bin heute früh auch nicht glücklich. Ich bin unausgeschlafen ... hier ... du kannst was von meinem Espresso abhaben.«

Herbert hat einen leuchtend roten Pickel auf der Nase, der jede Frau heute früh zu einer spontanen, dreitägigen Krankmeldung gezwungen hätte. Herbert allerdings trägt das Ding wie eine Auszeichnung vor sich her.

»Ich hab gehört, du hast gestern in der Redaktionskonferenz einen lustigen Vorschlag gemacht.«

»Hab ich, leider war er nicht lustig gemeint. Wo warst du denn eigentlich gestern?«

»Auf Recherche.«

»Recherche???« Wieso darf der auf Recherche, und ich darf im Höchstfall die neuen Reinigungspreise für Oberhemden recherchieren??? Das war jetzt gemein gegen Herbert, der gar nicht verkehrt ist, aber trotzdem.

»Tja, ich habe Schober mal beiläufig vorgeschlagen, eine Sondersendung über Boxen zu machen, und er war total begeistert. Er will das richtig groß aufziehen. Halbstündiges Feature. Und ich darf sogar bei den Interviews mit dabei sein ...«

»Boxen?«, frage ich mal vorsichtshalber nach.

Herbert nickt sehr eifrig. Boxen. Ich glaube es nicht. Und Herbert soll dafür recherchieren. Wenn man ihn so anschaut, denkt man an alles, nur nicht an Boxen. Oder höchstens an Boxen wie Lautsprecher. Herbert ist ein halbes Hemd. Er ist lang, dünn, knochig und sieht aus, als könnte selbst ich ihn mit einem gut platzierten Schlag ins Reich der Träume schicken.

»Ich zieh das richtig groß auf. Hab mich schon angemeldet zu einem Probetraining in der Boxfabrik. Weißt du, investigativer Journalismus und so. Ich will ja nicht über was berichten, von dem ich selbst keine Ahnung habe.«

»Nun ja, also Herbert, ich weiß nicht, ob man als Journalist immer alles wirklich selbst gemacht haben muss.«

Ich blicke Herbert für einen Moment etwas ratlos an.

Sollte man als Journalist immer alles am eigenen Leib erfahren, bevor man darüber schreiben kann?

Nun denn. Sollte Herbert mal einen Bericht zum Thema Beschneidung oder natürliche Geburt ohne PDA machen müssen, wünsche ich ihm viel Glück. Herbert jedenfalls lässt sich von mir auf gar keinen Fall unterbrechen oder vom Kurs abbringen.

»Also, ich war kurz dort gestern, die haben so richtig einen Ring und überall Säcke, und es riecht nach echtem Schweiß und Blut. Ich hab erst mal nur ein bisschen zugeschaut. Oh Mann, da geht es echt zur Sache. Bäng! Bäng! Bäng!« Herbert macht imaginäre Boxschläge hier in unserer winzigen Kaffeeküche. Auch wenn Herbert nicht gerade Cassius Clay ist, ich will kein blaues Auge und gehe in Deckung.

»Bäng! Bäng! Bäng!« Herberts Augen leuchten. Er hat gerade den Weltmeistertitel im Superschwergewicht gewonnen. »Das gestern war zwar nur Probetraining ... aber ich sag's, dir, die hauen schon bei der Probe ordentlich zu. Oh Mann ... Und morgen ... da geht's dann auch für mich richtig los ... danke, Charlotte, für den Kaffee ... muss jetzt dringend zu Schober – Bericht erstatten. Wir sehen uns.«

Mit einer Espressotasse in der Linken und weiteren imaginären Boxschlägen mit der Rechten verschwindet Herbert dann schließlich aus dem winzigen Kabuff. Ich blicke ihm nach, bis er tänzelnd und boxend schließlich in dem Büro von Schober verschwindet.

Boxen! Nun gut. Das ist vielleicht nicht gerade mein Fachgebiet. Ich sollte mich wohl doch lieber für ein Praktikum bei einem Frauenmagazin bewerben.

Ich nehme meine Espressotasse und schiebe mich mal an meinen Arbeitsplatz. Der besteht aus einem alten, verlassenen Schreibtisch hinten um die Ecke von einer Abstellkammer, in der die Putzfrauen ihre ganzen Gerätschaften aufbewahren.

Gerade als ich so den Gang runterlaufe und noch immer verzweifelt versuche, mir Herbert beim Boxen vorzustellen (alleine schon diese Beinchen in Boxershorts!!! Na ja, vielleicht legt sich ja der Gegner aus Mitleid einfach selbst auf die Matte), haut mich selbst fast jemand um.

Verdammt.

Mein Espresso schwappt über und zeichnet die Landkarte von Hintermoldawien auf mein frisches weißes T-Shirt.

Noch bevor ich mich wieder fangen kann, werde ich aufgefangen.

Von starken Armen. Definitiv nicht von Herberts Armen. Ich blicke auf, und ich blicke in die schönsten Schokoladenaugen, die ich je in meinem ganzen Leben gesehen habe. Warmes, samtiges, weiches Schokoladenbraun. Andenvollmilch mit einer Prise Chili oder so. Man kann darin versinken wie in einem großen Kissen. Weich und warm, und trotzdem ist da auch etwas Scharfes, Unberechenbares. Und dann sind sie noch von einem Kranz dunkler, dichter Wimpern umrandet. Das ist gemein. Jede Frau würde für solche Wimpern töten.

Ich knicke gleich noch mal weg.

Aber diesmal aus Begeisterung.

Die Arme richten mich wieder auf.

»Alles in Ordnung? Sie sind direkt in mich reingelaufen«, sagt er mit samtiger Stimme wie Schlagsahne, die perfekt zu den Chili-Augen passt.

»Reingelaufen. Ähm. Ja.« Mir fällt echt nichts Besseres ein. Ich starre immer noch in die Augen. Vollkommen hypnotisiert.

Vor mir steht ein Mann.

Oh Mann, oh Mann, was für ein Mann.

Wahrscheinlich bin ich doch vor Übermüdung eingeschlafen und hatte gerade hier mitten auf dem Gang der Redaktion einen wunderschönen Traum.

Und was für einen schönen Traum.

Der Typ sieht fast aus wie Dr. MacDreamy, Doktor Shephard aus Greys Anatomy. Lockige dunkelbraune Haare, diese Schoko-Augen und ein leichter Bartschimmer, der mich bei Männern immer nervös macht. Außerdem trägt er Jeans, weißes Hemd und eine lässige Lederjacke. Jaul. Genau mein Typ. Ich merke, wie mein Solarplexus anfängt zu flattern. Ganz ruhig, Feli, versuche ich mir zu sagen, das sind nur deine Hormone, die gerade vollkommen ausflippen.

Wenn das jetzt ein Film wäre, würde er mir tief in die Augen blicken, mich fragen, ob ich heute Abend schon was vorhabe, oder, noch besser, er würde mir einfach seine Hand reichen und mich aus diesem unbezahlten Albtraum aus Kaffee und Kopierern entführen. In ein richtiges Leben, voller Liebe, Leidenschaft und ...

»Alles klar? Geht's wieder? Tut mir leid, ich habe Sie überhaupt nicht kommen sehen.« Mister Dreamy blickt mich kurz prüfend an. Meine Knie tanzen unfreiwillig Charleston. Hier ist nichts klar. Ich bin kurz vor einem Herzinfarkt. Wenn ich jetzt einfach in Ohnmacht falle, vielleicht macht er dann Mund-zu-Mund-Beatmung.

»Ähm ... ähh.« Das ist leider wieder alles, was ich rausbekomme.

»Na, dann ist ja alles gut. Schönen Tag noch.« Und mit diesen Worten entschwindet die Liebe meines Lebens mit schnellen Schritten aus meinem Leben und biegt ganz hinten im ewiglangen Flur der Redaktion links ab.

»Ähm ... ähää ...«, stammele ich ihm noch nach. Verdammt. Feli. Das gibt's doch gar nicht. Wie kann man nur so bescheuert sein. Da läuft einem ein absoluter Traummann über den Weg, ich liege quasi schon in seinen Armen, und dann fällt mir nichts Besseres ein als »Ähm« und »Ähä«. Super. Kein Wunder, dass er einfach weitergegangen ist. Mit Haaren wie ein Wischmopp, Körbchengröße A und einem Spatzenhirn fällt es schon schwer, irgendein wie immer geartetes männliches Wesen zu bezaubern.

»Wer war denn das?« Hinter mir steht plötzlich Verena. Auch sie starrt Mister Dreamy hinterher, obwohl von ihm schon seit zwei Sekunden nichts mehr zu sehen ist. Aber irgendwie bringt er immer noch den langen Flur in seltsame Schwingungen. Zumindest für mich. Und auch Verena scheint was abbekommen zu haben. Sie leckt sich unbewusst die aufgeblasenen Lippen.

»Na, das war ja mal eine Erscheinung.«

»Ähm ... ähah.« Ich räuspere mich. Mir hat's wirklich die Sprache verschlagen.

»Du weißt wirklich nicht, wer das war?« Verena blickt mich prüfend an.

»Nein, keine Ahnung. Echt nicht.« Was denkt die denn? Dass Brad Pitt mein bester Kumpel ist? Dass ich mit Orlando Bloom nach Feierabend Kaffee trinke? Verena scheint sich endlich mit der Antwort zufriedenzugeben. Wäre für sie auch kaum vorstellbar, dass ich so einen Mann überhaupt kenne. Leider ist es auch in meiner Welt nicht nur unwahrscheinlich, sondern geradezu außerirdisch. So ein Mann fährt auf Frauen wie Verena ab und nie und nimmer auf Frauen wie mich.

Verenas prüfender Blick hört auf, mich zu mustern, und weicht der gewohnten Leere. Sie will gerade wieder davonstöckeln, als sie sich noch mal auf ihren Zehn-Zentimeter-Absätzen zu mir umdreht.

»Ach, tja ... übrigens, hast du schon gehört: Bei uns wird nächsten Monat eine Redakteursstelle frei.«

Eine Redakteursstelle frei???
Eine Redakteursstelle frei!!!
Meine Ohren klingeln. Das darf ja gar nicht wahr sein. Das passiert alle hundert Jahre mal.

Das ist, wie wenn Weihnachten, Ostern und Geburtstag auf einen Tag fallen, und man bekommt trotzdem nicht nur ein Geschenk.

Dieser Job gehört mir, jawoll. Schließlich mach ich schon drei Monate länger Praktikum als Herbert und werde genau zum richtigen Zeitpunkt damit fertig. Ich bin prädestiniert dafür, den Job zu bekommen. Das ist mir bisher bei keiner Praktikantenstelle passiert, dass genau zu dem Zeitpunkt, an dem mein Praktikum endet, ein richtiger, echter Job frei wird. Normalerweise beende ich meine Praktika still und leise, nachdem mir mitgeteilt worden ist, dass es sowieso in den nächsten zehn Jahren keine neue Stelle in dem Unternehmen geben wird. Und jetzt das. Das ist wie der Jackpot im Lotto.

»Mit Sozialversicherung und Steuern und allem Drum und Dran?«, frage ich Verena ganz vorsichtig. Die blickt mich an, als wäre bei mir mehr als eine Schraube locker. Wer will schon freiwillig Steuern und Sozialabgaben bezahlen?

»Ja, nehm ich doch mal an ... Ach, und Feli ... könntest du so ein Schatz sein und bitte mein neues Kostüm in die Reinigung bringen ... ich brauch das Ding übermorgen ... wär auch echt ganz herzig von dir.« Verena zwinkert mir zu. Mit ihren falschen Wimpern, die bei weitem nicht so schön sind wie die von Mister Dreamy gerade eben.

Ich nicke. »Kein Problem, das mache ich doch gerne.« Was soll ich auch sonst anderes tun? Ich muss ja nur noch bis morgen ihre Texte für die nächste Sendung so umschreiben, dass Verena nicht bei jedem zweiten Satz hängenbleibt und wir für die Aufzeichnung zwei Tage brauchen.

Ah, die falsche Schlange. Das mit der freien Redakteursstelle hat sie mir nur wegen der Reinigung geflüstert. Da für Verena als Moderatorin eine eigene Garderobiere da ist, komme ich bei ihr um das Reinigungsgerenne normalerweise ziemlich gut herum. Verena stöckelt davon, und als sie um die Ecke ist, mache ich einen Luftsprung.

Eine freie Redakteursstelle.

Ich muss sofort zu Schober.

Fünf Stunden später und kurz vor Arbeitsende denke ich immer noch, ich muss sofort zu Schober. Leider lässt sich das nicht so einfach bewerkstelligen. Meine Beine wollen einfach nicht in sein Büro laufen. Das liegt wahrscheinlich daran, dass ich eine tierische Angst vor einem erneuten Wutanfall habe. Was kann schon passieren? Versuche ich, mir selbst Mut zu machen, und zwinge meine Beine, endlich den langen Flur zu seinem Büro runterzugehen.

Vorsichtig klopfe ich an.

Nichts rührt sich.

Gott sei Dank, er ist nicht da, dann kann ich ja genauso gut morgen wiederkommen.

In diesem Moment tönt ein tiefes »Herein« durch die geschlossene Tür.

Zu spät zur Flucht.

Ich hole tief Luft.

Dann kann ich es ja gleich hinter mich bringen.

Vorsichtig öffne ich die Tür einen Spaltbreit und stecke meinen Kopf in Schobers Büro.

Schober sitzt an seinem Schreibtisch, hat die Füße auf

dem Tisch, telefoniert und isst dabei einen Döner, der die ganze Luft verpestet. Es riecht penetrant nach altem Fett, Zwiebeln und fettem Fleisch.

Als er sieht, dass ich es bin, winkt er mich unwirsch zu sich heran. Ich schleiche auf Zehenspitzen hin zu seinem großen Glasschreibtisch. Schober telefoniert weiter und deutet auf die leere Kaffeetasse, die vor ihm steht.

Ich nehme sie mal vorsichtshalber auf und bleibe mit der Tasse in der Hand einfach neben Schober stehen. Irgendwann muss er ja mal fertig mit dem Telefonieren sein.

Schober telefoniert und telefoniert und telefoniert und wirft mir ab und an einen irritierten Blick zu.

Ich bleibe einfach weiter stehen.

Moderne Kunst: Frau mit Kaffeetasse. Schmückt Büros ungemein.

Schließlich legt Schober den Hörer auf und blickt mich völlig verständnislos an.

»Was ist los? Sind alle Kaffeebohnen in Kenia ausverkauft, oder warum stehen Sie hier so rum?«

»Ich äh ... ich äh nein, frischer Kaffee ist in der Küche, und ich ...«

»Na, dann holen Sie mir endlich welchen, worauf warten Sie denn noch?«

»Ich äh ... also, ich, ähh.«

Ich bemerke, wie eine langsame Röte von Schobers Hals in Richtung Schobers Gesicht wandert. Ich glaube, ich beeile mich hier besser mit meinem Anliegen.

»Also, ich ähh ... ich wollte mich für die freiwerdende Stelle als Redakteurin bewerben, Verena hat mir das vorhin erzählt, und ich dachte mir, wo ich doch hier schon so lange ein Praktikum mache und das Praktikum genau dann endet, wenn die Stelle frei wird, und ich habe ja auch immerhin fast Germanistik studiert, und Sie müssten dann keine teuren Stellenanzeigen mehr schalten, und ich würde mich wirklich tierisch ins Zeug legen, Herr Schober, also, das kann ich Ihnen in jedem Fall versprechen, und wenn Sie wollen, kann ich ja auch weiterhin Kaffee kochen oder Ihre Hemden in die Reinigung bringen, daran muss sich überhaupt nichts ändern, ich hätte nur wahnsinnig gerne diese richtige echte Stelle mit Sozialversicherung und …«

Schober blickt mich völlig ratlos an. Wahrscheinlich denkt er, er habe es hier mit einer Geistesgestörten zu tun. Ich rede und rede und rede und kann einfach nicht mehr aufhören. Schließlich unterbricht Schober mich. Dafür bin ich ihm sogar irgendwie dankbar. Wahrscheinlich hätte ich vor lauter Aufregung bis nach Feierabend weitergequasselt.

»Wenn Sie wollen, können Sie sich wie alle anderen offiziell bewerben. Mit Lebenslauf, Arbeitsproben etc. Und jetzt holen Sie mir endlich einen Kaffee, aber dalli«, knurrt er mich an.

Dann wendet Schober sich wieder seinem Computer zu, und ich bin für ihn nicht mehr vorhanden.

Ich schwöre, ich stehe noch geschlagene drei Minuten völlig stumm neben Schober. Die Kaffeetasse noch immer in der Hand. Schließlich schaffe ich es dann im Rückwärtsgang ganz leise, das Zimmer von Schober zu verlassen. Ich schließe schnell die Tür hinter mir und hole erst mal tief Luft. Mir kommt es vor, als hätte ich seit meinem Redeschwall nicht mehr geatmet.

Ich schließe für eine Sekunde die Augen und atme tief durch.

Mein Gott, Feli, das ist die Chance. Ich muss mich nur ganz normal bewerben. Job, du gehörst mir.

PMS
— PS

»Hätte ich ihm doch einfach meine Telefonnummer zugesteckt.« Irgendwo in meinem Kopf spuckt immer noch der tolle Typ von heute Nachmittag herum. Mister Dreamy.

Diese Augen! Dieses Schokobraun! Dieses Chili!

Ich habe immer noch mein altes T-Shirt an, das mit dem Espressofleck, den der Zusammenstoß verursacht hat. Irgendwie konnte ich mich einfach nicht davon trennen. Nun sitze ich vor einem weiteren Espresso in der Küche von Franziska. Ich bin direkt nach dem Büro hierhergelaufen. Heute Abend muss ich nicht in der *Wunderbar* arbeiten.

Franziska ist meine drei Jahre jüngere Schwester. Sie hat zwei Kinder (Zwillinge: Leon und Lilly) und einen supernetten Ehemann (Oliver). Und auch wenn es in ihrer Küche so aussieht, dass ich mir manchmal Sorgen mache um die hygienische Basis-Erziehung meiner kleinen Nichte und meines kleinen Neffen – Franziska ist rundum glücklich. Und das strahlt sie auch aus. So stark, dass auch ich manchmal etwas von dem Glück abbekomme, wenn ich einfach nur in ihrer Küche sitze und einen Kaffee trinke.

Franziska hat alles, was eine Frau braucht:

Kinder. Mann. Job.

Oder: Job. Kinder. Mann.

Oder: Mann. Job. Kinder.

Egal, wie man die Prioritäten setzt, ich finde, Franziska hat mich eindeutig überholt. Wenn ich mir mein Leben so anschaue: keinen Job (zumindest keinen richtigen), kleinen Mann (zumindest seit drei Monaten nicht mehr, und auch das war nicht der Rede wert) und natürlich keine

Kinder (na ja, damit kann ich ehrlich gesagt noch etwas warten, wenn ich mir das Chaos hier anschaue). Irgendwie ziemlich fies, wenn man von seiner kleinen Schwester so mit links mal überholt wird. Während der Schwangerschaft mit den Zwillingen hat Franziska so nebenher ihren eigenen Internet-Shop aufgebaut. Verkauft alles rund um Kinder. Alles, was edel, chic und teuer ist. Also, so Lätzchen für 25 Euro oder Kleidchen, die so viel kosten, dass man damit zehn Waisenkinder in Afrika ein Jahr lang ernähren könnte. Keine Ahnung, welche Mütter so bescheuert sind, so was zu kaufen, aber es scheint hierzulande jede Menge davon zu geben. Franziskas Business läuft ziemlich gut, und sie ist dabei extrem flexibel. Der einzige Nachteil: ihre Wohnung sieht permanent aus wie ein Warenlager. Überall Pakete und Päckchen. Und jetzt noch die Erdbeersoße von Lilly – als hätte ein größeres Blutbad stattgefunden. Ein Amokläufer auf dem Postamt. Der wollte sich wahrscheinlich über die langen Schlangen an den Schaltern beschweren und hat einfach alle, die vor ihm dran waren, umgenietet, um endlich ein paar Briefmarken kaufen zu können.

Ich bin jedenfalls froh, dass ich nur Jeans und T-Shirt anhabe. Ach ja, Franziska und ihr perfektes Leben. Solange ich schon denken kann, ist Franziska zwar die jüngere, aber bei weitem pragmatischere und vernünftigere von uns beiden gewesen. Sie hatte immer mehr von ihrem Taschengeld, die besseren Noten und später auch die tolleren Jungs. Das Leben kann manchmal ganz schön ungerecht sein.

»Ich hätte ihm meine Nummer auch einfach auf sein T-Shirt schreiben können.« Irgendwie hängt mein Gehirn in einer Dauerschleife bei Mister Dreamy ab.

»Gute Idee«, schreit Franziska und versucht dabei, Lilly mit ein paar Erdbeerstückchen zu füttern, während Leon im Hintergrund in seinem Laufgitter eingesperrt ist und so herzzerreißend brüllt, dass Franziska und ich uns seit zehn Minuten auch nur noch schreiend verständigen können. Leon und Lilly sind zwei Jahre alt und ziemliche Teufelsbraten. Ich überlebe als Babysitterin einen Abend mit denen nur in leicht angeheitertem Zustand und bin hinterher jedes Mal kurz davor, am nächsten Morgen schnurstracks in die nächste Frauenklinik zu marschieren, um mich sterilisieren zu lassen. Wie Franziska die beiden Tag für Tag überlebt und nebenher noch all das Zeug verkauft, verpackt und verschickt, ist mir ein komplettes Rätsel.

»Ich hätte ihn auch einfach zum Kaffee einladen können.«

»Gute Idee.«

»Oder ich hätte auch nach seiner Telefonnummer fragen können.«

»Gute Idee.«

»Oder noch mal auf ihn drauffallen.«

»Gute Idee.«

»Ich hätte ihm auch einen Heiratsantrag machen können.«

»Gute Idee.«

»Ich werde alt und hässlich sein und immer noch einsam, und ich werde alleine sterben und überhaupt.« Ich stöhne einmal laut und theatralisch auf. So laut, dass ich es fast schaffe, Leon zu übertönen. Aber auch nur fast.

»Gute Idee.«

»Dein Mann schläft übrigens seit zwei Wochen mit seiner neuen Sekretärin.«

»Gute Idee.« Franziska stopft völlig ungerührt weiter der kleinen Lilly Erdbeeren rein. Der Saft läuft an ihren Händchen runter.

Ich putze mir die Nase. Ich höre wohl besser auf zu jammern. Hat ja sowieso keinen Zweck. Franziska hört nicht richtig zu. Seit der Geburt der Zwillinge ist Franziska manchmal nicht mehr so ganz bei der Sache. Damit meine ich, dass sie nicht ganz bei meiner Sache ist. Ach, trotzdem tat es mal gut, sich so richtig auszusprechen. Auch wenn Franziska nur mit einem halben Ohr zugehört hat. Sie ist trotzdem die beste Schwester der Welt. Nur etwas überfordert eben im Moment.

»Um sieben heute Abend kommt Oliver und übernimmt hier den Laden, er hat es mir hoch und heilig versprochen. Ich lasse mich sofort scheiden, wenn er auch nur eine Minute zu spät kommt – dann könnten wir beide doch heute Abend mal ins Java gehen, Gado-Gado-Salat essen und uns in Ruhe unterhalten ... was hältst du denn davon?«

Franziska blickt mich erwartungsvoll an. Jetzt ist sie voll bei der Sache. Ach ja. Mütter und ihre kleinen Fluchten. Wenn sie endlich mal für ein, zwei Stunden zwillingsfrei hat, trifft sie sich gerne mit mir und kippt sich dabei in unglaublicher Geschwindigkeit ein paar Drinks hinter die Binde, während sie mir dabei erzählt, wie unglaublich anstrengend es ist, zwei Kinder und einen Mann zu haben, und wie sehr sie mich um mein Single-Dasein beneidet. Fast könnte ich ihr das glauben, aber ich sehe sie unter all dem Jammern immer strahlen wie ein Honigkuchenpferd. Ich bin sicher, Franziska möchte keine Sekunde mit mir tauschen. (Obwohl – vielleicht doch nachts um vier Uhr, wenn Lilly und Leon beide schon zwei Tage lang Mittelohrentzündung haben.)

»Geht heute Abend leider nicht, mein Schwesterherz.«

»Ich dachte, du arbeitest heute nicht in der *Wunderbar*?«

»Ja, aber ich muss heute Nacht noch eine Bewerbung schreiben. Stell dir vor, in der Redaktion wird eine richtige Stelle frei, und ich muss sie unbedingt haben.«

»Na, dann drück ich dir die Daumen, du bist prädestiniert für den Job, du musst ihn einfach bekommen, so viel, wie du in den letzten Monaten für die Redaktion gearbeitet hast.«

»Dein Wort in Gottes Ohr«, sage ich und verabschiede mich mit einem dicken Kuss von Franziska, Lilly und Leon.

Am nächsten Morgen laufe ich mit einer perfekten Bewerbungsmappe in das Gebäude unseres Senders ein. Ich habe die ganze Nacht daran rumgefeilt (wie erklärt man souverän und geschickt vier Jahre Au-pair-Dasein und ein abgebrochenes Germanistik-Studium?) und bin in aller Frühe in den nächsten Schreibwarenladen gegangen, um noch eine wunderschöne und sauteure Mappe zu kaufen. Ich will, ich muss diesen Job einfach haben.

Völlig übermüdet steige ich in den Aufzug. Diese Nacht habe ich genau vierunddreißig Minuten geschlafen. Das wird alles anders werden, wenn ich diesen Job habe. Dann werde ich als Erstes in die *Wunderbar* gehen, dort kündigen und mir danach alle Drinks der Karte hinter die Binde gießen. Und dann werde ich das erste freie Wochenende nur noch schlafen.

Schlafen. Schlafen. Schlafen.

Oh. Gerade bin ich wirklich für eine Sekunde im Stehen eingenickt.

Morgens um acht ist der Aufzug proppenvoll. Das ist hier fast wie in der japanischen U-Bahn. Alle quetschen sich noch rein. Niemand will die Treppen laufen. Es macht doch viel mehr Sinn, acht Stunden später sehr viel Geld im Fitnessstudio für den Stairmaster zu lassen.

Ich bin so müde, dass ich wahrscheinlich ein weiteres kurzes Schläfchen bis zum vierten Stock einlegen werde. Ach, das wäre schön. Wenn nur neben mir nicht ein Typ wäre, der penetrant nach Knoblauch riecht, dass mir schwindelig wird. Oh verdammt. Mir fällt ein, gefrühstückt habe ich auch noch nicht. Und wann habe ich überhaupt das letzte Mal etwas gegessen? Gerade in dem Moment, als ich in einen kleinen Traum, in dem ein Rührei und Speck die Hauptrolle spielen, verschwinden will, drängt sich in letzter Sekunde noch jemand in den Aufzug, und alle müssen noch mehr zusammenrücken, und ich werde noch mehr eingequetscht und bekomme noch mehr von der Knoblauchfahne ab.

Ich blicke hoch über ein paar breite Anzug-Schultern nach vorne und blicke direkt in die Augen von Mister Dreamy, der sich in diesem Moment ungerührt umdreht und mir wie allen anderen den Rücken zudreht.

Mister Dreamy ist wieder hier!
Mit einem Schlag bin ich hellwach.
Das Schicksal meint es gut mit mir!
Die Sterne stehen günstig.
Ich bekomme eine zweite Chance.
Die Liebe meines Lebens ist zurückgekommen.
Wie wunderbar.

Und dann wird mir klar, während der Aufzug nach oben saust, dass überhaupt nichts wunderbar ist.

Ich schaffe es nie und nimmer, ihn einfach anzusprechen.

Lieber würde ich nackt unter Haien schwimmen, als das zu tun.

Und so, wie er mich angeschaut hat – er hat mich eigentlich gar nicht angeschaut, wenn ich ehrlich bin –, ist selbst mir klar, Mister Dreamy ist ganz sicher nicht wegen meiner Kleinigkeit hierher zurückgekommen.

Oh, verflucht noch mal, warum bin ich so verdammt schüchtern?

In diesem Moment öffnet sich die Aufzugtür, und Mister Dreamy steigt im vierten Stock aus.

Die Tür schließt sich wieder, und ich fahre dreimal bis ganz nach oben und wieder runter, so lange, bis auch ich es endlich schaffe, im vierten Stock den Aufzug zu verlassen.

Tja. Das war's dann wohl. Meine zweite Chance verpasst, vergeigt, versemmelt. Schüchternheit ist eine Plage. Warum kann man diesen Teil des Charakters nicht einfach abbestellen?

Dann bemerke ich erst, dass ich immer noch meine Bewerbungsmappe in der Hand halte.

Ja! Genau! Die Bewerbung! Der Job!

Mensch, Felicitas, es gibt im Leben nun wirklich Wichtigeres als die Liebe. Und überhaupt wird es höchste Zeit, mich endlich voll und ganz auf meine Karriere zu konzentrieren.

Pech in der Liebe, Glück im Job. Oder wie heißt das?

Mit entschlossenen Schritten gehe ich in Richtung Schobers Büro. Als ich an der Garderobe vorbeikomme, sehe ich dort eine Lederjacke hängen. Ich gehe ein paar Schritte weiter, und plötzlich macht es in meinem Gehirn klick.

Klick. Klick. Klack.

Das ist die Jacke von Mister Dreamy. Ganz klar, ganz eindeutig. Die könnte ich auf hundert Meter Entfernung noch erkennen. Er ist hier irgendwo in demselben Stockwerk. Wahrscheinlich ist er ein freier Journalist, der hier im Sender einen Beitrag unterbringen will.

Das ist meine dritte Chance.

Mein Gehirn rotiert auf Hochtouren. Hier hängt die Jacke, aber von Mister Dreamy ist weit und breit nichts zu sehen. Und auch sonst ist gerade niemand auf dem langen Flur. Vorsichtig blicke ich mich noch mal um.

Und dann tue ich etwas völlig Verwegenes. Etwas geradezu Berauschendes. Etwas Unglaubliches. Ich schreibe meine Telefonnummer auf einen Zettel mit einem netten kleinen Satz dazu. »Wenn Sie mal nicht nur meinen Kaffee verschütten, sondern mit mir einen trinken möchten. Die Frau mit dem Kaffeefleck – ich hoffe, Sie erinnern sich!«

Schnell stecke ich den Zettel in die oberste Tasche der Jacke.

Oh mein Gott.
Ich glaube es nicht.
Ich habe es wirklich getan.
Ich bin über mich selbst hinausgewachsen.
Ich habe dem Schicksal einen Schubs gegeben. Ich habe meine Schüchternheit – na ja, fast – besiegt.
Ich glaube es nicht.
Hocherhobenen Hauptes und zehn Zentimeter über dem Boden schwebe ich direkt in Schobers Büro und gebe ihm lässig und nonchalant meine Bewerbungsmappe.

Schober blickt gar nicht vom Computer auf, als ich nach einem herzhaften Klopfen reinkomme.

Er knurrt nur, als er meine Mappe sieht, die ich ihm auf den Schreibtisch lege.

Aber ach – egal – mich kann nichts mehr erschüttern.
Ich habe heute mein Schicksal selbst in die Hand genommen.
Ich bin den Weg zum Erfolg gegangen.
Ich habe mich endlich etwas getraut.
Und das gleich zweimal.
Ich bin glücklich.

Ich bin immer noch glücklich, als ich in der Kaffeeküche für alle zwei große Kannen mit Kaffee vorbereite. Mir selbst gönne ich zur Feier des Tages gleich in der Früh eine doppelte Latte macchiato. Ich werde jetzt schon ganz nervös, wenn ich daran denke, dass ich die nächsten Tage in der Hauptsache damit verbringen werde, wie ein hypnotisiertes Kaninchen vor dem Telefon zu hocken, um auf den Anruf von Mister Dreamy zu warten. Oder darauf, dass Schober mir schnell mal meinen neuen Arbeitsvertrag in die Hand drückt.

Wohin er mich wohl zum Essen einladen wird?

Mister Dreamy natürlich – nicht Schober. Mit Schober würde ich nur essen gehen, wenn mir jemand eine Waffe an den Kopf hält.

Aber ach, Mister Dreamy!

Italienisch am Anfang finde ich eigentlich immer eine gute Wahl. Nicht zu exotisch, aber Spaghetti sollte man meiden. Niemand auf der ganzen Welt kann elegant Spaghetti essen. Zumindest niemand, der kein Italiener ist.

»Kannst du mir bitte schnell mal einen Espresso machen? Ich muss gleich ins Studio.« Verenas Stimme reißt mich aus meinen schönen Träumen.

Ich bin wieder in der Realität gelandet und mache für Verena den Espresso, während sie seelenruhig neben mir stehen bleibt und ihre langen Fingernägel betrachtet.

Wenn sie nur hier herumsteht, hätte sie sich in der Zeit wohl doch ihren Espresso selbst machen können, aber ich glaube, mit diesen Fingernägeln kann man eigentlich gar nichts mehr selbst machen.

»Weißt du eigentlich schon, dass wir endlich einen neuen Chefredakteur haben?«, flötet Verena mich an.

»Nein, hat mir noch niemand erzählt«, sage ich und konzentriere mich auf die Kaffeemaschine. Bei der muss man manchmal mittendrin heftig auf den Deckel schlagen, damit sie funktioniert.

»Ist ein ganz toller Typ. War bei der ARD Auslandskorrespondent in China und Japan und ganz Südostasien, hab ich mal gehört. Und außerdem hatte er eine eigene Produktionsfirma. Ich weiß gar nicht genau, wieso es ihn hierher verschlagen hat. Was will so jemand bei MM? Nun, ist ja auch egal. Schober springt in jedem Fall im Dreieck. Der Typ sieht auch noch mega aus.«

Ich blicke Verena an. Endlich ein neuer Chefredakteur. Das wird ja spannend. Und das klingt so, als hätte der mal richtig ernsthaften Journalismus betrieben. Auslandskorrespondent in Südostasien. Ach. Das ist schon was anderes als MM. Vielleicht kann der auch den fiesen Schober etwas zähmen.

Ich blicke auf und sehe schon an dem Funkeln in Verenas Augen, dass Schobers Tage bei ihr gezählt sind. Der Neue hat wohl größere Chancen.

»Ich glaube übrigens, du hast ihn auch schon gesehen. Gestern im Flur, erinnerst du dich?«

Ich habe gerade den Espresso für Verena fertig und reiche die Tasse zu ihr rüber, als sie das sagt. Mein Blick fällt in diesem Moment auf den Gang, wo gerade der megatolle Typ von gestern den Flur entlangkommt und nach seiner Lederjacke an unserer Garderobe greift.

Jaaaaaauuuuuuuuuuuuuuuuul.

Verdammt.

Das ist Mister Dreamy.

Und das ist Mister Dreamys Lederjacke.

Und das heißt: Mister Dreamy ist unser neuer Chefredakteur.

Und ich werde hoffentlich demnächst hier Redakteurin sein.

Und Mister Dreamy, mein zukünftiger Chefredakteur, hat einen eindeutig anmachenden Zettel von mir in seiner Lederjacke.

Und es geht ja wohl gar nicht, seinen neuen Chef anzubaggern.

Was soll der von mir denken?

Und was habe ich mir dabei gedacht, ihm einfach diesen Zettel in die Lederjacke zu stecken?

War ich von allen guten Geistern verlassen?

Ich bin doch schüchtern.

Ich mache so was nicht.

Und jetzt weiß ich, warum es gut ist, so was normalerweise nicht zu machen.
Verdammt.
Ich muss retten, was zu retten ist.
Ich brauche den Zettel.
Ohne weiter zu überlegen, renne ich hinter Mister Dreamy her – Verenas Espressotasse immer noch in der Hand.
Kurz vor dem Aufzug erreiche ich ihn, und diesmal remple ich ihn an. Ich schwör's: Ich habe mir das nicht vorher überlegt, ich hatte einfach zu viel Schwung und war zu besessen von der Idee, diesen verdammten Zettel wiederzubekommen.
Egal, wie.
Und in der Millisekunde, in der ich diesmal ihm den Espresso auf das blütenweiße Hemd kippe, habe ich die rettende Idee.
Genau. Das ist es. Das hätte ich mir gar nicht besser ausdenken können.
»Was, um Himmels willen ... verdammt.« Weiter kommt Mister Dreamy überhaupt nicht. Er blickt auf sein Hemd. Der Espresso hinterlässt dort einen Fleck wie Nordamerika. Sieht genauso aus. Ich schwör's. Für einen Moment starren wir gemeinsam auf seine Brust. Wow. Die sieht selbst mit Fleck gut aus.
»Oh ... das tut mir verdammt und furchtbar leid. Ich weiß auch nicht, wie das passieren konnte ... ich ...«
Mister Dreamy blickt vom Fleck auf und mir direkt in die Augen.
»Sie schon wieder!!!«
Sie schon wieder? Er hat mich erkannt! Er weiß, wer ich bin! Ist das nicht großartig?
Nein, ist es nicht.
Ich bin für ihn die Frau, die permanent Espresso verschüttet.

»Es tut mir wirklich wahnsinnig leid. Ich mache das sofort weg. Wenn Sie mir nur schnell die Jacke geben? Ich hole sofort ein sauberes Handtuch.«

»Nein, ist schon gut. Kein Problem.«

»Doch. Doch. Ist es. Ich mache das sofort sauber. Geben Sie mir nur Ihre Jacke.«

»Nein, ich sagte doch, ist schon gut. War sowieso ein altes Hemd. Ich werfe es zu Hause einfach in die Waschmaschine.«

»Aber nicht doch, so können Sie doch nicht auf die Straße gehen ... einfach Ihre Jacke ... dauert auch nur zwei Minuten.«

»Aber ...«

»Die Jacke«, sage ich energisch und strecke meine Hand aus.

»Wieso? Ich kann das doch später selbst ...« Mister Dreamy ist eindeutig etwas irritiert von meinem Verhalten.

»Bitte ...« Ich blicke Mister Dreamy flehentlich an. Mister Dreamy seufzt schließlich und zieht seine Jacke aus und reicht sie mir. Er ist anscheinend gerade selbst so verwirrt, dass er mich überhaupt nicht fragt, warum er seine Jacke ausziehen soll, obwohl der Fleck doch auf dem Hemd ist.

»Ich bin sofort wieder da – dauert nur eine Sekunde.«

Ich schnappe mir die Jacke und renne damit zurück in unsere winzige Kaffeeküche. Dort steht immer noch Verena. Ihr Mund steht vor Verblüffung weit offen. Verena! Die hatte ich ja nun völlig vergessen.

»Ich mach dir gleich einen neuen Espresso«, flöte ich ihr zu, während ich gleichzeitig in Mister Dreamys Jacke nach dem Zettel suche und nach einem frischen Handtuch greife.

Da ist er ja.

Heimlich ziehe ich den Zettel raus und stopfe ihn in meine Jeans.

Ich bin gerettet.

Dann renne ich mit der Jacke und einem frischen Geschirrhandtuch in der Hand wieder zurück zu Mister Dreamy.

»Hier«. Ich halte ihm beides hin.

Mir erscheint es doch ziemlich unangebracht, einfach so an seiner Brust herumzuwischen. Ich meine, ich kenne den Mann ja eigentlich gar nicht. Mister Dreamy blickt einen Moment verwirrt auf das Handtuch, schließlich nimmt er es und wischt damit zweimal leicht über sein Hemd. Dann reicht er mir wieder das Handtuch und zieht seine Lederjacke an.

»Tja dann ... einen schönen Tag noch. Und wäre nett, wenn Sie bei unserer nächsten Begegnung etwas besser aufpassen würden. Oder Sie rennen nur noch mit Mineralwasser durch die Gegend.« Mister Dreamy blickt mich seltsam an, und dann drückt er auf den Aufzugknopf.

»Mach ich. Ich meine das mit dem Besser-Aufpassen.« Ich sage das so locker flockig vor mich hin und kann meine Augen nicht von seinen Augen losreißen.

Da kommt der Aufzug. Dreamy geht rein, und die Tür schließt sich viel zu schnell.

Mein Gott, Felicitas, das wird dein neuer Chef.

Was ist denn bloß in dich gefahren?

»Was ist denn bloß in dich gefahren?« Verenas Stimme schreckt mich aus meiner Starre. Ich drehe mich um. Verena wirkt ziemlich sauer.

»Was sollte das denn eben?«

»Was denn eben?«

»Na, die Aktion mit unserem neuen Chef ... du wolltest ihm wohl meinen Espresso bringen ... dich etwas einschmeicheln gleich am Anfang ... also, eins sag ich dir ... so wirst du hier nie Karriere machen.«

Ich blicke Verena verwirrt an. Glaubt sie wirklich, ich

wollte Mister Dreamy gerade schnell mal einen Kaffee bringen? Nun denn. Verena ist alles zuzutrauen.

»Ich weiß. Ich weiß … tut mir echt leid … ich wollte … nun … egal … ich bringe dir sofort einen doppelten Espresso direkt ins Studio … mit Süßstoff … ganz, wie du magst.«

Verena blickt mich immer noch etwas misstrauisch an. Aber schließlich dreht sie sich mit einem etwas schnippischen »na dann« um und stöckelt in Richtung Studio davon.

Uff.

Noch mal Glück gehabt. Ich kann den Zettel in meiner Hosentasche spüren. Da hätte ich mir beinahe selbst die Karriere vernichtet.

Entspannt gehe ich zurück in die Kaffeeküche, um Verena endlich ihren Espresso zu machen. Dort steht mal wieder Herbert und macht sich einen Milchkaffee.

»Hallo, Herbert. Guten Morgen.«

»Hallo, Felicitas. Einen wunder, wunderschönen guten Morgen auch für dich.« Herbert strahlt mich über beide Ohren an.

Was ist denn hier los? Der hat doch sonst nie so gute Laune?

»Weißt du, was ich dir unbedingt noch sagen wollte: Du musst nie, nie, nie für mich Kaffee kochen. Ist doch wohl klar. Das kann man von einem alten Weggefährten einfach nicht verlangen. Also, ich werde mir auch in Zukunft weiterhin den Kaffee selbst kochen.«

Hä?

Herbert ist Praktikant. Ich bin Praktikantin. Natürlich kocht der sich seinen Kaffee selbst. Das wäre ja noch schöner. Reicht ja wohl schon, dass ich für alle anderen den Kaffee machen muss.

»Also, wenn ich dann ab nächsten Monat Redakteur bin, werde ich mit gutem Beispiel vorangehen und die

Praktikanten mit richtigen Aufgaben beauftragen ... nix mehr mit Kaffee und Reinigung ... das verspreche ich dir hiermit hoch und heilig.«

In meinen Ohren klingelt es.

Wenn Herbert im nächsten Monat Redakteur ist?

In mir keimt ein böser Verdacht.

»Du bist ab nächsten Monat Redakteur? Hier? Bei MM?« Noch klammere ich mich irgendwie an die Hoffnung, dass ich mich verhört habe oder dass Herbert in irgendeiner anderen Redaktion des Senders untergekommen ist.

»JAAAAAAAA!!!« Herbert strahlt um die Wette mit seinem Pickel, der seit gestern noch mehr angeschwollen ist und dessen Rot fast schon blinkt.

NEEEEIIIIIN, schreie ich innerlich. Das darf doch gar nicht wahr sein. Vor einer Stunde habe ich meine Bewerbungsmappe abgegeben. Gestern hat Schober mir doch noch gesagt, ich soll mich einfach ganz normal bewerben wie alle anderen auch. Wie kann von gestern auf heute der Job schon vergeben sein?

Das geht doch gar nicht.

Oder er war schon lange vergeben.

Lange bevor ich mich überhaupt beworben habe.

»Aber ich habe mich heute früh gerade selbst für den Job beworben!«

»Oh.« Herbert blickt mich erstaunt an. »Wieso das denn? Schober hat mir doch gestern Abend schon zugesagt.«

Gestern Abend?

Zwei Sekunden später bin ich bei Schober im Büro.

Ohne Anklopfen. Es gibt Momente, da vergesse sogar ich meine Schüchternheit, meine Wohlerzogenheit und mein verdammtes Harmoniebedürfnis.

Schober sitzt wie immer lässig an seinem Schreibtisch,

die Füße mit den Cowboystiefeln (Schlangenleder!) auf dem Tisch.

Als ich reinkomme, tippt er einfach weiter in den PC und hält mir mit stummer Geste die Kaffeetasse hin.

Ich starre auf die Tasse.

»Sie haben gestern zu mir gesagt, ich soll mich für die Redakteursstelle bewerden«, fiepse ich ihn leider viel zu leise an. So ganz kann ich doch nicht aus meiner Haut. Auch nicht, wenn ich stinksauer bin.

»Hab ich das?« Schober blickt nicht vom Bildschirm auf.

»Dabei wussten Sie schon lange, dass ich nullkommanull Chance für die Stelle habe.«

»Wusste ich das?«

Ich nehme meinen ganzen Mut zusammen. So einfach kommt er mir nicht davon.

»Wieso ... das ist alles, was ich gerne wissen möchte.«

»Wieso was?« Schober blickt endlich von seinem blöden Bildschirm auf.

»Wieso hat Herbert die Stelle bekommen? Ich bin viel besser ausgebildet als er.«

»Stimmt.« Schober nickt.

»Ich bin länger hier.«

»Stimmt auch.«

»Ich bin viel engagierter als Herbert.«

»Könnte man so sehen.«

»Ich koche sogar den besseren Kaffee.«

»Das in jedem Fall.«

»Aber wieso haben Sie denn dann ihm und nicht mir den Job gegeben?!« Meine Stimme kippt in Verzweiflung über. Ich bin fast den Tränen nah. Aber vor Schober werde ich in keinem Fall heulen. Nicht jetzt.

»Schätzchen«, Schober nimmt endlich die vermaledeiten Cowboystiefel vom Tisch, beugt sich vor zu mir und schaut mir direkt in die Augen. »Wie alt bist du denn?«

»Dreißig.«
Schober nickt vielsagend.
»Und was bist du?«
»Was bin ich?« Was meint er denn jetzt damit? Sind wir hier beim heiteren Beruferaten?
»Na, du weißt schon: Was bist du?«
Ich blicke ihn fragend an.
»Eine Praktikantin«, versuche ich es mal vorsichtig.
Schober strahlt über das ganze Gesicht. »Genau. Eine Praktikantin. Mit der Betonung auf *tin*. Du bist eine Frau. Du bist Mitte dreißig. Ist jetzt alles klar?«
Ich schüttele den Kopf. Nichts ist klar, und außerdem bin ich ja wohl erst Anfang dreißig.
Schober merkt, dass ich ihn immer noch begriffsstutzig anschaue.
»Schau, Schätzchen, wie gesagt, du bist eine Frau, du bist Mitte dreißig, und da weiß doch jeder Personalchef und auch sonst jeder Chef, was demnächst bei Frauen wie dir abgeht: Heiraten, Kinder kriegen und das ganze Blablabla.«
»Aber...«
»Dieses Kinderkriegen kann ganze Redaktionen ruinieren, was sage ich, ganze Firmen sind daran schon zugrunde gegangen. Nein, Mädel. Nicht hier und nicht mit mir. Mitte zwanzig seid ihr ja noch alle zurechnungsfähig, und für weitere zehn Jahre kann man euch dann noch im Job bedenkenlos einsetzen. Aber dann ticktackticktack. Die Uhr, die Uhr.« Schober wackelt doch tatsächlich mit dem Kopf hin und her wie das Pendel einer Uhr. »Und sind die Blagen erst mal da, seid ihr nicht mehr einsatzfähig. Keine Überstunden mehr, keine Nachtschicht mehr, kein Wochenenddienst, und ständig seid ihr oder die Kinder krank. So kann man einfach nicht arbeiten. Journalismus und Mutter sein, nein, meine Liebe, das geht nicht. Da müsst ihr euch schon entscheiden. Wie stellt ihr euch

denn das bloß vor??? Frauen ab dreißig stellen wir hier nicht mehr ein. Das ist Firmenpolitik. Das sage ich natürlich nur unter uns, und offiziell habe ich das nie gesagt und werde natürlich alles sofort abstreiten, solltest du auch nur ansatzweise versuchen, das an die große Glocke zu hängen. Wir sind hier extrem auf Gleichberechtigung bedacht. Am besten, du findest dich einfach damit ab, Schätzchen.«

»Aber ich bin doch noch gar keine Mutter. Ich habe noch nicht mal einen Freund, geschweige denn Sex!« Ich glaube jetzt nicht, dass ich gerade mit Schober über mein Sexleben gesprochen habe. Oder noch viel schlimmer: Ich habe mit ihm über mein nicht vorhandenes Sexleben gesprochen. Wie grauenvoll!

»Noch nicht. Noch nicht. Aber kommt schon noch. Kommt schon noch. Und jetzt muss ich weiterarbeiten. Hier.«

Schober hält mir wieder seine Kaffeetasse hin.

Ich nehme den Becher.

Ich bin völlig betäubt.

Benommen. Geplättet. Ich habe den Job nicht bekommen, weil ich eine Frau bin. Ich dachte, ich lebe im einundzwanzigsten Jahrhundert, und wir haben eine (zugegebenermaßen kinderlose) Bundeskanzlerin.

Den Rest des Tages verbringe ich wie in Trance.

Tja. Das nennt man zwei Fliegen mit einer Klappe totschlagen.

Ich jedenfalls fühle mich vollkommen erledigt.

Hätte ich doch wenigstens Mister Dreamy meinen Zettel nicht aus der Jacke gezogen.

Ach, Feli. Was soll's. Der hätte sowieso nie angerufen.

Niemand ruft mich je an.

Niemand gibt mir einen Job.

Niemand liebt mich.

Als ich abends in der *Wunderbar* schufte, knalle ich alle Biere auf den Tresen, dass der Schaum nur so schwappt. Ein paar der Gäste schauen mich befremdet an, aber ich mache ein so finsteres Gesicht, dass sich keiner traut, sich bei mir oder über mich zu beschweren.

Mit Schwung und finsterer Miene knalle ich selbst Annette, der Netten, einen Wodka Tonic auf den Tisch.

»Na, das ist wohl nicht dein Abend heute, was?« Annette grinst mich an.

»Ich habe im Moment sogar das Gefühl, das ist nicht mein Leben.«

»Oh, das kenn ich.« Annette blickt mich mitfühlend an. »Aber glaub mir, das gibt sich wieder, auch wenn es im Moment nicht so aussieht.«

»Sagte die Fliege, strampelte und strampelte und ertrank trotzdem im Wasserglas.« Das ist alles, was mir dazu einfällt.

»Oje … das sieht ja ganz düster aus … Also: Was ist denn passiert?«, fragt Annette nach.

»Willst du das wirklich wissen?« Annette nickt. Es scheint sie wirklich zu interessieren. Normalerweise ist es hier in der Bar andersrum. Die Leute vor dem Tresen sitzen hier und trinken und wollen währenddessen ihre ganzen Sorgen und Probleme bei den Bedienungen abladen. Das gehört sozusagen zu dem Job dazu, wenn man in einer Bar arbeitet. Psychotherapeutin mit der Lizenz zum Alkoholausschank.

Was ich hier schon alles gehört habe. Ganze Romane könnte ich schreiben. Der Tresen ist besser als jeder Beichtstuhl.

Aber jetzt bin ich mal dran.

»Mir hat ein anderer Praktikant den Job als Redakteur vor der Nase weggeschnappt – einfach nur, weil er ein Mann ist. Dabei war das der Job für mich«, erzähle ich Annette.

»Ja und?« Annette blickt mich fragend an.

»Was heißt das: ja und? Das ist total unfair und diskriminierend.«

»Na, da erzählst du ja nichts Neues. Frauen müssen überall besser sein als die Jungs. Das ist doch seit Jahrhunderten so.«

»Ja, weiß ich, und das Blöde ist, ich bin auch besser als der Praktikant, den sie schließlich genommen haben. Zehnmal besser. Hat nur irgendwie nichts genützt. Frauen ab dreißig kriegen Kinder und keine Jobs. Das meint zumindest mein Noch-Chef. Nur leider sieht es bei mir ganz so aus, als würde ich weder das eine noch das andere kriegen.« Oh verdammt. Ich merke, wie meine Stimme weinerlich und voller Selbstmitleid klingt.

»This is a men's world«, summt Annette fröhlich vor sich hin. Ich schüttele frustriert den Kopf.

»Ich dachte, wir leben in einer Welt der Gleichberechtigung. Der Emanzipation. Ich dachte, Frauen können zum Mond fliegen und gleichzeitig fünf Kinder bekommen. Ich dachte, Hillary Clinton wird die nächste Präsidentin der USA, und ich dachte, ich hätte mit dreißig schon längst zwei Kinder und einen tollen Mann und einen tollen Job.« Jetzt kullert tatsächlich eine Träne meine Wange runter. Verdammt. Jetzt, da ich darüber rede, merke ich, ich habe das alles wirklich mal geglaubt. Zumindest damals, so Anfang zwanzig, als das Leben wie eine endlose große Wiese vor mir lag und ich noch nicht genau wusste, welche Blumen ich daraus pflücken will. Und wie sieht mein Leben heute aus?

Annette blickt mich an. »Schätzchen, Schätzchen, nicht weinen, aber willkommen in der Realität. Selbst Hillary hat aufgegeben. Aber natürlich gibt es Frauen, die zwei Kinder haben, täglich Sex mit einem intelligenten und humorvollen Mann und gleichzeitig den Nobelpreis in Physik gewinnen – aber das sind die absoluten Ausnahmen. Das Sahnehäubchen. Die Karotten, die uns täglich hingehalten werden. Klar, die Supermodels und Schauspielerinnen, die wir immer in den Hochglanzzeitschriften bewundern dürfen, haben's geschafft. Das Leben ist einfach etwas einfacher, wenn man sich einen Koch, zwei Nannis, drei Hausmeister und einen Pooljungen leisten kann. Aber für Heidi um die Ecke an der Kasse von Edeka gelten völlig andere Regeln. Die Realität ist eine völlig andere: Frauen verdienen immer noch weniger als Männer – auch in den gleichen Jobs. Frauen machen die meiste Kinder- und Hausarbeit. Und Frauen haben's immer noch schwerer, Karriere und Kinder unter einen Hut zu bringen, als Männer. Fast siebzig Prozent aller Frauen in Führungspositionen sind kinderlos. Ich wette, bei den Männern ist die Zahl genau umgekehrt. Und natürlich gibt es in den richtig guten Jobs immer noch viel weniger Frauen als Männer. Und weißt du nicht, dass erst seit den siebziger Jahren eine Frau ihren Ehemann nicht mehr um Erlaubnis fragen muss, wenn sie arbeiten gehen will?«

Ich schüttele den Kopf. Ist mir auch egal. Ich muss niemanden fragen, wenn ich arbeiten will. Ich habe aber auch niemanden, der für mich bezahlt, wenn ich nicht arbeite. Im Moment weiß ich ehrlich gesagt nicht, was besser ist.

»Weißt du, ich finde es ehrlich zum Kotzen. Wenn ich mir das recht überlege. In der Schule waren die meisten Mädchen besser als die Jungs, und sogar im Studium haben wir total aufgeholt. Aber irgendwann im Job, da habe ich dann das Gefühl bekommen, es geht nicht weiter. Ich habe die ganze Zeit gedacht, das liegt irgendwie an mir persönlich. Und jetzt liegt es nur daran, dass ich einen Busen habe!«

Annette muss grinsen.

»Na, das ist doch nicht persönlich, das ist die gläserne

Decke. In den besser bezahlten Jobs sind die Jungs immer noch ganz gerne alleine unter sich. Wie viele Redakteure arbeiten denn bei MM?«

»Zehn.«

»Wie viele Redakteurinnen???«

»Null.«

»Wie viele Assistentinnen, Praktikantinnen, Sekretärinnen arbeiten bei MM?«

»Keine Ahnung, vielleicht zwanzig.«

»Wie viele Assistenten, Praktikanten, Sekretäre?«

»Ein Praktikant, und der ist jetzt an meiner Stelle Redakteur geworden.«

Annette blickt mich vielsagend an. Und wenn ich so nachdenke, sie hat wirklich recht.

»Man müsste Mann sein«, sage ich mit einem Seufzer.

Annette grinst.

»Das ist kein Problem. Wenn du mal ausprobieren willst, wie es so ist, ein Mann zu sein ...«

Kein Problem? Ich blicke Annette fragend an.

Die lacht.

»Oh, nicht, was du meinst. Es geht nicht um eine Geschlechtsumwandlung. Das geht viel einfacher. Glaub's mir. Trau dich einfach. Hier. Ruf mich an, wenn du für eine neue Erfahrung bereit bist.«

Mit diesen Worten steht Annette auf und legt mir zwanzig Euro und ihre Visitenkarte auf den Tresen. Ich blicke ihr nach, wie sie mit lässigem Schritt aus der *Wunderbar* marschiert. Dann dreht sie sich noch mal um und ruft mir zu: »Trau dich, das Leben ist zu kurz.«

Eines muss man Annette lassen. Sie ist wirklich eine Klasse-Frau. Wenn sie ein Mann wäre ...

Ich blicke auf die Visitenkarte in meiner Hand. Annette Fröhlich – Visagistin und Maskenbildnerin. Jetzt ist mir klar, warum Annette auch immer so unverschämt gut aussieht.

Am nächsten Tag mache ich etwas, was ich noch nie gemacht habe. Ich melde mich einfach für eine Woche krank. Ich muss nachdenken. Ich muss mich sortieren. Ich muss mir überlegen, wie es weitergehen soll. Und eigentlich fühle ich mich auch gerade so mies, dass ich genauso gut richtig krank sein könnte.

Ich schalte mein Handy aus, ziehe den Stecker aus dem Telefon, verkrieche mich mit ein paar Tüten Chips und der Fernbedienung in mein Bett und in mein Selbstmitleid. Wenigstens kann ich endlich mal richtig ausschlafen. Nach ein paar Tagen im Bett tut mir der Rücken weh, und mein Entschluss steht fest: Ich werde bei MM kündigen. Ich werde nie wieder ein Praktikum machen. Ich werde meinen Traum vom Journalismus aufgeben. Ich werde überhaupt aufgeben. Ich werde der Realität ins Auge sehen und mir irgendeinen richtigen Job suchen. Tippen, Putzen, Verkaufen oder Babysitten – das, was Frauen halt so machen. Hauptsache, er wird bezahlt.

So kann es nicht weitergehen, ich bin dauernd übermüdet und überarbeitet und kann meine Miete trotzdem kaum noch bezahlen. Vielleicht sollte ich fragen, ob der Job an der Kasse der Kantine doch noch frei ist. Oder vielleicht brauchen die noch jemanden beim Spargelstechen, ich habe irgendwo gelesen, dass das fast niemand mehr machen will.

Ganz egal, wie: Ich will nicht mehr bei MM arbeiten.

Etwas Selbstachtung brauche selbst ich. Ich habe keine Lust, noch drei Wochen weiter Kaffee für Schober oder Verena zu kochen.

Also schleppe ich mich zum letzten Mal in die Redaktion, um Schober mein Kündigungsschreiben auf den Tisch zu legen. Ich hätte das ja auch per E-Mail machen können, aber von ein paar netten Assistentinnen, von Peter, dem Chef vom Dienst und auch von Herbert würde ich mich gerne noch verabschieden. Außerdem liegen noch ein paar Kleinigkeiten in meinem Schreibtisch. Und vielleicht sehe ich ja auch Mister Dreamy ein letztes Mal wieder, jetzt, da er bei MM arbeitet. Jetzt könnte ich ihm sogar noch mal Kaffee über sein Hemd schütten – ist ja sowieso alles egal.

Verena ist die Erste, die mich sieht beziehungsweise nicht sieht. Sie trägt drei Zentimeter dickes Make-up, das heißt, sie kommt direkt aus dem Studio. Verena ist kurzsichtig und eitel. Das ist eine Kombination, die manchmal zu Komplikationen führt. Natürlich kann sie während der Moderation keine Brille tragen, aber Kontaktlinsen gehen auch nicht, da ihr dann durch das viele Make-up permanent die Augen tränen. Also moderiert sie ohne Kontaktlinsen und ohne Brille, hält sich den Zettel mit dem Text zwischendrin ganz kurz vor die Nase, was der Cutter dann immer mühsam rausschneiden muss. Als sie mir beinahe auf die Zehen tritt, erkennt sie mich endlich.

»Oh, hallo Feli, du bist wieder da ... das ist ja großartig ... wunderbar ... endlich gibt es wieder anständigen Kaffee ... liebe Feli, wenn du mir doch gleich wie immer einen doppelten Espresso machen könntest. Ich bin total k. o., das waren heute unglaublich schwierige Texte. Ich weiß auch nicht, irgendwie kam mir heute alles so anders vor – wir haben ewig für die Aufzeichnung gebraucht.«

Das glaube ich gerne. Schließlich war ich nicht da, um die Texte wie gewohnt Verena-tauglich zu machen.

Für einen Moment will ich in die Kaffeeküche rennen, aber dann wird mir klar, dass ich ja nur aus einem Grund hier bin.

»Nein.«

»Nein? Nein was?« Verena sieht mich an, und ich merke, wie ihre Gehirnzellen auf Hochtouren arbeiten. Ich kann es geradezu spüren. Bevor Verena einen Kurzschluss im Oberstübchen bekommt, erkläre ich ihr besser die Situation.

»Nein, Verena, tut mir leid. Ich koche keinen Kaffee mehr. Ich bin nur noch hier, um zu kündigen. Und das sofort. Ich will nur noch mein Zeug holen und mich von ein paar Leuten verabschieden. Wo ist denn eigentlich Herbert? Der könnte doch Kaffee kochen, solange er noch nicht Redakteur ist.«

»Herbert? Oh. Klar. Das kannst du ja noch gar nicht wissen, du warst ja nicht da. Herbert wird nicht Redakteur. Herbert ist im Krankenhaus.«

»Krankenhaus?« Der Arme. »Was ist denn passiert?« frage ich neugierig. Für einen kleinen bösartigen Moment überlege ich, ob vielleicht einfach nur Herberts Pickel explodiert ist.

Verena beugt sich verschwörerisch zu mir rüber.

»Herbert ist mit einem ganzen Team losgefahren. Du weißt doch, für dieses geplante Feature über Boxen. Schober steht total darauf. Manchmal steht er mitten in der Nacht auf, weil irgendwelche blöden Amis sich um halb drei live verkloppen. Also meins ist das nicht. Dieses viele Blut. Herbert wollte unbedingt selbst in den Ring. Keine gute Idee. Leider ging er in der ersten Runde k.o. Der Arzt hat gesagt, mindestens ein halbes Jahr Reha muss sein. Ich habe mit Schober echt geschimpft. Schließlich hat er den armen Jungen da hingeschickt.«

»Und was ist mit der Redakteursstelle?«, frage ich Verena. Herbert hin, Herbert her. Er wollte ja unbedingt alles mal selbst ausprobieren. Mein Mitleid für Herbert hält sich in Grenzen. Größenwahn wird einfach immer bestraft.

Verena zuckt mit den Schultern. »Wir haben noch niemand. Schober sucht gerade händeringend jemand Neuen.«

Aha.

Fußmassage
 – Fußball

Am nächsten Morgen stehe ich kurz vor neun vor Annettes Wohnungstür und überlege mir, was um alles in der Welt ich hier eigentlich verloren habe. Gerade als ich mich entschlossen habe, nicht zu klingeln, sondern meinen letzten Rest gesunden Menschenverstand einzuschalten und sofort zurück zur U-Bahn zu laufen, geht die Tür wie von Geisterhand auf.

Annette steht vor mir.

»Ich ... ähm, also ... also hier bin ich«, nuschele ich etwas verlegen.

»Guten Morgen.« Annette ist ausgeschlafen, gut gelaunt und hat selbst um diese Zeit ein wirklich gutes Make-up – eines, das so aussieht, als hätte sie gar kein Make-up, dabei weiß doch mittlerweile selbst ich, dass gerade diese Art von Make-up Stunden dauert. Ihre Haut ist makellos mit einem dezent rosigen Schimmer auf den Wangen. Ach, was so eine Visagistin alles zaubern kann.

»Stör ich???«, frage ich hoffnungsvoll. Vielleicht komm ich ja total unpassend und kann gleich wieder gehen. Wenn ich anfange, darüber nachzudenken, warum ich hier bin, bekomme ich Angst vor meiner eigenen Courage.

»Nein, komm nur rein.« Annette packt mich einfach und schiebt mich in ihre Wohnung. »Ich habe mich schon gefragt, ob du dich jemals trauen würdest. Hast du schon gefrühstückt?«

»Ja, danke.«

»Soll ich dir trotzdem noch einen Milchkaffee machen?«

»Wäre nett«, murmele ich, während ich Annette in ihre

Küche folge. Annette beginnt geschickt in ihrer kleinen, perfekt ausgestatteten Küche zu hantieren. Schließlich hält sie mir eine große Tasse mit Kaffee hin und blickt mir in die Augen.

»Du hast dich also entschieden, mal was Neues auszuprobieren?«

»Ich ... ähm ... nun, ich weiß auch nicht, also ich ...« Ich hole tief Luft, während ich so rumstammele, und dann wird mir klar, dass ich mich wirklich entschieden habe.

Ich blicke Annette an, und dann sage ich: »Ja, ich habe mich entschieden. Es muss etwas passieren. Verdammt noch mal, ich will diesen Job. Das ist einfach mein Job. Und wenn ich ihn nur als Mann machen kann, dann mach ich ihn eben als Mann. Ich will diesen Arschlöchern beim Sender beweisen, dass sie blöde Vorurteile haben. Ich will ihnen zeigen, dass ich die Beste bin und dass es superdämlich war, mich nicht einzustellen. Egal, ob ich irgendwann fünf Kinder bekomme oder nicht. Ich will dem blöden Schober eins auswischen, und ich will ... ach, ich weiß auch nicht, was ich alles will. Aber eines weiß ich genau: Ich will nicht einfach so weitermachen wie bisher.«

»Bravo. Das ist klasse. Das ist der erste Schritt. So denkt ein Mann. Komm mit ... dann können wir ja jetzt anfangen.«

Ich folge Annette rüber in ein kleines Zimmer, das dem Fundus in einem Theater gleicht. Der Raum ist bis oben hin vollgestopft mit allen möglichen und unmöglichen Kleidungsstücken. Überall liegen Schuhe, hängen Schals und Ketten, und in der Mitte steht ein professionell ausgestatteter und beleuchteter Schminktisch. Ich blicke mich erstaunt um. Annette bemerkt das.

»Willkommen in meinem Reich. Weißt du, ich arbeite auch oft für TV-Produktionen oder für die Werbung. Die sind dann ganz froh, wenn ich einiges einfach selbst liefern kann. Setz dich hin, schließ die Augen und entspann dich.« Annette dirigiert mich zu dem bequemen Stuhl vor dem Schminkspiegel. Ich setze mich schnell hin.

Irgendwie haben meine Beine immer noch den Drang, ganz schnell auf und davon zu laufen.

Annette blickt mich über den Spiegel hinweg an.

»Wenn ich fertig bin, wirst du dich nicht mehr wiedererkennen. Und noch was: Ich muss dir auch die Haare schneiden. Eine Perücke geht einfach nicht. Ist dir das klar?«

Haare schneiden? Ich schlucke. Daran habe ich überhaupt noch nicht gedacht. Meine schönen Haare. Sie sind zwar nicht gerade das, was man pflegeleicht nennt, aber ich trage sie in einem kurzen Bob (sie wachsen einfach nicht weiter als bis zu den Schultern – egal, wie lange ich nicht zum Friseur gehe), und ich hänge doch sehr an jedem Zentimeter. Und wenn ich es mir recht überlege, hatte ich seit meiner Kindheit keinen Kurzhaarschnitt mehr. Aber was sein muss, das muss sein.

Ich blicke Annette in die Augen und nicke. Verdammt noch mal, ich werde mir den Job holen, und wenn es mich meine Haare kostet.

Annette greift zur Schere.

Ich schließe die Augen.

Als ich sie wieder öffne, bin ich ein junger Mann. Zumindest habe ich den Kopf eines jungen Mannes. Annette hat mir einen flotten Männerschnitt verpasst, meine Augenbrauen etwas verstärkt (du musst sie einfach wachsen lassen, überhaupt lassen Männer einfach immer alles wachsen) und mir aus winzig kleinen Schnipseln meiner Haare einen Dreitagebart geklebt, der ziemlich kitzelt.

Ich blicke baff erstaunt in den Spiegel.

Annette grinst.

»Hallo, Felix.«
Ich nicke dem jungen Mann im Spiegel ernst zu.
Hallo, Felix.

Nach meinem Kopf muss sich nun auch mein Körper verwandeln. Ich ziehe mich aus, bis auf die Unterwäsche.
Ich hätte nie in meinem Leben gedacht, dass ich irgendwann bevor ich achtzig bin, dankbar sein würde für Körbchengröße 75A.
Das ist nämlich meine Größe, seit ich denken kann.
Und zwar wirklich, seit ich denken kann.
Als ich zwei Jahre alt war, hatte ich auch nicht mehr Busen als heute. Nur ging es da den anderen Mädels genauso.
Ich meine 75A – großartig.
Wenn man unter fünf und über achtzig ist.
Wo nichts ist, kann schließlich auch nichts hängen.
Während alle 80C bis D später entweder mit ihrem Busen Fußball spielen können oder sich ein paar Abnäher verpassen lassen müssen, kann ich dem hohen Alter mit meinem Busen gelassen entgegensehen.
Aber die Zeit bis dahin: g-r-a-u-e-n-h-a-f-t.
Ich meine, ich würde schon alleine deshalb gerne schwanger werden, weil ich dann endlich mal so etwas wie einen Busen hätte.
Trotzdem umwickelt Annette meinen Oberkörper mit einer festen Binde. Ich bin ganz stolz. Anscheinend habe ich doch genügend Busen, um in jedem Fall als Frau durchzugehen.
Als Nächstes hält Annette mir ein paar in sich verschlungene schwarze Socken hin.
»Hier.«
»Nein, danke, ich hab schon welche an. Da gibt es ja wohl keinen großen Unterschied bei schwarzen Socken zwischen Männern und Frauen.«

»Doch nicht für die Füße, Süße.«

»Für was dann?« Ich blicke Annette verständnislos an.

Was soll ich mit zwei paar Socken? Okay, ich habe immer kalte Füße, aber es ist Sommer, und seit wann bedeutet Mann sein, dass man zwei Paar Socken übereinander trägt.

Annette grinst.

»Na, für das hier. Sonst glaubt man dir nie, dass du ein Mann bist.« Annette deutet auf meinen Schritt.

Na klar.

Das ist der kleine große Unterschied.

Hier haben Männer und Frauen etwas sehr anderes.

Und ich habe ab sofort dort eine Wollsocke.

»Einfach in die Unterhose stopfen. Und du musst dir überlegen, ob du Rechts- oder Linksträger bist.«

Ich nehme die Socken, schiebe sie in den Slip und probiere sie aus. Das sieht verdammt echt aus. Und verdammt groß. Fassungslos starre ich auf meinen Schritt und mache vorsichtig ein paar Schritte. Ich glaube, ich bin Linksträgerin, aber trotzdem fühlt es sich furchtbar an. Irgendwie störend.

So laufen Männer immer rum?

Das ist ja grauenvoll. Kein Wunder, dass die immer so breitbeinig daherkommen. So eine Socke braucht verdammt viel Platz. Das ist ja nerviger als jede Damenbinde.

Annette schaut meinen Gehversuchen amüsiert zu.

»Ich habe da auch noch ein paar dicke Skisocken, falls dir die lieber sind.«

»Ach, nein danke, ich glaube, ich habe damit schon genug.«

»Das kann nun kaum ein Mann von sich behaupten. Ich glaube, das ist bei denen wie bei uns die Sache mit dem Busen. Man ist immer unzufrieden mit dem, was man gerade hat.«

Kurz darauf bin ich vollständig verwandelt.

Unglaublich. Ich blicke in den großen Spiegel mit dem schönen antiken Rahmen, der in Annettes Flur steht.

Und mir blickt ein junger Mann entgegen.

Ein leichter Schatten von einem Bart. Ein guter Haarschnitt. Schlank und rank. Für einen Mann bin ich fast dünn, während ich als Frau mich eigentlich eher immer etwas zu dick gefühlt habe.

Ein gutsitzender Anzug aus Annettes Fundus, eine ansehnliche Beule in der Hose, und als krönenden Abschluss setzt Annette mir eine Brille auf die Nase.

»Das ist nur Fensterglas, aber eine Brille verändert enorm das Gesicht. Du könntest dir auch farbige Kontaktlinsen überlegen, oder, noch besser, du nimmst beides. An den Augen wird man sehr leicht erkannt. Zumindest von den Menschen, die einem einmal richtig in die Augen geblickt haben«, meint Annette.

»Ich glaube, darüber muss ich mir keine Sorgen machen. Die meisten bei MM haben mich nur als menschlichen Kaffeeautomaten betrachtet.« Und dann fällt mir der Augenblick mit Mister Dreamy ein, und ich entscheide mich doch noch für farbige Linsen als zusätzlichen Schutz.

»Und vergiss nicht deine Stimme. Du musst sie gar nicht groß verändern, du musst nicht plötzlich viel dunkler sprechen – aber du musst in jedem Fall alle ›Ähhs‹ und ›Ahhs‹ weglassen. Männer sind nicht unsicher, und wenn, dann zeigen sie es nicht, und das zeigt sich auch in ihrer Sprache.«

»Ähhh, gut«, sage ich in betont dunklem Ton, und Annette schüttelt den Kopf.

»Und nie vergessen: nie nie nie und nimmer kichern. Kein Mann der Welt kichert.«

»Okay. Alles klar. Ich hab's verstanden. Ab sofort herrscht bei mir absolutes Kicherverbot.« Ich nicke Annette ernsthaft zu.

»Na, dann kann es ja losgehen«, meint Annette.

»Was kann losgehen?«, frage ich noch völlig versunken in mein neues Spiegelbild. Der Typ gefällt mir. In den könnte ich mich direkt verlieben.

»Testlauf«, sagt Annette, grinst und hält die Wohnungstür auf. Testlauf? Was meint die denn jetzt damit?

Eine halbe Stunde später weiß ich genau, was sie damit meint. Felix und Annette laufen gemeinsam durch die Stadt.
Völlig unverfänglich.
Ein junger Mann und eine junge Frau.
Anscheinend schwer verliebt.
Annette macht sich einen Heidenspaß daraus, sich wie eine völlig verknallte junge Frau an meine breite, bandagierte Brust zu werfen und mir neue Verhaltensregeln ins Ohr zu flüstern. »Gerade halten, Brust raus. Kein Mann lässt den Oberkörper einsacken.« »Größere Schritte, Junge, größere Schritte. Du trägst doch keine Stöckelschuhe.« »Nicht ausweichen, nicht auf die Seite gehen. Männer weichen auf dem Gehweg nicht aus. Sie gehen einfach geradeaus, und jeder, der ihnen begegnet, muss Platz machen. Sonst wird sich duelliert.«

Am Anfang bin ich völlig verunsichert in meinem zweiten Ich, aber ich merke, dass ich Schritt für Schritt unter Annettes Anleitung selbstsicherer werde. Und das Allerbeste ist: Niemandem, überhaupt niemandem fällt auf, dass an mir irgendetwas nicht stimmt.

Als wir nach einer Stunde wieder in Annettes Wohnung sind, bin ich völlig besoffen vor lauter Mut. Das war ja wohl überhaupt kein Problem. Felix gehört die Welt. MM, ich komme. Und Annette verspricht mir, mich so zu trainieren, dass ich die Verkleidung möglichst schnell und ganz alleine hinbekomme. Das ist ja wohl alles kein Problem. Ich war ja sowieso immer der androgyne Typ. Und wenn dieser ganze Versuch geklappt hat, kann ich das alles auch noch als einen Beitrag zum investigativen Journalismus betrachten, und vielleicht bekomme ich sogar eine Titelstory beim Stern. Vor meinem inneren Auge blinkt schon die Schlagzeile:

»Unter Männern. Feldstudien einer Frau in Männerkleidung.«

»Ein Bier, bitte«, sage ich lässig und winke Ralle, der hinter der Bar steht, kumpelhaft zu. Ralle grüßt lässig zurück, genauso, als würde er mich schon Jahre kennen. Dabei hat er mich ganz sicher nicht erkannt. Er hat keine Ahnung, dass ich es bin. Felicitas als Mann verkleidet würde er nicht so lässig grüßen. Das würde ihn vom Barhocker hauen. Nein, das ist es nicht, Ralle macht das einfach so bei jedem, der ihn grüßt. Als Kneipenwirt ist es wohl unmöglich, sich all die Gesichter zu merken, die im Lauf der langen Abende an ihm vorbeirauschen. Aber vielleicht liegt dieser Gedächtnisschwund auch an Ralles erhöhtem alkoholischen Eigenbedarf.

Es ist Abend, ein paar Tage später, und ich stehe als Felix in der *Wunderbar*, in der ich mich als Felicitas mit Franziska verabredet habe. Franziska weiß noch nicht, dass ihre Schwester in den letzten paar Tagen eine komplette Geschlechtsumwandlung mitgemacht hat.

Das heute hier in der *Wunderbar* ist sozusagen die Generalprobe. Morgen werde ich als Felix mit meiner auf Mann frisierten Bewerbungsmappe bei MM einlaufen – vorausgesetzt, Felix besteht vor Franziska. Wenn meine Schwester mich nicht erkennt, wird auch niemand bei MM nur das Geringste ahnen.

Ich bin ziemlich nervös. Franziska ist etwas spät. Seit sie die Zwillinge hat, ist es nicht mehr so einfach für sie, pünktlich zu sein. Ich halte mich gerade an meinem zweiten Bier (bäh, aber männlich) fest, als ich sehe, wie Franziska endlich zur Tür reinkommt und sich suchend umblickt. Von Felicitas ist weit und breit nichts zu sehen.

Ich sehe, wie Franziska enttäuscht zur Theke geht und sich drei Meter entfernt von mir auf einen Hocker setzt und einen Rotwein bestellt. Ich beobachte Franziska aus den Augenwinkeln. Sie scheint nichts zu ahnen. Entspannt trinkt sie einen Schluck Rotwein und checkt nebenher ihr Handy. Wahrscheinlich will sie wissen, ob ich versucht habe, sie zu erreichen, oder ob Oliver, der allein zu Hause bei den Zwillingen ist, die letzten zwanzig Minuten überlebt hat.

Nun gut. Dann ist es Zeit, loszulegen. Ich stehe betont locker auf und gehe mit meinem vollen Bierglas in der Hand langsam zu Franziska hin.

»Na, so alleine, junge Frau? Darf ich mich zu Ihnen setzen?« Sage ich zu ihr, warte – ganz Mann – gar nicht ihre Antwort ab, sondern setze mich direkt auf den Hocker neben sie. Ich winke Ralle zu, er soll der Dame doch noch mal das Gleiche servieren.

Das, was ich gerade zu Franziska gesagt habe, ist jetzt nun wirklich der dämlichste Anmachspruch der Welt. Franziska und ich haben uns immer totgelacht, wenn irgendein Mann in einer Kneipe auf uns zukam und uns so angesprochen hat. Wir konnten uns nicht vorstellen, dass so was Dämliches jemals funktioniert.

Franziska dreht sich langsam zu mir um.

Sie mustert mich von oben bis unten.

Ganz langsam.

Mir wird schummerig.

Franziska bekommt einen seltsamen Gesichtsausdruck, und ein komisches Lächeln spielt um ihre Lippen. Jetzt wird sie mich so was von abfahren lassen. Egal. Hauptsache, sie erkennt mich nicht.

Dann beugt sie sich langsam zu mir rüber.

Oh verdammt. Sie hat mich doch entdeckt. Gleich wird

sie mir das rechte Ohr ganz gemein verdrehen. Das hat sie schon immer mit mir gemacht, als wir Kinder waren. Wenn sie mich zum Beispiel beim Lügen ertappt hat. Und ich kann jedem versichern, das tut ganz gemein weh.

Gerade als ich versuchen will, ihr schnell mitzuteilen, dass das alles nur ein Faschingsscherz ist, hängt Franziska plötzlich an meinem Hals und schiebt mir ihre Zunge in den Mund.

Ich bin sprachlos.

Zum einen, weil ich Franziskas Zunge im Mund habe.

Zum anderen auch, weil sie mich mit diesem dämlichen Anmachspruch nicht in die Wüste geschickt hat.

Und vor allem bin ich sprachlos, dass mir Franziska den Mann anscheinend voll und ganz abnimmt und sich mir einfach mir nichts, dir nichts an den Hals wirft.

Als die erste Schrecksekunde vorbei ist, packe ich Franziska an der Schulter und drücke sie von mir weg.

Widerwillig zieht sie ihre Zunge aus meinem Mund.

Sie blickt mich etwas verwirrt an.

Franziska ist eine verdammt attraktive Frau, und wenn ich wirklich ein Mann wäre, wären wir jetzt schon quer über dem Barhocker gelandet.

»Mein Gott, Franziska, bist du völlig übergeschnappt, wirfst dich einem wildfremden Mann einfach an den Hals?«, schnauze ich sie an. Ich kann nicht anders. Ich muss wenigstens ab und zu die moralische ältere Schwester raushängen lassen.

Franziska blickt mich an, als hätte sie den Geist unserer verstorbenen Großmutter mütterlicherseits vor sich. Die war eine höhere Tochter und sehr auf Etikette bedacht.

»Du bist verheiratet und hast zwei kleine Kinder. Wie kann man sich einfach so vergessen!«, aus meiner moralisch überlegenen Position könnte ich ihr eine noch viel längere Standpauke halten.

Franziska ist immer noch völlig erstarrt. Sie hat in den letzten paar Sekunden noch nicht einmal mit den Augen gezwinkert. Langsam bekomme ich es mit der Angst zu tun. Was mache ich, wenn sie vor Schreck einfach so mit einem Herzinfarkt hier vom Barhocker kippt? Ich will meine Nichte und meinen Neffen auf gar keinen Fall zu Waisen machen.

»Ja, Franziska, schau nicht so dämlich, ich bin's, Felicitas, die liebe Feli. Einfach nur verkleidet. Alles klar?«

Langsam kommt wieder etwas Leben in Felicitas Augen.

Sie blickt mich noch mal prüfend an.

Ich nehme die Brille ab.

»Heilige Scheiße.« Franziska schreit durch das ganze Lokal und springt mit einem Satz vom Barhocker. Und dann überschwemmt die Erkenntnis ihr Gesicht wie ein Wasserfall. Alle Köpfe drehen sich zu uns um. Ralle sieht aus, als wollte er mir an die Gurgel gehen. Habe ich diese Frau etwa belästigt? In seiner Bar? So etwas gibt es hier nicht. Da ist Ralle wirklich sehr korrekt. Hier in der *Wunderbar* kann sich jede Frau absolut sicher vor blöder Anmache fühlen.

Ich bemühe mich, möglichst harmlos auszusehen, und wende mich mit meiner männlichen Stimme schnell an alle. »Alles in Ordnung. Kein Problem. Ich habe ihr nur gerade erzählt, dass sie eine Schweinefarm in Tittmoning von unserer Großmutter geerbt hat.«

Alle drehen sich beruhigt wieder um. Ralle wirft mir noch einen kurzen, scharfen Blick zu. Sollte so was noch mal vorkommen, fliege ich in hohem Bogen aus der Bar. Ich lächle Ralle entschuldigend an und trete Franziska ans Schienbein

Franziska kapiert. Sie lächelt Ralle zu und zischt zu mir rüber: »Bist du jetzt völlig übergeschnappt? Total wahnsinnig? Was denkst du dir dabei? Oder ist das ein

Coming-out? Habe ich etwas in den letzten Jahren absolut nicht mitbekommen?«

»Keines von beidem«, versuche ich Franziska zu beruhigen.

»Einen Gin Tonic für die Lady bitte«, wende ich mich an Ralle.

»Den kann ich jetzt wirklich gebrauchen«, meint Franziska und wischt sich den Mund ab. »IIIIIIhhhhhhhhh. Und ich habe dich mit der Zunge geküsst.« Franziska schüttelt sich.

»Ja, allerdings. Bin mal gespannt, was Oliver dazu sagt.«

»Ich darf doch wohl noch meine Schwester küssen!«, verteidigt sich Franziska.

»Auch wenn du sie für einen jungen Mann hältst???«

Ich denke, im Moment ist es das Beste, erst mal Franziska auf ihr eigenes Fehlverhalten aufmerksam zu machen, bevor wir zu dem Grund meiner Verkleidung kommen.

»Ich bin verheiratet. Aber doch nicht tot. Und außerdem bist du der erste Mann, den ich, seit ich mit Oliver verheiratet bin geküsst habe. Und das nur, weil du der erste Mann bist, der seit der Geburt der Zwillinge einfach nur die Frau und nicht die Mutter in mir gesehen hat. Du weißt ja gar nicht, wie sich das anfühlt, immer nur Mama Mama Mama zu sein. Ich weiß auch nicht, was in mich gefahren ist. Akuter Schlaf- und Sexmangel, nehme ich mal an. Ach, was red ich da. Du bist doch gar kein Mann.«

»Meine Lippen schweigen wie ein Grab.«

»Das ist auch gut so. Und jetzt will ich wissen, was das soll, sonst erzähle ich das doch noch Oliver. Zumindest meine Variante des Ganzen.« Franziska greift mir probehalber an die Stirn, so wie sie es immer tut, wenn sie bei Lilly und Leon versucht, Fieber zu messen.

»Vielleicht hast du ja auch nur einen kleinen Hirntumor und verhältst dich deshalb so seltsam. Keine Angst, das kann man heute alles operieren.«

»Ich hab keinen Tumor. Ich will den Job bei MM.«

»Ja, und?«

»Und die stellen nur Männer ein. Oder zumindest keine Frauen über dreißig.«

»Verrückt. Völlig verrückt.«

»Wer jetzt? Ich oder die von MM?«

»Beide.«

»Das ist überhaupt nicht so verrückt, wie du glaubst. Es gab schon immer Frauen, die sich als Männer verkleidet haben«, antworte ich ihr trotzig. »Und du bist gerade auch darauf reingefallen.«

»Ja, aber ich falle auch auf die Werbung für Antifaltencremes rein und schmiere mir nutzloses Zeug für fünfzig Euro ins Gesicht. Als Männer verkleidete Frauen gibt es doch nur im Märchen.«

»Nein, genau da nicht. Ich habe mir das alles gut überlegt. Und ich habe recherchiert. Hast du schon jemals von Dr. James Barry gehört?«

Franziska schüttelt den Kopf wie bei Leon, wenn er Gummibärchen will, obwohl ihm schon schlecht ist. Das Kind weiß einfach nicht, was gut für es ist. Wenigstens weiß die Mama das.

»Siehst du. Dr. James Barry wurde wahrscheinlich 1795 in Belfast geboren als Miranda Stuart. Damals durften Frauen nicht studieren und schon gar nicht Ärztinnen werden. Das hat Miranda nicht daran gehindert, ihre beruflichen Träume zu erfüllen. Sie hat sich einfach als Mann verkleidet, hat so studiert und ist als Arzt der britischen Armee in der ganzen Welt herumgekommen. In Afrika hat sie oder vielmehr er den ersten erfolgreichen Kaiserschnitt durchgeführt. Erst nach ihrem Tod hat man erkannt, dass sie in Wirklichkeit eine Frau war. Und von solchen Frauen gab es einige. Viel mehr, als wir ahnen. Frauen, die sich einfach nicht damit abfinden wollten, dass sie ein unwichtigeres Leben führen sollten als die Männer. Und hast du noch nie etwas von der Päpstin gehört?«

»Päpstin?«

»Ja, genau. Eine Frau hat sich als Mann und Mönch verkleidet und hat es sogar bis zum Oberhaupt der katholischen Kirche geschafft. So geht zumindest die Geschichte. Ich will es ja nur bis in die Redaktion von MM schaffen.«

Franziska schaut mich ratlos an.

»Dir ist echt nicht mehr zu helfen.«

»Wäre aber nett, wenn du es trotzdem tust«, meine ich. »Ich brauche jemanden, der mit mir Männerklamotten einkaufen geht. Und das machst du doch auch immer mit Oliver.«

Franziska seufzt tief auf und schüttelt erneut den Kopf.

»Selbst wenn sie dich nehmen – was ich sehr bezweifle – wie willst du denn das jeden Tag durchstehen?«

»Keine Ahnung. Ist ja auch nur für kurze Zeit. Wenn ich gut bin im Job und schon zwei, drei Beiträge gemacht habe, habe ich mein Coming-out, und dann können die gar nicht anders mehr, als mich zu behalten. Alles andere wäre Diskriminierung. Das wäre ein Riesenskandal.« Ich zucke mit den Schultern. Franziska ist immer noch nicht überzeugt.

»Das klappt schon. Man wächst mit seinen Aufgaben. Ich frage mich ja auch immer, wie du jeden Tag durchstehst.«

»Da hast du auch wieder recht.« Franziska grinst und prostet mir zu. Dieses Argument hat ihr wohl eingeleuchtet.

»Na, dann cheers. Wie heißt du jetzt eigentlich?«

»Felix«, grinst Felix und genehmigt sich einen Schluck Bier.

»Nett, dich kennenzulernen, Felix«, sagt Franziska und schüttelt mir die Hand.

Modenschau
– Sportschau

Einige Tage später stehe ich vor dem Gebäude des Senders und würde am liebsten auf meinen flachen Absätzen sofort kehrtmachen.

Aber das geht nicht mehr.

Ich habe einen offiziellen Vorstellungstermin. Meine auf Mann frisierte Bewerbungsmappe wurde sehr positiv aufgenommen. Dabei habe ich eigentlich nur alles Weibliche aus meinem Lebenslauf gestrichen. Erstaunlich, was man heute alles so am Computer machen kann. Ein Freund von Annette, der Grafiker ist, hat mir bei den Zeugnissen geholfen. Und er meinte, er könnte mir glatt überall bessere Noten verpassen. Das wollte ich aber nicht. Ich will hier mit meiner realen Leistung bestehen – aber eben als Mann. Und wenn ich es allen gezeigt habe, was für Idioten sie sind –, dann kann Felicitas wieder aus ihrer Verkleidung schlüpfen.

Trotzdem, meine Knie sind sehr wackelig, als ich ins Gebäude gehe und mich dann vorne am Empfang anmelde. Die schicken mich gleich hoch in den vierten Stock in den kleinen Konferenzraum. Als ich im Aufzug bin, fällt mir plötzlich siedend heiß ein, dass ich ja wahrscheinlich mein Vorstellungsgespräch gleich bei Mister Dreamy habe und nicht bei Schober.

Hilfe!!!

Das hatte ich völlig verdrängt.

Wie konnte ich das vergessen?

Mister Dreamy ist hier ja jetzt der Chef.

Bisher habe ich mir immer nur vorgestellt, wie locker und kumpelhaft das Gespräch mit Schober laufen würde.

Aber mit Mister Dreamy?

Das geht gar nicht.

Wo ist der Nothalteknopf?
Ich muss sofort aus diesem Aufzug raus.
Ich muss sofort wieder nach unten.
Ich bekomme keine Luft mehr.
Die Krawatte schnürt mir den Hals ab. Dass Männer auch so was Bescheuertes tragen müssen. Ich zerre und ziehe an dem Ding rum, aber ich habe das Gefühl, der Zug wird stärker. Das ist ja wie bei einer Hinrichtung.
Mir wird ganz schwindelig.
Was mache ich, wenn ich umfalle und der Notarzt kommt? Der merkt doch spätestens bei der Herzmassage, dass ich eine Frau bin. So klein ist mein Busen schließlich auch nicht.
Noch bevor meine Panik die Ausmaße eines Eisbergs annehmen kann, geht die Tür vom Aufzug auf, und vor mir steht Schober.
»Ah, da sind Sie ja, Herr Neumann. Schön, dass Sie so pünktlich sind. Die vom Empfang haben Sie schon angekündigt. Folgen Sie mir einfach. Wir gehen in den kleinen Konferenzraum.«
Schober reicht mir die Hand, die ich automatisch schüttele.
Okay.
Es ist doch Schober, mit dem ich erst mal reden muss.
Alles klar.
Das eben war nur eine kleine Panikattacke.
Alles wieder gut.
Felicitas, sei ein Mann. Du machst das schon.
Ich straffe meine Schultern und folge dem vor sich hin brabbelnden Schober mit großen, männlichen Schritten in den kleinen Konferenzraum.

Dort sitzt dann natürlich Mister Dreamy und wartet schon auf mich.
War ja klar.

Die machen das Gespräch anscheinend zu zweit.
Oh je.
Ich setze mich erst mal hin und vermeide es, Mister Dreamy in die Augen zu blicken. Ich trage zwar die Brille und meine farbigen Kontaktlinsen, aber wenn ich daran denke, wie mir das letzte Mal die Knie gezittert haben, als ich Mister Dreamy in die Augen geblickt habe! Und da traf ich ihn noch als Frau. Noch mehr Kniezittern vertrage ich einfach im Moment nicht.

Ich versuche mich zusammenzureißen. Wenn ich den Job will, werde ich schließlich öfter mit Mister Dreamy zu tun haben. Das darf doch kein Problem sein.

Mister Dreamy heißt, wie ich jetzt bei der gegenseitigen Vorstellung erfahre, Sebastian Goldkind. Sebastian, was für ein schöner Name. Und dann noch Goldkind! Wie hübsch.

Wir reden über meine bisherige berufliche Laufbahn. Wie interessant doch meine Auslandsaufenthalte waren, und ich bemerke, dass ich als Mann mit dem gleichen Lebenslauf eindeutig bessere Chancen habe. Schober ist zu mir als Mann viel weniger grantig, und Sebastian ist ausgesprochen nett und aufmunternd.

»Könnten Sie mir vielleicht noch zum Abschluss unseres Gesprächs ein Thema nennen, über das Sie gerne bei MM einen Beitrag machen würden?« Sebastian blickt mich freundlich an. Und dann passiert das, was mir als Mann besser nicht passieren sollte. Ich versinke einfach in Sebastians schokobraune Augen. Wahrscheinlich sollte mir das als Frau auch nicht passieren. Aber als Mann! Ich kann einfach nicht anders. Das ist wie ein Sog. Ich blicke in seine Augen und sehe darin Bilder einer gemeinsamen Zukunft. Sebastian und ich am Strand. Sebastian und ich mit einem kleinen Hund. Sebastian und ich mit einem Bugaboo ... und ohne weiter darüber nachzudenken, höre ich mich plötzlich antworten:

»Wie wär's, wenn man mal etwas machen würde über die Gemeinsamkeiten von Männern und Frauen? Ich meine, das Zusammenleben zwischen Männern und Frauen wird ja immer schwieriger, das weiß ja jeder, und jede zweite Ehe wird geschieden. Diese ganzen Bücher, die die Unterschiede zwischen Männern und Frauen hervorheben, sind so wahnsinnig erfolgreich. Das kennen doch mittlerweile alle: Frauen kommen vom Nordpol, und Männer sind vom Südpol oder so, und da dachte ich mir, über die Gemeinsamkeiten und über das, was funktioniert, wird eigentlich nie so richtig berichtet. Ich meine, auch wenn beide von verschiedenen Polen oder Planeten kommen, so leben doch alle auf der Erde oder in einem Universum, und an jedem Pol ist es verdammt kalt, wenn man alleine ist.«

Wow.

Ich glaube nicht, dass ich das jetzt gerade gesagt habe.

Das war die gleiche Idee wie bei der Redaktionskonferenz.

Jetzt wird Schober mich erkennen und sofort rausschmeißen.

Oder er wird mich nicht erkennen, aber trotzdem rausschmeißen, weil er meine Idee schon damals völlig bescheuert fand.

Ich mache mich auf alles gefasst. Trotz des Fiaskos, das sich anbahnt, bin ich stolz auf mich. Immerhin habe ich die Idee diesmal wesentlich männlicher vorgetragen. Mit erheblich weniger »Ähhs«, »Mmmmhs« und »Ahhhs« als Felicitas.

Trotzdem.

Das sieht nicht gut aus.

Ich sehe, wie Schobers Gesicht sich leicht rötet und wie Sebastian und er sich etwas verwirrt anblicken.

Dann fängt sich Sebastian, er lächelt mich an und sagt: »Das ist eine ganz großartige Idee. Gefällt mir ausgezeichnet. Herr Schober, unser stellvertretender Chefredakteur, hat mir erst vorgestern genau so etwas Ähnliches vorgetragen. Wenn auch noch nicht ganz so ausgearbeitet wie Sie eben. Aber das konnten Sie ja jetzt nicht wissen. Doch es zeigt mir, Sie haben ein Gespür für die Dinge, die in der Luft liegen. So einen Mann wie Sie können wir in unserem Team sehr gut brauchen.« Sebastian steht auf und kommt auf mich zu. Er reicht mir die Hand.

»Herr Neumann, ich gratuliere Ihnen. Sie haben den Job. Sie können gleich morgen anfangen. Ich muss leider gleich weiter zur nächsten Besprechung. Alles, was Sie noch wissen müssen, wird Ihnen Herr Schober mitteilen. War sehr nett, Sie kennengelernt zu haben. Ich freue mich auf unsere weitere Zusammenarbeit. Auf Wiedersehen.«

Mit diesen Worten klopft Sebastian mir auf die Schulter und verschwindet.

Eine halbe Stunde später tanze ich durch die Straßen von Berlin.

Ich habe den Job.
Ich habe den Job.
Ich habe den Job.
Ich singe das laut vor mich hin.

Ein paar Passanten blicken mich verwundert an. Ach, alles egal. Ich bin Redakteurin. Oder vielmehr Redakteur.

Aber endlich, endlich habe ich es geschafft. Ein richtiger Job, kein Praktikum, gut bezahlt und mit allen Sozialversicherungen, die man sich nur wünschen kann. Ich habe meinen Vertrag schon unterschrieben in der Tasche. Ach, ich könnte die ganze Welt umarmen. Ich rufe sofort Annette an und lade sie für morgen zum Essen ein. Ich komme als Mann oder als Frau, ganz wie sie will. Annette will mich lieber als Frau und gratuliert mir sehr.

Immer noch glücklich renne ich zur U-Bahn. Das muss

ich sofort auch Franziska erzählen. Sie wird mir das nicht glauben, schließlich steht sie dem ganzen Projekt doch noch ziemlich skeptisch gegenüber.

Mit den flachen Tretern eines Mannes kann man wirklich sehr viel besser rennen als mit Stöckelschuhen.

Ich habe den Job.

Und der blöde Schober hat meine gute Idee, die ich als Felicitas hatte, einfach als seine eigene verkauft.

Und mir hat er vor versammelter Mannschaft gesagt, wie blöd er diese Idee findet.

Aber egal.

So ein A wie Schober kann mich jetzt auch nicht mehr aufhalten.

Ich habe den Job.

Oder vielmehr: Felix hat ihn.

Der nächste Tag ist gleich mein erster Arbeitstag. Ich mache mich besonders sorgfältig als Mann zurecht. Schließlich muss die Maskerade heute mindestens acht Stunden halten. Franziska hat übrigens gestern noch mit mir eingekauft. Jetzt, da ich den Job habe, brauche ich zumindest eine Basis-Männergarderobe. Ich muss sagen, ich verstehe jetzt, warum Männer so ungern einkaufen gehen. Das Businesszeug ist wirklich verdammt langweilig. Grauer Anzug, brauner Anzug, beiger Anzug. Braune Schuhe. Schwarze Schuhe. Weißes Hemd. Graues Hemd. Also kein Vergleich zu dem, was Frauen alles zur Auswahl haben. Bin ich froh, dass ich nicht immer als Mann shoppen muss.

Franziska und ich waren in einer halben Stunde fertig und hatten trotzdem eine Unmenge Geld ausgegeben. Zweihundert Euro für ein Männersakko! Unfassbar. Ich liebe Mode, aber bisher habe ich mich ausschließlich mit Kleidung für Frauen beschäftigt. Ehrlich gesagt, für mich sieht ein Sakko aus wie das andere. Ich kann nicht einschätzen, wie viel es gekostet hat. Ich habe das bei einem Mann auch noch nie bemerkt. Die Kleidung bei einem Mann ist mir relativ egal – vorausgesetzt, es handelt sich nicht gerade um einen totalen Ausrutscher wie weiße Tennissocken in offenen Sandalen oder eine von diesen Motiv-Krawatten, die die ganze Zeit für ihren Träger schreien: »Ich bin kreativ, ich bin kreativ.« Aber mit einem normalen Anzug und einem weißen Hemd kann man eigentlich nichts falsch machen als Mann, finde ich. Und in der Freizeit einfach ein paar Jeans, T-Shirts und Sneakers. Fertig. Sich als Mann anzuziehen, ist ja wohl das Einfachste der Welt. Also, das kann ich ja jetzt wirklich beurteilen. Frauen achten nicht auf den Preis des Sakkos, sie achten darauf, ob der Gesamtauftritt eines Mannes stimmt. Was nützt schließlich so ein Teil für fünfhundert Euro, wenn der Mann, der drin steckt, ein Idiot ist. Dann kann er es vergessen. Denken Männer eigentlich genauso? Sieht ein Mann nicht, was das Kleid einer Frau gekostet hat? Ist es für Männer vollkommen egal, ob wir H&M oder Prada tragen? Wenn das so wäre, wäre es auch egal. Denn Frauen ziehen sich schließlich nicht für Männer schön an, sondern für sich und für die anderen Frauen. Auch wenn Männer in ihrer Selbstherrlichkeit denken, wir würden das nur für sie machen.

Der Verkäufer in dem Herrenausstatter hat etwas komisch geschaut, weil er dauernd hinter dem verschlossenen Vorhang zwei Frauen hat kichern hören, aber entlarvt hat er mich nicht. Mittlerweile bin ich als Mann schon sehr selbstbewusst.

Nun gehe ich in meinem neuen grauen Anzug durch die vertrauten Gänge der Redaktion und werde von Schober allen Leuten vorgestellt, die ich eigentlich schon lange kenne. Die meisten sind nett und aufgeschlossen. Erkennen tut mich niemand. Peter, der nette Chef vom Dienst, ist eine Sekunde irritiert, als ich ihm vorgestellt werde.

Aber dann klingelt sein Telefon, und die Sekunde ist vorbei. Peter hat heute Apfelmus auf seinem Anzug.

Verena hingegen haucht mir ein fast schon gestöhntes »guten Morgen« entgegen. »Ich bin sicher, wir beide werden ganz besonders gut zusammenarbeiten.« Dabei hält sie meine Hand weitaus länger als nötig. Felicitas hat sie übrigens nie die Hand geschüttelt, fällt mir gerade ein. Mein erster Tag als Mann und Redakteur vergeht wie im Fluge. Mister Dreamy ist nicht da, so bekomme ich auch keine weichen Knie, dafür schenkt mir eine neue, sehr nette Praktikantin ständig frischen Kaffee nach. Ich habe ein eigenes, wenn auch kleines Büro und einen nigelnagelneuen Computer. Aber das Tollste ist: Alle hören mir sofort zu, wenn ich etwas sage. Sobald ich den Mund aufmache, ist mir schon Aufmerksamkeit sicher. Von den Kollegen und auch von allen Sekretärinnen und Assistentinnen. Ich kann es kaum glauben. So einfach kann das Berufsleben sein, wenn man ein Mann ist.

Ein paar Tage später bin ich immer noch glückliches Redaktionsmitglied von MM. Ich muss sagen, mein Arbeitsleben als Mann hat wirklich einige Vorteile. Annette hat mir schließlich noch eingeschärft, dass es überhaupt nichts bringt, sich einfach nur als Mann zu verkleiden. Das Entscheidende sei: Man muss denken wie ein Mann. Aber wie denken Männer? Oder vielmehr denken Männer überhaupt? Und kann ein Mann denken, wenn er den primären Geschlechtsmerkmalen des anderen Geschlechts ausgesetzt wird? Ach, so ganz genau werde ich das alles wohl nie erfahren – da müsste ich wohl schon eine komplette Geschlechtsumwandlung machen, und selbst dann wäre ich nicht als Mann geboren. Oder ist es, wie Simone de Beauvoir schon sagte: Als Mann wird man nicht geboren, zum Mann wird man gemacht. Sie hat natürlich die Frauen gemeint, aber vielleicht gilt das ja für beide Geschlechter.

Ich arbeite auch schon an meinem ersten eigenen Beitrag: Die Gemeinsamkeiten von Männern und Frauen. Sebastian hat mein Vorschlag beim Vorstellungsgespräch so gut gefallen, dass er mich gleich auf das Thema angesetzt hat. Ich bin gerade dabei, im Internet zu recherchieren, und habe die Schuhe und Socken ausgezogen und die Füße auf den Schreibtisch gelegt, um es mir bequem zu machen. Wenn ich schon ein eigenes Büro habe, kann ich das auch nutzen. Es ist eine alte Angewohnheit von mir noch aus der Studienzeit, dass ich gerne meine Schuhe ausziehe. Immer wenn ich am Computer sitze, muss ich barfuß sein. Weiß auch nicht, warum, vielleicht gibt mir das die Illusion, eigentlich am Strand zu sein. Außerdem muss ich sagen: Klassische Herrenschuhe sind erheblich schwerer als Frauenschuhe. Man hat dauernd das Gefühl, einen schweren Klotz am Bein zu haben. Ich kann zwar damit schneller laufen, weil sie flach sind und damit einfach bequemer, aber an das Gewicht muss ich mich erst noch gewöhnen. Und Turnschuhe im Büro – das geht überhaupt nicht. Außerdem würden dann wahrscheinlich allen meine kleinen Füße auffallen. Ich bin total in Gedanken versunken, als plötzlich meine Bürotür aufgeht.

Für eine Sekunde bin ich völlig erstarrt.

Mister Dreamy steht im Raum.

Ich nehme sofort meine Füße vom Tisch.

Mister Dreamy grinst, als er das bemerkt. »Haben Sie kurz Zeit? Ich möchte was mit Ihnen besprechen.«

»Äh, ja ... klar habe ich Zeit«, murmele ich und starre hinunter auf meine Füße. Verdammt. Ich kann die »Ähs« einfach nicht weglassen, wenn ich Mister Dreamy sehe. Und dann bemerke ich, dass ich an ein paar Zehennägeln immer noch Reste von Nagellack habe. Shocking Pink. Meine Lieblingsfarbe, wenn ich deprimiert bin. Dann habe ich wenigstens irgendwo rosa Aussichten. Das ist wirklich schön. Immer wenn ich dann an mir runterschaue, blinkt es freundlich rosarot.

Aber jetzt! Verflucht! Ich habe mir als Letztes die Zehennägel lackiert, als ich so deprimiert im Bett lag, weil Herbert meinen Job bekommen hatte. Da sind mindestens drei Schichten Lack, weil ich da wirklich, wirklich deprimiert war. Drei Schichten Shocking Pink. Ich habe einfach vergessen, den Lack zu entfernen. Schließlich ziehe ich jeden Tag ziemlich schwere Männerschuhe und dunkle Socken an. Nix mehr mit Flipflops und Sandaletten. Wer denkt da schon an seine Zehennägel? Ich meine, die meisten Männer denken sowieso wohl nie an ihre Zehennägel, denn es ist schon erstaunlich, was die alles auspacken, wenn man sie mal näher kennenlernt.

»Ich habe dreimal geklopft, aber Sie haben nicht reagiert. Dabei hatte man mir gesagt, dass Sie in Ihrem Büro sind. Ich hoffe, Sie fühlen sich wohl bei uns, und ich wollte Sie einfach noch mal persönlich begrüßen und... Felix??? Alles klar bei Ihnen???« Sebastian sieht mich prüfend an. Ich schaue immer noch entsetzt auf Shocking Pink und versuche in meiner Verzweiflung, meine Zehen im Teppichboden zu vergraben, was natürlich nicht geht, da wir hier einen pflegeleichten Kurzflor-Teppichboden haben.

Ich schaue zu Sebastian hin. »Ähm... ja, also... tut mir leid... ich war gerade so in Gedanken...«

Sebastian grinst.

»Ich ziehe auch öfter die Schuhe aus, wenn ich denke, dass mich niemand beobachtet.«

»Ähm... jaa... darf ich mal kurz.« Ich bücke mich, um so schnell wie möglich in die Socken und Schuhe zu kommen. Verdammt. Die Dinger habe ich vorhin einfach von mir geschleudert, weil es heute so heiß ist. Den linken Schuh mitsamt der Socke entdecke ich ganz hinten in der

Ecke des Büros. Unmöglich, jetzt aufzustehen und einfach da hinzugehen. Shocking Pink leuchtet sogar noch fluoreszierend im Dunkeln. Das ist ja das Tolle dran.

Sebastian setzt sich locker auf meine Schreibtischkante, während ich immer noch halb unter dem Schreibtisch rumkrieche. Verdammt. Ich finde den einen Schuh und ziehe ihn vorsichtshalber mal an – ohne den Socken. Den Socken brauche ich nämlich für den anderen Fuß, solange der andere Schuh mit passendem Socken immer noch hinten in der Ecke liegt. Shocking Pink muss einfach versteckt werden, koste es, was es wolle. Meine Hände zittern so, dass ich kaum den Schnürsenkel binden kann. Sebastian über mir redet und redet. »... wissen Sie, ich will die Sendung richtig reformieren. Etwas machen, was bisher noch niemand gemacht hat. Die Männer wirklich erreichen. Fernab von den üblichen Klischees wie Autos, Fußball, Sex.«

Sex?

Für einen Moment horche ich auf und stoße mir prompt den Kopf an dem Schreibtisch. Wieso redet Sebastian über Sex? Und dann wird mir klar, dass das natürlich irgendwas mit meinem Job zu tun haben muss. Ach, was für ein toller Job, bei dem man mit einem solchen Mann über Sex sprechen kann.

In diesem Moment klingelt Sebastians Handy. Er geht ran.

»Ja? Sebastian Goldkind. Gut ... alles klar ... Bin gleich da.«

Sebastian beugt sich zu mir runter. Ich kauere immer noch unter dem Schreibtisch, aber jetzt habe ich wenigstens einen Schuh und einen Socken an.

»Könnten Sie kurz mitkommen? Ich muss leider gleich weiter hoch zum Vorstand und vorsingen. Aber vorher wollte ich mit Ihnen noch ein paar Sachen besprechen.«

»Na klar«, sage ich und versuche aufzustehen.

Boing. Wieder stoße ich mir den Kopf am Schreibtisch. Sebastian macht mich einfach nervös.

Vielleicht sollte ich homosexuell werden?

Sebastian verlässt mein Büro, und ich habe Mühe, hinter ihm herzurennen. Mit einem Schuh und einer Socke. Wo will er denn so schnell hin?

Zwei Minuten später stehe ich neben Sebastian auf der Männertoilette.

Vor den Pinkelbecken.

Und Sebastian redet und redet und redet. Er will die Sendung völlig neu gestalten. Ein neues Konzept. Ein neuer Look. Neue Ideen. Neues Dingsda. Wenigstens redet er so viel, dass er anscheinend von meinem Ein-Socken-ein-Schuh-Problem überhaupt nichts mitbekommen hat.

Und ich? Ich kann überhaupt nicht zuhören.

Ich stehe hier mit Sebastian auf dem Männerklo.

Ich glaube, das hatte ich schon erwähnt.

Klar, als Mann ist die Männertoilette ein natürliches Umfeld.

Nur: Ich bin kein Mann – zumindest an der entscheidensten Stelle nicht.

Und bisher habe ich es vermieden, hier in der Redaktion auf die Toilette zu gehen. Ich bin einfach immer in der Mittagspause schnell zu Franziska gerannt, die nicht weit von hier wohnt, oder habe gewartet, bis ich wieder zu Hause war.

Ich meine, ich will einfach nicht neben meinen Kollegen pinkeln. Auch nicht in der Kabine eingeschlossen. Welcher Mann geht schließlich in eine Kabine zum Pieseln und schließt dabei die Tür ab? Ich glaube, das zu machen, wäre sogar noch verdächtiger als Shocking Pink auf den Zehennägeln.

Und jetzt das! Sebastian redet und redet weiter. In meinen Ohren rauscht es, und das kommt nicht von der Wasserspülung.

Irgendwie riecht es komisch hier. Streng und heftig. Völlig anders jedenfalls als auf der Frauentoilette. Ein paar Erinnerungen an meine frühe Schulzeit tauchen auf. Da haben die Jungs versucht, uns Mädchen einzeln in die Jungstoilette zu ziehen. Das war auch nicht peinlicher, als was ich jetzt hier erlebe.

Sebastian redet weiter über das Re-Design von MM, und dann packt er einfach seinen Schniepelpiepel aus.

Wahhhhhhh.

Wo um alles in der Welt soll ich bloß hinschauen?

Meine Augen halten sich krampfhaft an der dritten Kachel von oben fest. Da ist eine Ecke abgesprungen. Ein Halt in dieser verkehrten Welt.

Wieso muss mein neuer Chefredakteur ausgerechnet mit mir das neue Konzept auf der Toilette besprechen? Dafür gibt es doch Konferenzräume! Säle! Büros! Parks! Von mir aus auch im Auto oder im Aufzug. Aber doch nicht auf der Toilette. Ich dachte bisher immer nur, Frauen gehen gemeinsam aufs Klo, um dort ungestört ihren Lippenstift nachzuziehen und über Männer zu reden. Aber anscheinend gehen Männer miteinander aufs Klo, um dort ungestört über Business zu reden.

Was mach ich bloß, was mach ich bloß? Wenigstens ist gerade sonst keiner meiner Kollegen hier, um sich zu erleichtern. Ich sehe, meine Toiletten-Strategie muss in jedem Fall noch verbessert werden.

Ich merke, wie Sebastian aufhört zu reden und mich befremdet von der Seite her anblickt.

Ich lächle etwas verkrampft zurück, während ich versuche, meine Augen weiterhin auf der dritten Kachel von oben zu halten.

Mein Gott, neben mir steht einer der tollsten Typen der Welt mit offenem Hosenschlitz.

Ich sterbe.
Weil ich ihn so toll finde.
Weil ich selbst jetzt eigentlich ganz dringend pinkeln muss.

Und dann wird mir klar, warum Sebastian mich so seltsam anblickt. Er erwartet anscheinend, dass ich auch pinkle. Ich habe das schon ein paar Mal in Filmen gesehen. Männer stehen gemeinsam vor diesem Porzellan-Ding und lassen ihren Gedanken und ihren Flüssigkeiten freien Lauf.

Oje.

»Ähm ... ja ... also ... ich muss gerade nicht ... war gerade vor fünf Minuten ... ich meine hier ... ähm nun ja ... also das klingt alles sehr interessant, und ich würde wirklich sehr gerne dabei mitarbeiten.« Sag ich jetzt mal einfach so. Kann ja nicht schaden.

»Denken Sie darüber nach ... ich würde mich freuen, wenn Sie nächste Woche ein paar Vorschläge hätten ... und jetzt muss ich leider los.« Sebastian packt ein, wäscht sich Gott sei Dank die Hände, nickt mir kurz zu und stürzt davon.

Ich bleibe alleine zurück.

Und für eine klitzekleine Sekunde tut es mir leid, dass ich nicht mal den klitzekleinen Blick riskiert habe.

Am nächsten Tag fange ich gleich an, mit Sebastian am neuen Konzept für MM zu arbeiten. Wir wollen uns jeden Tag eine Stunde extra Zeit dafür nehmen. Ich muss sagen, es macht richtig Spaß, mit Sebastian zu arbeiten. Er ist intelligent, witzig und hat richtig gute Ideen. Und: er hört mir wirklich zu. Bisher hat mir noch kein Mann richtig zugehört. Also nicht so, wie Sebastian mir zuhört. Er nimmt meine Ideen ernst, und wir werfen uns die Bälle immer wieder von Neuem zu. Mit ihm zu arbeiten, ist wie Pingpongspielen mit Gedanken.

Vielleicht liegt das nur daran, dass ich jetzt ein Mann bin, aber ich denke, dass Sebastian einfach immer so in der Zusammenarbeit ist. Zumindest habe ich ihn auch mit den Frauen hier noch nie anders erlebt.

Mittags sitze ich dann mit all meinen Kollegen in der Kantine. Die Jungs klüngeln wirklich total zusammen. Mittags wird gemeinsam essen gegangen, und wie ich feststelle, werden die wirklich wichtigen Dinge hier oder nach Feierabend bei ein, zwei, drei, vier Bierchen besprochen. Wer welchen Beitrag machen wird. Wer wann Urlaub nimmt und wie groß die Körbchengröße der neuen Praktikantin ist. Oh, mein Gott, wahrscheinlich haben die sich auch über meine Körbchengröße unterhalten. Na, großartig. Oder vielmehr kleinartig, wenn ich so an mir runterblicke. Ich bin ja jetzt noch flacher als sonst.

Irgendwie fühlt es sich ehrlich gesagt ziemlich toll an, endlich zu den Jungs zu gehören. Die Ritter der Tafelrunde finden hier sozusagen in jeder Mittagspause zusammen. Mit Sebastian als King Arthur und Schober als schwarzem Ritter. Und ich gehöre endlich dazu. Dafür musste ich nicht mal zum Ritter geschlagen werden. Ich brauche nur ein Mann zu sein. Das reicht schon.

Es gibt nur ein kleines Problem: Männer essen völlig anders als Frauen. Sebastian, Schober und die anderen Redakteure schaufeln sich jeden Mittag Unmengen Kalorien und Cholesterin rein. Schnitzel, Pommes, Schweinsbraten, Pizza. Alles, was fettig ist und fett macht. Salat wird anscheinend als pure Dekoration betrachtet. Keiner der Jungs würde nur im Traum an eine Diät denken. In der ersten Mittagspause habe ich mir aus alter Gewohnheit einen großen Salatteller geholt. Gott sei Dank habe ich rechtzeitig die irritierten Blicke bemerkt und dann nach einem kurzen Blick auf die anderen Teller, auf denen sich Hamburger, Currywüste, Schweinenackensteaks und

Ähnliches türmten, noch schnell ein Schnitzel, Pommes und Mayo draufgetan.

Ach, was das Essen betrifft, ist Mannsein das Paradies. Nie wieder Kalorien zählen, nie wieder Kohlsuppendiät oder den ganzen Tag drei gekochte Eier. Man kann essen, was man will. Zwei der Redakteure – Frank und Michael – schieben einen ziemlich beachtlichen Bauch vor sich her, was aber weder in ihren Augen noch in den Augen der anderen Männer eine Schande ist. Ganz im Gegenteil. Sie tragen das wie eine Auszeichnung. Jede Frau mit dieser Figur würde sich erstens nur noch in schwarze Wallegewänder kleiden und zweitens zumindest in der Öffentlichkeit nie mehr als ein stilles Mineralwasser zu sich nehmen.

Bei Männern gelten in puncto Essen völlig andere Gesetze als bei Frauen. Aber leider bin ich rein physiologisch gesehen ja kein Mann, und der Bund meiner Anzugshose fängt bedenklich an zu spannen. Jeden Mittag dreitausend Kalorien können nicht spurlos an einer Frau vorübergehen. Auch nicht, wenn sie gerade aussieht wie ein Mann. Wenn ich nicht bald dieses Gendercrossing-Experiment beende, werde ich bald durch die Gegend rollen. Aber bis dahin: Irgendwie ist es total toll, sich keinerlei Gedanken über das Essen machen zu müssen. Einfach drauftun, worauf man Lust hat, und essen, bis man platzt. Vielleicht sollte ich doch für immer ein Mann bleiben.

»Na, wie sieht's denn aus mit unserm Neuzugang? Heute Abend wäre doch eine gute Gelegenheit.«

»Ja, wäre klasse. Also ich kann auf jeden Fall.«

»Eine gute Gelegenheit für was?«, frage ich völlig naiv in die Runde, während ich mir genüsslich ein paar Pommes reinschiebe.

Schober schaut mich an, als wäre ich vom Mond.
Sebastian grinst.

»Meinen habe ich gleich am ersten Abend gegeben.«
Ich verstehe immer noch nur Bahnhof.

»Deinen was?« Ich blicke Sebastian verständnislos an.

»Einstaaaannnnd«, grölen plötzlich alle zusammen, sodass der Rest der Kantinenbesucher irritiert zu unserem Tisch blickt.

»Einstand?«, frage ich immer noch etwas verwirrt in die Runde. Und dann wird mir klar: Ja, natürlich, wenn man endlich mal fest angestellt ist, muss man für seine Kollegen ja auch einen Einstand geben. Da ich bisher nur Praktikantin war, hatte ich mit dieser Sitte noch nie etwas zu tun. Wer nichts verdient, kann ja schließlich nicht auch noch Leute einladen.

Schober blickt mich verschwörerisch an. »Natürlich nur für die Jungs. Du verstehst schon. Die Mädels kannst du dann extra mal zum Eisessen einladen. Wir wollen doch schließlich unseren Spaß haben, oder?« Schober haut mir zwischen die Schulterblätter. Ich würge eine Pommes, die unbedingt nach oben will, verzweifelt wieder nach unten.

»Oh. Einstand. Heute Abend? Ja. Geht klar. Kein Problem.«

»Na, wunderbar. Wurde auch wieder Zeit für einen richtigen Männerabend«, grinst Schober und schlägt mir freundschaftlich noch mal auf den Rücken, sodass ich Mühe habe, nicht alle Pommes wieder auszuspucken. Jungs und ihr permanentes Schultergeklopfe. Ich kriege irgendwann am Rücken eine Hornhaut, wenn das so weitergeht.

Ich nicke fröhlich in die Runde. Wird bestimmt ganz nett. Ich lasse einfach ein paar Kästen Bier kommen und vielleicht noch ein paar Jumbo-Pizzas mit allem drauf, was ungesund ist, und der Abend ist gerettet.

Hilfe!

Wer rettet mich?

Ich sitze auf einem Stuhl, und fast auf mir drauf sitzt eine so gut wie nackte und so gut wie echte Blondine mit einer so gut wie echten Körbchengröße E, die mir ihre fast nackten Tatsachen ins Gesicht schleudert. Wenigstens sind ihre Brustwarzen beklebt mit kleinen, glitzernden Herzchen, an denen so Fransen hängen. Die Blondine heißt Chantal oder so ähnlich, und sie bemüht sich wirklich redlich um mich. Um mich und Chantal herum sitzen die versammelten Jungs der Redaktion und feuern Chantal und mich grölend an.

Oh, mein Gott.

Wie konnte das nur passieren?

Dabei fing alles so harmlos an.

Ich wollte wie besprochen meinen Einstand geben und hatte ein paar Kisten Bier bestellt und ein paar Pizzen kommen lassen, und bis zehn Uhr abends hatten wir in meinem kleinen Büro auch eine nette Zeit verbracht. Also ich meine, wenn man unter einer netten Zeit Kampftrinken und schmutzige Witze versteht. Ich fürchte, ich hatte wirklich bisher keine Ahnung, wie so ein richtiger Männerabend aussieht. Die Jungs haben mir ein Bier nach dem anderen in die Hand gedrückt, auf die Schulter geklopft und gesagt, was für ein toller Kumpel ich doch sei und wie großartig sie es fänden, mit mir zusammenzuarbeiten. So ein Typ, wie ich es bin, habe im Team gerade noch gefehlt.

Wenn die wüssten!!!

Also, alles lief wirklich bestens bis so um elf. Da hatte ich dann schon so sechs Liter Bier intus und das Gefühl, meine Blase und mein Kopf würden irgendwann platzen. Also schlug ich vor, wir sollten doch jetzt alle mal nach Hause gehen. Schließlich sei morgen auch noch ein Tag, und zwar ein Arbeitstag. Aber nix da. Nach Hause wollte noch niemand, und alle waren der Meinung, dass der Abend doch jetzt erst losginge.

Deshalb gingen alle noch mal schnell auf einen kleinen Absacker in diese nette und total gemütliche Lapdance-Bar. (Und ich vorher doch noch schnell aufs Männerklo. Soviel Bier einfach drin zu lassen, schafft meine Blase einfach noch nicht.)

Ich muss schon sagen. Es ist unglaublich hier. Die Einrichtung entspricht ungefähr dem, was meine Tante Agathe seit Jahren in ihrem Wohnzimmer hat: Plüsch. Rot und überall Staubfänger.

Aber über alles Übrige hier wäre nicht nur Tante Agathe entsetzt.

Ein paar Mädels tanzen an verschiedenen Stangen auf einem Laufsteg, und die Jungs schieben ihnen Geldscheine in Unterhöschen, die den Namen Hose nun wirklich nicht verdienen.

Ich muss es leider zugeben: Ich bin so auch schon mehr als fünfzig Euro losgeworden.

Notgedrungen.

Nie in meinen kühnsten Träumen hätte ich gedacht, dass ich mal einer anderen Frau ein paar Scheine in den String schieben würde. Aber es ließ sich leider nicht vermeiden. Die Kollegen beobachteten jede meiner Gesten mit Argusaugen. Dieser Einstand war wohl so was wie ein Initiationsritual. Nicht auszudenken, wenn ich hier durchfallen würde. Ich glaube, dann könnte ich meinen Job bei MM gleich vergessen. Egal, wie gut ich meine Arbeit mache.

Chantal müht sich immer noch auf mir ab. Ich kann einzelne Schweißperlen zwischen ihren Brüsten herabrinnen sehen. Oh Mann, das Mädel muss sein Geld wirklich schwer verdienen.

Chantal reibt und rubbelt und scheuert sich an mir wie eine Kuh an einem Baumstamm, und ich versuche mich so weit wie möglich in den Stuhl zu drücken, damit ich nicht vollständig erdrückt werde.

Beam me up, Scotty.

Chantal reibt und rubbelt weiter, was das Zeug hält.

Ich will weg hier.

Aber keine Chance.

Plötzlich hört Chantal für eine Sekunde auf zu rubbeln. Dafür setzt sie sich jetzt voll auf mich drauf.

Wumm. Chantal ist in jeder Hinsicht E.

Ich habe das Gefühl, ich bin gerade mit dem Auto gegen einen Baum geprallt, und vor mir sind zwei riesige Airbags aufgegangen.

Hilfe!

Ich kriege fast keine Luft mehr.

Chantal blickt mich mit ihren falschen Wimpern unter dem hellblau glitzernden Lidschatten eine Sekunde prüfend an.

»Was los, Kleiner? Wieso nix geht?«, raunzt sie mich schließlich mit schwerem russischen Akzent an. »Bei Chantal geht immer. Wenn nix geht, kommt Cheffe und schimpft. Nix gutt, wenn Cheffe schimpfen. Gar nix gutt.«

»Oh, tut mir leid, ich ... ich will nicht, dass Ihr Chef mit Ihnen schimpft. Sie machen das ganz hervorragend. Wirklich. Echte Klasse. Könnte ich gar nicht besser.«

Also, mal ganz ehrlich. So was könnte ich nie im Leben. Nicht mal ansatzweise.

»Nixe schimpfen mit mirr. Boris schimpfe mit dir. Das isse Boris.« Chantal nickt mit ihren zu blond gefärbten Haaren, bei denen mindestens zwei Zentimeter dunkle Ansätze zu sehen sind, in eine der lauschigen Ecken dieses vornehmen Etablissements. Ich sehe einen Mann, der über und über tätowiert ist und seine Arme, die mich irgendwie an Stahlseile erinnern, um zwei zierliche Mädels geschlungen hat.

»Du nix wollen Boris schimpft???«

Ich schüttele vehement den Kopf. Soweit das mit E vor der Nase möglich ist. Nein, ich wirklich nixe wille, dass Boris mit mir schimpft.

»Nein, nein, ich will auf gar keinen Fall, dass Boris irgendwie sauer wird ... das müssen Sie mir einfach glauben ...«

Chantal verengt ihre Augen zu zwei schmalen Schlitzen.

»Dann isse gutt ... du nix erzählen hier nix gutt ... du nix erzählen Chantal nix gutt ... schlecht für Geschäft.«

»Ja ... ich nix erzähle ... ich verstehe ... vollkommen ... kein Problem ... glauben Sie mir: Es liegt nicht an Ihnen. Keine Frau der Welt hätte das hingekriegt. Tut mir wirklich leid, wenn ich Sie in Ihrer Berufsehre irgendwie gekränkt haben sollte.«

»Soll ich noch mal versuchen?«, bietet Chantal sich hilfreich an.

»Oh ... nein, nein ... vielen Dank ... es war ... es war wunderschön ... aber wenn ich Ihnen ein Geheimnis verraten darf: Da hilft nur eine Operation, wenn Sie verstehen, was ich meine?«

Chantal blickt mich verständnislos an.

Nun gut, dann muss ich eben russisch sprechen.

»Nurre Doktorrre kanne mir noche helfen ... da isse nix ...«

Chantal blickt mich prüfend an. Dann sehe ich, dass sie versteht und eine einzelne Träne langsam ihre Wange runterrollt und eine feuchte Spur in ihrem Make-up hinterlässt.

»Du Armerrrr ... du Armerrrrrr«, murmelt sie vor sich hin, beginnt zärtlich meine Wange zu streicheln, und ich habe alle Mühe, sie dazu zu bringen, endlich von meinem Schoß zu rutschen. Sonst kratzt sie noch die letzten Reste von meinem angeklebten Bart runter.

Als sie sich endlich in ihrer ganzen Pracht erhebt, joh-

len meine Kollegen hemmungslos. Die sind alle mittlerweile so betrunken und von den anderen Mädels in Strings so abgelenkt, dass sie von meinem »Versagen« und dem kleinen Gespräch mit Chantal nichts mitbekommen haben. Gott sei Dank.
Ich stehe erleichtert auf.
Ich brauche frische Luft. Dringend.

Als ich endlich draußen auf der Straße stehe, atme ich einmal tief durch. Ich kapier's einfach nicht. Frustrierte und gelangweilte Frauen hüpfen halbnackt auf einer Bühne rum. Hoffentlich werden die nicht auch noch dazu gezwungen. Und das finden Männer jetzt sexy??? Ich kapier's einfach nicht.

»Also, wenn ich ehrlich bin – ich kapier's einfach nicht, was die anderen daran toll finden – ich finde solche Schuppen wie den da auch ziemlich grauenvoll«, höre ich eine bekannte Stimme.

Mit einem Ruck drehe ich mich zu Sebastian.

»Hier ... auch eine?« Sebastian hält mir eine Schachtel Zigaretten hin. Dankbar nehme ich eine. Dabei habe ich schon vor Jahren mit dem Rauchen aufgehört, ohne jemals wirklich angefangen zu haben. Aber im Moment ist mir wirklich sehr nach einer Zigarette. Sebastian zündet mir und dann sich eine an. Dann inhaliert er tief.

»Als ich meinen Einstand gegeben habe, wollten die Jungs gleich in den nächsten Puff.«

»Ohhhje.«

Ich bin entsetzt. Und gleichzeitig erleichtert. Was um alles in der Welt hätte ich gemacht, wenn wir in einem Bordell gelandet wären?

»Ich habe sie stattdessen hierhergeschleppt.« Sebastian nimmt noch einen Zug und blickt mich an. »Ihrem Gesichtsausdruck nach zu urteilen, fanden Sie es da drin auch nicht lustig.«

»Nicht so wirklich, nein«, erwidere ich. Ich nehme einen tiefen Zug und muss furchtbar husten.

»Keine Ahnung, was andere Männer an so was finden. Ich habe lieber Sex mit einer Frau, die es selbst auch möchte. Und die ich nicht dafür bezahlen muss. Alles andere ist unwürdig und erniedrigend. Und das nicht nur für die Frauen, die das machen müssen, sondern auch für die Männer.« Gibt es das wirklich, ein Mann, der eine Lapdancebar blöd findet? Oder erzählt er mir das jetzt einfach nur so, um mir zu gefallen. So-lala-Zeugs, damit die Frau das toll findet und schneller mit einem im Bett landet. Und dann fällt mir ein, dass ich ja gerade selbst ein Mann bin und es Sebastian sicher gerade nicht darum geht, bei mir in einem besonders guten Licht zu erscheinen.

Ich glaube es nicht. Vor mir steht ein Mann, ein richtiger Mann, der absolut weibliche Ansichten hat. Für eine Sekunde blicke ich Sebastian prüfend an.

Der wird doch nicht etwa? Nein, nein, Sebastian ist ganz sicher ein Mann. Ein echter Kerl. Das kann gar nicht sein, dass er auch eine verkleidete Frau ist. Oder doch? Lieben nicht alle Männer Lapdance? Anscheinend nicht. Ich glaube, mittlerweile werde ich selbst ganz gaga von dem ständigen Doppelspiel und meinen verschiedenen Identitäten.

»Das denke ich auch«, sage ich und blicke Sebastian an. »Niemand sollte dafür zahlen, und niemand sollte dafür bezahlt werden. Alle, die das tun, vergessen, dass richtig guter Sex mehr ist als der Austausch von Körperflüssigkeiten«, erkläre ich weiter.

»Sex ist nur dann gut, wenn man die Person auch liebt«, meint Sebastian.

»Dann ist er am besten«, sage ich und blicke in seine wunderschönen braunen Chiliaugen. Wir stehen hier in einer wunderschönen lauen Sommernacht mitten auf der

Straße. Wir sind die einzigen Menschen weit und breit. Eine Straßenlaterne leuchtet etwas zu grell ein Stück von uns entfernt auf ein paar parkende Autos. Aus der Lapdancebar dringt leise das Wummern der Musik heraus. Irgendwie ist es unglaublich romantisch. So eine Großstadt-Melancholie wie in den Bildern von Edward Hopper. Ich kann Sebastians Aftershave riechen und auch seinen eigenen Körpergeruch. Diese Mischung ist umwerfend. Ich merke, wie ich leicht schwanke. Verdammt, ich habe zu viel getrunken. Die Jungs haben mich ganz schön abgefüllt. Am liebsten würde ich mich einfach in Sebastians Arme fallen lassen, einfach in ihnen versinken und dann ... und dann würde sich Bart an Bart reiben. Mensch, Feli, reiß dich zusammen. Du bist ein Mann, und das ist dein Chef. So ist es nun mal.

»Wollen wir nicht einfach du zueinander sagen?« Sebastian blickt mich an. Diese Augen!

»Klar, ich bin die ... ähm der Felix.« Au verdammt, das war knapp.

»Sebastian. Und noch mal willkommen im Team. Ich finde, du machst einen großartigen Job.« Sebastian klopft mir mal wieder zwischen die Schulterblätter.

»Danke« stammle ich.

»Lass uns reingehen«, meint Sebastian. »Es wird Zeit, dass wir alle ins Bett kommen, morgen ist schließlich trotz allem ein ganz normaler Arbeitstag.«

»Oh, ja, klar. Lass uns reingehen. Ich bin wirklich k.o.«

Sebastian nickt, tritt die Kippe aus und verschwindet in der Bar.

Ich folge ihm eine Sekunde später nach.

Shoppen
— Poppen

Die nächsten Tage arbeite ich mit Sebastian hart an dem Konzept, während ich nebenher immer mehr ernsthafte und gute Beiträge für MM liefere. Sogar Schober lobt mich. Und Verena beginnt, mir seltsame Blicke zuzuwerfen, die ich erst mal nicht deuten kann, bis Sebastian meine Verwirrung bemerkt und meint: »Sie steht auf dich.«

»Echt?« Für eine Sekunde bin ich sogar geschmeichelt. Sebastian grinst. »Klar tut sie das.«

Ich verziehe mein Gesicht. Verena steht auf mich?

»Wenn Verena wählen könnte zwischen dir und mir ... ich bin mir sicher, sie würde sich jederzeit für dich entscheiden«, erwidere ich.

Jetzt grinst Sebastian noch mehr. »Klar würde Verena sich für mich entscheiden. Ich bin schließlich der Chef hier, und Sonnenblumen drehen sich immer nach der Sonne. Verena ist eine der Frauen, die irrtümlicherweise denken, dass man Karriere übers Bett machen kann. Aber dich, dich findet sie richtig süß. Dich würde sie gerne einfach mal so nebenher vernaschen, einfach so zum Spaß.«

Ich merke, wie ich fast rot werde. Auch Sebastian bemerkt meine Verlegenheit.

»Hey, komm, ich erzähl dir doch nix Neues. Dir laufen doch die Mädels bestimmt scharenweise hinterher.«

»Ähm ... es geht so.«

Morgen ist die große Präsentation vorm Vorstand. Sebastian wird unser Konzept vor dem versammelten Vorstand präsentieren.

MM soll journalistisch ernsthafter und seriöser werden. Weg von den Titten hin zu echten Themen. Sebastian meint, Männer haben schließlich mehr im Kopf als in der Hose. Wenn er sich da mal nicht irrt. Aber er muss es ja schließlich wissen. Er ist ja ein Mann. Ich bin richtig stolz auf das Konzept, unser gemeinsames Baby. Und es sind wirklich einige Ideen von mir mit drin. Ich wünsche Sebastian viel Glück für die Präsentation morgen, und dann gehe ich nach Hause. Ich habe so viel in letzter Zeit gearbeitet, dass ich mir meinen Feierabend redlich verdient habe.

Als ich am nächsten Morgen in die Redaktion komme, herrscht absolute Krisenstimmung.

Der Vorstand ist da – komplett versammelt im großen Konferenzraum, aber wer nicht da ist, ist Sebastian. Schober nimmt mich schnaufend schon ganz unten in Empfang. Er ist rot wie eine Tomate.

»Mein Gott, bin ich froh, dass Sie endlich da sind. Sebastian ist nicht aufzutreiben. Wissen Sie, wo er ist?«

Ich schüttle den Kopf. Sebastian ist nicht da?

Auweia.

»Keine Ahnung. Er wird schon kommen. Ich habe mich gestern Abend verabschiedet, da war er noch im Büro. Vielleicht ist er da immer noch, vielleicht hat er die ganze Nacht noch an dem Konzept gearbeitet.«

Schober schnauft schwer, dabei sind wir im Aufzug und gehen gar nicht die Treppen hinauf.

»Schön wär's. Aber er ist nicht im Büro. Er ist nirgendwo. Ich hab es zu Hause versucht, auf dem Handy versucht. Tausendmal. Er geht einfach nicht ans Telefon. Der Vorstand hat von der neuen Praktikantin schon die zweite Runde Kaffee bekommen. Ich fürchte, länger können wir sie nicht hinhalten.«

»Dann müssen Sie eben die Präsentation übernehmen, Sie haben doch auch mitgearbeitet, und Sie sind doch schließlich der stellvertretende Chefredakteur.«

»Ich???« Schober blickt mich entgeistert an. »Ich kann auf gar keinen Fall die Präsentation machen.«

Jetzt blicke ich Schober verwirrt an.

»Wieso nicht? Was ist denn das Problem?«

»Ich kann nicht«, sagt Schober, verlässt mit mir den Aufzug und hastet mit mir in Richtung Redaktionsräume.

»Aber ...«

Schober blickt mich an.

»Sie werden die Präsentation machen.«

Ich bleibe einfach auf dem Flur stehen. Die Präsentation machen? Wie stellt er sich das vor?

»Ich??? Aber ich kann nicht. Ich bin überhaupt nicht vorbereitet und überhaupt.«

»Sie müssen.«

»Aber Sie sind der stellvertretende Chefredakteur, und das heißt, wenn Sebastian nicht da ist, dann müssen Sie übernehmen.«

»Auf gar keinen Fall. Sie sind dran.«

»Nein.«

»Das ist ein Befehl«, bellt Schober mich an.

»Ich war nicht beim Militär«, schnauze ich zurück.

Schober hat unübersehbare Schweißperlen auf der Stirn. »Wenn wir nicht bald loslegen, ist der Vorstand sauer und kippt vielleicht unsere gesamte Sendung. Dann werden wir alle arbeitslos. Wollen Sie das?«

»Nein, natürlich nicht, aber ...«

Schober packt mich plötzlich und zieht mich zur Seite in ein leeres Büro.

»Felix, Sie müssen das einfach machen. Ich sage Ihnen jetzt etwas, und Sie müssen mir schwören, dass Sie das nie und nimmer irgendjemand anderem sagen werden.«

Schober blickt mich eindringlich an. »Heben Sie schon die Hand.«

Nun gut. Wenn er es mit allem Drum und Dran will. Ich hebe die Hand.

»Okay. Ich schwöre. Altes Indianerehrenwort.«

»Ich habe Lampenfieber. Ich kann da nicht rein. Ich kriege kein Wort raus, wenn ich vor Menschen sprechen muss. Geht einfach nicht. Glauben Sie mir, ich hab's probiert. Habe sogar schon ein Rhetorikseminar gemacht und Betablocker kurz davor genommen. Es ... es geht einfach nicht.« Schober blickt mich an. Er sinkt in sich zusammen wie ein Hefeteig bei kaltem Wind. Eine Mischung aus Bitte und Verzweiflung im Blick.

Schober und Lampenfieber?

Das kann ich mir gar nicht vorstellen. Das ist so, als ob ein Kampfstier sich weigert, in die Arena zu gehen.

»Aber Sie halten doch immer die Redaktionssitzungen ab? Und ich meine, da sind Sie ja alles andere als zimperlich.«

»Ja, das ist was anderes, da kenne ich alle Leute ... Felix ... bitte ... Sie müssen einspringen.« Schober wimmert fast. So habe ich ihn noch nie erlebt.

Ich bin völlig verunsichert.

»Ich habe auch Lampenfieber. Und der Vorstand kennt mich doch gar nicht, und ich bin doch nur ein kleiner Redakteur.«

»Papperlapapp. Sie holen einfach tief Luft, und dann geht das schon«, meint Schober.

»Aber ...«

»Sie haben geschworen, niemandem was zu erzählen.« Schober fleht mich an.

»Schon gut. Ich erzähl's ja niemandem, aber ...« In diesem Augenblick klingelt mein Handy. Ich war noch nie in meinem Leben so schnell am Telefon. Noch nicht mal beim ersten Anruf des allerersten Jungen, in den ich verknallt war. Da habe ich sogar drei höllisch lange Klingeltöne ausgehalten. Man will ja nicht zu deutlich zeigen, dass man die letzten achtundvierzig Stunden am Telefon geklebt hat.

Es ist Sebastian. Das habe ich mir gedacht. Ein Kapitän wie er lässt doch nicht einfach seine Mannschaft auf einem sinkenden Schiff zurück.

»Sebastian???«

»Felix?«

»Na endlich. Die ganze Redaktion sucht dich. Der versammelte Vorstand wartet. Wo um alles in der Welt steckst du denn?« Meine Stimme fängt vor Aufregung fast an zu kieksen. Wo bleibt der Kerl denn?

»Felix, es tut mir leid. Ich kann nicht kommen. Du musst die Präsentation übernehmen. Das ist ein Notfall.«

»Ein Notfall? Aber ich ...«

»Mach es einfach ... für mich ... ich kann jetzt nicht länger telefonieren ... viel Glück.«

Klick. Sebastian hat einfach aufgelegt.

Einfach aufgelegt.

Ich glaube es gar nicht. Ich starre kurz auf das Telefon in meiner Hand. Schobers Blicke wandern entsetzt zwischen meinem Gesicht und meinem Handy hin und her.

»Das war Sebastian. Das war er doch, oder??«

Ich nicke.

»Ja, aber er kommt nicht ...«

»Er kommt nicht?« Schober röchelt, und seine Gesichtsfarbe wechselt ins Purpur. Hoffentlich bekommt er jetzt nicht auch noch einen Herzanfall.

In meiner Panik brauche ich eine halbe Minute, bis ich Sebastians Nummer gewählt habe.

Das Telefon klingelt und klingelt und klingelt, aber Sebastian geht nicht mehr dran.

Sind alle hier vollkommen wahnsinnig geworden? Schober hört mit mir verzweifelt das endlose unbeantwortete Klingeln an.

Schließlich lege ich auf. Schober und ich blicken uns an.

Was tun?

Und während ich noch überlege, packt Schober mich einfach und zerrt mich hinter sich her.

»Sie machen das schon, Felix, Sie sind doch ein ganzer Mann. Und das ist doch nur eine kleine Präsentation. Sie gehen da rein, labern ein bisschen, das Konzept ist sowieso gut, und alles wird bene«, sagt Schober, klopft mir auf den Rücken und schiebt mich einfach in den Konferenzraum. Vor mir sitzen acht Männer in Anzügen mit erwartungsvollen Gesichtern.

Mir wird schwarz vor Augen, und ich höre, wie das Blut in meinen Adern rauscht.

Ich glaube, jetzt bekomme ich einen Herzinfarkt.

Ein paar Stunden später stehe ich vor Sebastians Haustür und klingele Sturm. Er wohnt überraschenderweise in Frohnau. In einer schönen alten Villa mit riesigem Garten. Das hier ist die absolute Vorstadt-Idylle. Überall alter Baumbestand, riesige Häuser und große Familienvans oder Kombis.

Ich musste ewig von der S-Bahn hierherlaufen.

Seltsam. Das hätte ich ihm überhaupt nicht zugetraut. Als ich Sebastians Adresse von seiner Assistentin besorgt habe, dachte ich zunächst, dass er wohl am ehesten in irgendeinem schicken Loft in Mitte wohnt. Verena hatte ihn natürlich sofort gegoogelt, als er als neuer Chefredakteur bei MM anfangen sollte. Von Frau und Kind war nie etwas zu lesen (ich habe ihn natürlich auch gegoogelt – heimlich). Verena würde Stein und Bein darauf schwören, dass Sebastian noch Single ist. Und wer, wenn nicht Verena kennt sich schließlich mit verheirateten Männern aus. Aber Singles! Da hat wohl selbst sie noch Hoffnung auf ein weißes Kleid. Nicht umsonst legt sie sich so bei ihm ins Zeug, um ihn zu erobern.

Ich klingele. Und klingele. Und klingele.

Keinerlei Reaktion.

Verdammt noch mal, mach schon die Tür auf.

Ich klingele immer noch Sturm. Ich bin total sauer auf Sebastian. Und immer noch in jeder Hinsicht auf hundertachtzig. Kommt wahrscheinlich von dem vielen Adrenalin der letzten Stunden. Wo um alles in der Welt treibt er sich rum? Lässt mich einfach die Präsentation vorm Vorstand ganz alleine machen.

Gerade als ich wieder gehen will, geht die Tür plötzlich von ganz alleine auf. Ich blicke auf ein geschmackvoll eingerichtetes Foyer und eine schöne alte geschwungene Treppe, die in den ersten Stock führt. Überall auf dem Boden und auf der Treppe liegen alle möglichen und unmöglichen Dinge herum. Schuhe, Jacken, Bücher, Krimskrams, soweit ich das beurteilen kann. Mein Gott, hoffentlich hat niemand hier eingebrochen. Vielleicht ist er ja erschossen worden, gekidnappt? Von Sebastian jedenfalls ist weit und breit nichts zu sehen. Vielleicht ist er als Geisel genommen worden und konnte deshalb die Präsentation nicht machen. Nun denn, das wäre wirklich mal ein triftiger Grund, um so was zu versäumen. Da könnte ich ihm vielleicht auch wieder verzeihen.

»Halloooooooo???«, rufe ich vorsichtshalber laut in die Halle. So hat jeder Bösewicht Zeit, noch rechtzeitig vor mir zu fliehen, bevor er mich umbringen muss.

»Halllooooooooo???«, tönt plötzlich ein kleines Stimmchen wie ein Echo zu mir hoch.

Ich blicke nach unten. Vor mir steht ein kleines blondgelocktes, etwa fünfjähriges Mädchen, das genau solche Augen wie Sebastian hat. Sie trägt einen rosaroten Pyjama mit kleinen Schäfchen drauf und klammert sich an einen schon ziemlich mitgenommenen grauen Hasen, dem ein Auge fehlt. Aber mit dem anderen Auge schafft der Hase es, mich sehr misstrauisch zu beäugen.

Tja. So viel zu Verenas Recherchekünsten.

Verdammt.

Sebastian ist verheiratet.

Das hätte ich mir denken können. So tolle Typen wie den gibt es nicht auf freier Wildbahn.

Mein Herz beginnt leise und traurig zu fiepen.

Warum sind alle tollen Männer schon vergeben? Und warum habe ich als Frau noch nie die Chance bekommen, auch nur annähernd so was wie das alles hier zu haben? Das ist gemein.

Das hier ist eigentlich mein Traum: Dieser Mann. Dieses Haus. Dieses Kind. Eigentlich ist hier alles so, wie ich es mir mal vorgestellt habe. Wie ich mir mein Leben vorgestellt habe. Nun gut, etwas aufgeräumter sollte es schon sein. Aber sonst – alles wie in meinen Träumen. Sogar die Sonne schickt ein paar letzte warme Strahlen über die Bäume vom Nachbarn direkt her zu mir in diese Haustür. Das ist wie in der Werbung. Nur dass ich leider nicht die Frau bin, die in dieses schöne Bild hineingehört. Wenn man es genau nimmt, bin ich nicht mal mehr eine Frau.

Das Leben ist manchmal schon sehr seltsam.

Ich blicke runter auf das kleine weibliche Ebenbild von Sebastian. Die Kleine starrt mich neugierig an.

Ich bücke mich, um auf ihrer Augenhöhe zu sein. Mein Gott, ist die süß. Ein paar Sommersprossen tummeln sich auf ihrem Gesichtchen. Es sieht aus, als hätte jemand Konfetti über ihre Nase gestreut. Und ihre Augen sind genauso schokobraun wie die von Sebastian. Nur ihre Wimpern – die sind fast noch dichter als die von Mister Dreamy.

»Ist dein Papa da?«, frage ich die Kleine.

Ein heftiges Nicken ist die Antwort.

»Kannst du ihm sagen, dass Felix Neumann hier ist?«

Wieder ein heftiges, ernsthaftes Nicken.

Die Kleine bleibt aber einfach stehen und blickt mich neugierig mit ihren Kulleraugen an.

»Vielleicht könntest du auch deine Mama rufen?«, versuche ich es weiter.

Die Kleine schüttelt den Kopf, und in diesem Moment taucht Sebastian auf.

»Sophie ... ich habe dir doch gesagt, du sollst unbedingt im Bett ...«

Erst in diesem Moment bemerkt Sebastian mich.

Er bleibt verblüfft stehen.

»Oh ... hallo Felix ...???« Sebastian starrt mich an.

Ich fühle mich plötzlich völlig fehl am Platz.

Der totale Eindringling.

Was habe ich mir eigentlich dabei gedacht, noch heute mit Sebastian sprechen zu müssen? Er hat mich schließlich nicht eingeladen. Verpasste Präsentation hin oder her. Sebastian ist schließlich der Chef. Und kann also machen, was er will. Ich war einfach so total sauer, dass er mich in diese unmögliche Situation heute Vormittag gebracht hat, und ich wollte unbedingt rausfinden, wieso. Das war, glaube ich, keine gute Idee.

Ich würde es ja auch nicht toll finden, wenn einfach so jemand von meinen Kollegen unangemeldet vor meiner Tür stehen würde. Das würde ich zur Zeit schon gar nicht gut finden. Schließlich bin ich außerhalb des Jobs immer noch Felicitas.

Und es gibt schließlich so was wie Privatsphäre.

Verdammt. Wie komme ich jetzt hier wieder elegant raus?

»Oh ... hallo Sebastian ... ich ... ich wollte dich ... ähm euch nicht stören.«

»Was machst du hier?«, fragt Sebastian wirklich ziemlich ungehalten.

»Ich ähmm ... ich ... also ...«

»Und woher hast du meine private Adresse? Ich habe doch Frau Müller gebeten, sie unter keinen Umständen jemandem vom Büro zu geben.«

»Ähm uhh ... ja ... ich ... Frau Müller war gerade nicht da, und ihre Vertretung hat mir einfach ...« Oh verdammt. Sebastian ist anscheinend echt sauer, dass ich hier bin.

»Ich wollte nur ... Du warst den ganzen Tag nicht zu erreichen, und ich musste ja dann heute die Präsentation ganz alleine vor dem Vorstand halten und ...«, ich stammele vor mich hin. »Ich glaube, ich gehe dann mal wieder.« Bei den vielen Ähs und Mmhs und Ohs, mit denen ich gerade rede, könnte man mich glatt wieder für eine Frau halten.

Gerade als ich mich umdrehen will, um zu gehen, greift eine kleine, ziemlich heiße und klebrige Hand nach meiner.

»Willst du mit mir Prinzessin spielen? Mir ist so langweilig.«

Ich blicke die Kleine an. Dann blicke ich Sebastian an. Ich beuge mich zu der Kleinen runter.

»Tut mir leid, ich würde gerne, aber ich muss leider gleich wieder gehen.«

»Okay, komm schon rein ... jetzt hast du Sophie sowieso schon gesehen. Lass uns miteinander reden. Tut mir echt leid wegen heute Vormittag. Ich hätte dich da nicht einfach reinwerfen sollen, aber das war ein Notfall. Wie war eigentlich die Präsentation?«

»Ich glaube gut. Ich kann mich zwar nicht mehr daran erinnern, was ich genau gesagt habe, irgendwie ist alles in einem schwarzen Loch verschwunden, aber der Vorstand hat hinterher applaudiert.«

Sebastian grinst mich an.

»Applaudiert? Ich wusste es. Du kannst das. Wahrscheinlich warst du sogar besser, als ich gewesen wäre. Jetzt komm schon rein.«

Sebastian winkt mich rein. Mit etwas unsicheren Schritten folge ich ihm und der Kleinen ins Wohnzimmer.

Ich hätte wirklich gleich nach Hause gehen sollen.

Im Wohnzimmer und überhaupt im ganzen Haus herrscht das totale Chaos. Das Sofa hat sich in ein Bettenlager verwandelt. Überall liegen Kuscheltiere, Kinderbücher, Essensreste und leere oder halbleere Plastikbecher herum. Dazwischen die Reste einer Bestellpizza, alte Socken und ein paar Zeitungen.

Es sieht ungefähr so aus wie bei meiner Schwester.

Nur noch etwas chaotischer, wenn ich ehrlich bin.

Ich blicke mich um, während Sebastian hektisch versucht, etwas Ordnung in das Chaos zu bringen, und einen Sessel für mich freiräumt, indem er alles, was auf dem Sessel liegt, einfach hinter den Sessel wirft.

»Okay, okay ... da du schon mal hier bist und da du jetzt auch Sophie kennst ...« Sebastian dreht sich kurz zu Sophie um und sagt liebevoll: »Sophie ... leg dich bitte gleich wieder hin, du hast immer noch Fieber.« Dann wendet er sich wieder an mich. »Sophie ist ziemlich krank. Irgendein verdammter Kindergartenvirus. Sie hatte heute Nacht plötzlich über neununddreißig. Ich war heute früh schon gleich beim Kinderarzt. Tut mir leid, dass ich nicht zur Präsentation kommen konnte ... das Kindermädchen ist einfach nicht gekommen, wollte sich nicht anstecken, aber ehrlich gesagt, hätte ich Sophie in diesem Zustand sowieso nicht alleine gelassen.«

Ich blicke Sophie an, die sich mit großen Augen und heißen Bäckchen wieder in ihr Kuschelnest auf dem Sofa zurückzieht, und dann ignoriere ich den freigeräumten Sessel und setze mich einfach neben Sophie. Die Arme und ihre Stirn sind ganz heiß.

»Wo ist denn Sophies Mutter?«

»In Amerika.«

»Und wann kommt sie wieder?«

»Never«, sagt Sebastian auf Englisch.

»Bald«, erwidert Sophie mit bestimmtem Gesichtsausdruck.

»Aha.« Ich blicke Sophie an. Sie sieht total erschöpft und müde aus. Außerdem hat sie wohl wirklich hohes Fieber. Und auch wenn ich noch keine Mama bin, weiß ich doch von meiner Mama, was hier zu tun ist.

Ich wende mich an Sebastian. »Ich glaube, jetzt müssen wir uns erst mal um unsere kleine Patientin kümmern. Ich kenn da ein ganz tolles Rezept von meiner Mama – hilft hundertpro, wenn man sich krank und elend fühlt.« Ich zwinkere Sophie zu und beuge mich zu ihr runter. »Das wird schon wieder.«

Eine Stunde später liegt Sophie auf dem Sofa und ist schon fast eingeschlafen. Das Fieber ist nicht mehr ganz so hoch. Ich habe ihr Wadenwickel gemacht, ihr Märchen vorgelesen, etwas Kasperletheater gespielt und gegen den Husten Zwiebelsaft mit Honig angesetzt. Sebastian hat mich von Minute zu Minute verblüffter angeschaut. Ich habe leider zwischendurch etwas vergessen, dass ich ja ein Mann bin und dass kranke Kinder pflegen eigentlich nicht so die Herrenabteilung ist. Aber egal – Sophie hat das einfach gebraucht, und Sebastian hat mal eine kurze Erholung nötig gehabt. Ich habe ihn ins Bad geschickt zum Duschen, und er hat es dankbar angenommen. Es gibt keinen Job der Welt, der so anstrengend ist, wie ein krankes Kind zu pflegen.

Sophie schließt die Augen ganz und fängt leise, ganz zart an zu schnarchen.

Mein Gott, sie schnarcht tatsächlich. Ist das süß.

Sebastian und ich sitzen neben ihr auf dem Sofa.

Ich kenne keinen friedlicheren Anblick als ein schlafendes Kind. Am liebsten würde ich mich einfach direkt neben Sophie kuscheln und auch schlafen.

Sebastian blickt mich an.

»Danke. Das war großartig. Und ich bin endlich geduscht.«

Ich grinse ihn einfach nur an und spüre dabei meine falschen Bartstoppeln.

»War ja wohl mal nötig – das Duschen, meine ich.«

Sebastian grinst auch, aber dann fragt er mich doch ziemlich ernst: »Wieso kannst du das so gut?«

Tja. Wieso kann ich das so gut? Weil ich eine Frau bin, nehme ich mal an. Und weil es schon seit Jahrmillionen vor allem die Frauen sind, die sich um kranke Kinder kümmern. Liegt wahrscheinlich doch in den Genen und hat mit Erziehung nicht viel zu tun. Wenn ich mir meine kleine Nichte so anschaue: sie spielt am liebsten mit Babypuppen, und Leon steht auf Feuerwehrautos.

»Weil meine Mutter alleinerziehend und berufstätig war und ich eine jüngere Schwester habe, um die ich mich immer kümmern musste.« Oh. Jetzt habe ich meinen Vater mal schnell einfach so um die Ecke gebracht. Aber irgendwie musste ich das ja Sebastian jetzt erklären.

»Außerdem wollte ich irgendwann wie alle kleinen Mä... äh kleinen Jungen Arzt werden.«

»Ahh. Ich wollte nie Arzt werden. Ich wollte immer lieber so was wie Pippi Langstrumpf werden. Natürlich irgendwie in Männlich. Aber so was gab's ja leider nicht«, antwortet Sebastian. So viel zu meinen genetischen Dispositionen. Wahrscheinlich ist es sowieso immer alles ganz anders, als man es sich so denkt. Sebastian gähnt laut und herzhaft. Ich kann fast bis in seinen Bauchnabel sehen. Auch das ist was Männliches. Keine Frau würde so den Rachen aufreißen, wenn sie nicht vollkommen alleine und unbeobachtet wäre.

»Wie wär's jetzt mit einem Bier? Komm mit rüber in die Küche, dann können wir reden. Wenn du heute Morgen auch so großartig warst, wie gerade eben, ist der Vorstand sicher total begeistert von unserem Konzept.« Ich nicke und folge Sebastian in die Küche.

Dort herrscht ein noch größeres Chaos als im Wohnzimmer. Aber egal. Auch ich brauche nach so einem langen Tag erst mal einen Drink. Sebastian holt zwei Biere aus dem Kühlschrank und hält mir eines hin.

»Prost.«

»Prost.«

Wir prosten uns zu. Wenn ich ehrlich bin, ich hätte lieber einen Champagner oder wenigstens einen Prosecco jetzt. Das mit dem dauernden Biertrinken als Mann geht mir auf den Keks. Ich mag kein Bier. Höchstens mit Limo gemischt als Radler. Aber wenn ich Sebastian jetzt noch um einen Prosecco frage, hält er mich garantiert für schwul. Männer trinken einfach keinen Prosecco, zumindest nicht, wenn sie unter sich sind. Also trinke ich kernig aus der Flasche.

»Darauf, dass es Sophie morgen früh besser geht.«

Sebastian nickt und nimmt auch einen tiefen Schluck.

»Auf meine kleine Sophie. Ich glaube, ich muss dir einiges erklären.«

Ich schüttele den Kopf. »Nein, das ist nicht nötig.«

»Doch. Ist es. Denn ich muss dich bitten, das alles hier für dich zu behalten.«

Ich blicke Sebastian verblüfft an. Was meint er jetzt damit?

»Sophies Mutter hat mich, hat uns vor über einem Jahr verlassen. Sie hat einen neuen Typen kennengelernt und ist mit ihm rüber nach L.A. Sie hat schon immer von der großen weiten Welt geträumt, und er hat ihr wohl eine Karriere beim Film versprochen.«

»Oh.«

»Weißt du, Sophies Mutter war oder vielmehr ist Model. Wir haben uns in Vietnam kennengelernt. Sie hatte dort ein Shooting. Ich habe einen Bericht gedreht über die Spätfolgen von Agent Orange. Ich habe mich sofort in sie verliebt, als ich sie alleine an der Bar des Hotels hab stehen sehen. Was heißt alleine, sie stand inmitten von einem Pulk von Männern, aber trotzdem wirkte sie irgendwie allein. Sie hatte etwas Wildes, etwas Unberechenbares. Und sie war die schönste Frau, die ich je gesehen hatte.«

Auweia. Der Mann war mit einem Model zusammen. Da kann ich ja wirklich einpacken. Ob ich ein Mann oder eine Frau bin, das ist wirklich völlig egal. Meine Chancen bei Sebastian sind nullkommanullnullnull. Und noch mal null. Mit einem Model kann ich mich auf gar keinen Fall messen. Da kann ich gleich ein Mann sein und bleiben.

»Lauren, so heißt sie, ist mit mir durch ganz Asien gereist. Sie hat das Leben geliebt, als ich noch Auslandskorrespondent war. Singapore, Japan, Korea. Mal hier, mal dort. Es war wirklich aufregend, das stimmt. Aber dann ist sie schwanger geworden. Sie wollte das Kind zunächst nicht. Aber ich habe sie überredet. Das war vielleicht ein Fehler. Als Sophie dann auf die Welt kam, sind wir nach Berlin gezogen. Ich wollte Sophie ein Zuhause geben. Stabilität. Sicherheit. Das ständige Herumreisen ist nichts für ein kleines Kind. Aber ich war beruflich immer noch viel unterwegs. Zu viel. Und Lauren fühlte sich durch die Kleine hier plötzlich eingeengt. Hat sich gefühlt wie im goldenen Käfig. Ich glaube, das war es gegen Ende auch für sie. Und dann war sie eines Tages einfach weg. Sie hat mir und Sophie einen Brief dagelassen. Dass sie uns beide immer noch liebt, aber dass sie einfach nicht anders kann.«

Sebastian nimmt noch einen tiefen Schluck und starrt durch das Küchenfenster in die Dunkelheit hinaus, als würde es dort draußen die Antworten auf die vielen Fragen einer gescheiterten Liebe geben.

»Tja ... und jetzt bin ich alleinerziehend. Nicht gerade die beste Voraussetzung für einen Job als Chefredakteur.«

Sebastian grinst. »Wenn ich noch Frau und Kind hätte, wäre ich für jeden Personalchef ein gefundenes Fressen. Ein Mann, der für seine Familie sorgen muss, wird sich noch mehr ins Zeug legen, um Geld zu verdienen, und die Frau kann sich ja um das Kind kümmern. Aber ohne Frau im Hintergrund – alleinerziehend als Mann mit einem fordernden Beruf – das geht gar nicht. Deshalb weiß auch niemand bei MM was von Sophie. Ich habe sie einfach verschwiegen. Vielleicht war das keine gute Idee, aber ich musste einfach wieder arbeiten. Und als Auslandskorrespondent geht ja nun wirklich schlecht. Außerdem kommt Sophie im September in die Schule.«

Sebastian nimmt noch einen tiefen Schluck aus der Flasche und schiebt nebenbei eine Tiefkühlpizza in den Backofen. Dann erzählt er weiter.

»Als ich bei MM angefangen habe, hatte ich einfach Angst, dass ich den Job gar nicht bekomme, wenn der Vorstand des Senders erfährt, dass ich ein kleines Kind habe, für das ich alleine verantwortlich bin. Schließlich wird von einem Chefredakteur ein permanenter Sieben-Tage-vierundzwanzig-Stunden-Einsatz erwartet. Das Jahr, nachdem Lauren uns verlassen hatte, bin ich zu Hause geblieben. Hausmann sozusagen. Aber ehrlich gesagt, mir ist die Decke dabei auf den Kopf gefallen. Immer nur Kinderspielplatz und biologische Spaghetti Bolognese kochen sind auf Dauer zu einseitig für mich. Ich kann mittlerweile die Frauen verstehen, wenn sie nicht nur duzziduzzi machen wollen. So sehr ich Sophie liebe, aber sie braucht einen Vater, der mit seinem Leben zufrieden ist, und dafür brauche ich nun mal einen Job. Und außerdem brauche ich auch mal wieder Geld.«

Ich blicke Sebastian interessiert und verwundert an. Ein tatsächlich vollkommen alleinerziehender Vater.

Das ist so selten wie eine Mondfinsternis.

»Wenn ich ehrlich bin, nach dem Desaster heute Morgen: Ich glaube nicht, dass ich das auf Dauer schaffe. Ein kleines Kind ist einfach auch ein Sieben-Tage-Vierundzwanzig-Stunden-Job. Und heute früh hat eben beides kollidiert. Und das nicht zum ersten Mal. Das letzte Mal, als der Kindergarten zum Beispiel einen Tag wegen Scharlachepidemie geschlossen war, konnte ich noch einen Interview-Termin vorschieben und bin einfach zu Hause geblieben. Und einmal habe ich Sophie mit einem heftigen Schnupfen einfach zu einem Freund gebracht, der zufällig an diesem Tag zu Hause gearbeitet hat. Aber immer wird das nicht gehen. Keine Ahnung, wie berufstätige Mütter das alles auf die Reihe kriegen.«

Sebastian schneidet die Pizza in zwei Hälften, tut mir die eine auf einen Teller und hält mir dann das Ganze hin. Ich merke erst beim Anblick der Salami, wie hungrig ich plötzlich bin. Schließlich hatte auch ich einen verdammt langen Tag. Herzhaft beiße ich ein riesiges Stück von der Pizza ab und rede mit vollem Mund. Das darf ich, denn wir sind hier unter Männern.

»Kindermädchen? Tagesmutter? Leihoma?«, kommt ziemlich vernuschelt aus meinem Mund. Mmh. Die Pizza ist echt lecker.

»Alles schon ausprobiert. Geht alles nur begrenzt. Entweder sie sind großartig, dann verlassen sie dich, weil sie plötzlich selbst schwanger sind. Oder Sophie mag sie gar nicht. Oder du magst die nicht, und du willst dein Kind doch niemandem anvertrauen, den du nicht magst. Oder du und dein Kind, ihr beide mögt sie, aber sie können nur drei Stunden am Tag Babysitten, oder, oder, oder. Ich glaube, ich und Sophie haben an Kinderbetreuung mittlerweile alles ausprobiert, was es gibt.«

Sebastian isst den Rest seiner Pizza mit einem Happs auf. Meine ist noch zur Hälfte auf dem Teller. Männer können einfach schneller mehr essen. Sebastian blickt mich erwartungsvoll an.

»Willst du noch eine Pizza? Ich könnte uns noch eine bestellen?«

Ich schüttele den Kopf. »Nein danke, nach der hier bin ich wirklich satt.«

»Kann ich mich auf dich verlassen? Ich meine, was unser kleines Geheimnis hier betrifft?« Sebastian blickt mich an.

Ich muss grinsen. »Oh, dein kleines Geheimnis ist absolut sicher bei mir, das kannst du dir doch denken. Ich werde schweigen wie ein Grab. Und ich kann gut verstehen, dass du das gemacht hast, um den Job zu bekommen. Du glaubst ja gar nicht, was ich alles tun würde, um einen guten Job zu bekommen.«

Ja, ich würde nicht nur ein Kind verschweigen, ich würde mich sogar in einen Mann verwandeln. Aber darauf würde selbst Sebastian nie kommen. Und so haben wir beide unseren derzeitigen Arbeitgeber ziemlich angelogen. Geschieht ihm recht, finde ich.

Sebastian nickt erleichtert, dann blickt er auf eine verbeulte Lillyfeeflasche, die aus Sophies Kindergartenrucksack herausschaut. Er nimmt die Flasche und spült sie kurz mit kaltem Wasser aus, wobei er mir den Rücken zudreht.

»Das, was Sophie einfach fehlt, ist eine Mutter. Und ich glaube, ich bin ein schlechter Ersatz.« Wenn ich nicht wüsste, dass Indianer und Männer nicht weinen, würde ich glatt denken, Sebastian ist den Tränen im Moment ziemlich nah. Seine Stimme klingt total verschwommen. Wahrscheinlich hat er mir deswegen den Rücken zugedreht. Er hantiert immer noch und scheppert mit der Flasche.

»Ich glaube, du bist der beste Vater, den Sophie sich überhaupt wünschen kann«, sage ich mit Nachdruck in Richtung Sebastians Rücken.

»Meinst du wirklich?« Sebastian dreht sich zu mir um

und blickt mich gleichzeitig zweifelnd und hoffnungsvoll an.

»Ja. Ich glaube, es ist egal, ob ein Kind nur Mama oder nur Papa hat. Oder ob es sogar keines von beidem hat. Ein Kind braucht vor allem eine Person, die es liebt und die wirklich für es da ist. Und das bist du. Ich kenne keinen Mann, der die Präsentation vorm Vorstand wegen eines kranken Kindes einfach abgesagt hätte.«

»Meinst du?«

»Na klar. Schober hat drei Kinder. Und ich bin sicher, er hat ihretwegen noch keine Sekunde im Büro gefehlt. Und wenn Schobers Frau morgen tot umfällt, wird er die Kinder wohl lieber in ein Waisenhaus geben, als nur einen Tag bei MM zu versäumen. Nach Schobers Meinung sind Kinder der Karrierekiller Nummer eins.«

»Du kennst aber Schober schon ganz schön gut. Dabei bist du doch noch gar nicht so lange bei MM.«

»Schober muss ich nur anschauen, und dann weiß man doch, was los ist.«

Sebastian grinst. »Ich weiß, was du meinst. Hey. Wie war denn nun eigentlich die Präsentation? Die habe ich total und vollkommen vergessen. Kaum zu glauben.«

»Ich war ehrlich gestanden etwas nervös, weil ich dachte, du hältst den Vortrag. Aber ich glaube, ich hab es dann doch ganz gut hingekriegt. Der Vorstand will dein Konzept umsetzen.«

»Unser Konzept. Von dir sind sehr viele Ideen drin, und das werde ich dem Vorstand bei nächster Gelegenheit auch stecken.«

»Ist schon gut.« Ich winke lässig ab. Aber in Wirklichkeit freue ich mich wie ein Schneekönig beziehungsweise wie eine Schneekönigin über Sebastians Lob und Anerkennung.

»Ist nicht gut. Du bist gut. Und du kriegst eine Gehaltserhöhung. Jawoll.«

Sebastian steht immer noch an der Spüle, und ich merke, wie er ganz leicht zu schwanken beginnt. Er hält sich mit einer Hand am Spülbecken fest, und er hat auch einen sehr roten Kopf. Vielleicht hat er das Bier zu schnell getrunken. Auch er merkt anscheinend, dass gerade etwas mit ihm nicht stimmt.

»Ich ... Felix ... irgendwie fühl ich mich gerade komisch ... glaub, ich muss mich mal setzen.« Sebastian plumpst auf den Stuhl neben mir und öffnet zwei Knöpfe von seinem Hemd. Er hat ganz glänzende Augen.

Verdammt.

Ich greife zu ihm rüber und fasse an seine Stirn. Die glüht regelrecht.

»Du hast Fieber. Du musst sofort ins Bett.«

»Ich??? Ich bin nicht krank. Ich bin alleinerziehend. Ich bin Chefredakteur. Ich kann nicht krank sein. Ich habe keine Zeit zum krank ...«

»Papperlapapp.« Ich hake Sebastian einfach unter. »Wir beide gehen jetzt ins Bett.« Was habe ich da gerade gesagt? Wir beide gehen ins Bett??? Ach ...

»Und dann gebe ich dir ein paar Grippetabletten und Vitamin C, und morgen wirst du sehen, bist du wieder auf den Beinen.«

»Aber nicht doch ... ich kann doch nicht ...« Sebastian protestiert leise, aber er ist eigentlich viel zu schwach, um wirklich Widerstand zu leisten. Das Bier hat ihm zu der Infektion wohl den Rest gegeben. Ich packe den ganzen Kerl so gut ich kann und gehe mit ihm in Richtung Treppe. »Wo ist dein Schlafzimmer?« Sebastian nickt nach oben. Ich blicke die Treppe hinauf, in schwindelerregende Höhen. Das schaffe ich wirklich nicht. Kurz entschlossen schleppe ich Sebastian ins Wohnzimmer und lasse ihn neben der immer noch leise schnarchenden Sophie auf das Sofa fallen. Da er sich sowieso schon angesteckt hat, können sie auch gemeinsam in einem Bett schlafen. Sebastian ist völlig am Ende. Ich schaffe es gerade noch, ihm zwei Grippetabletten reinzuschieben und ihn ein halbes Glas Vitamin C trinken zu lassen. Dann schnarcht er selig neben Sophie ein.

Ich kuschele mich auf den Sessel, blicke meine beiden Patienten noch einmal an und denke, dass ich noch zwei Stunden hier Wache halte und schaue, ob alles klar ist mit den beiden, bevor ich dann nach Hause gehe. Ich kann auf gar keinen Fall hier übernachten, das ist mein letzter Gedanke, und dann schlafe ich tief und fest ein.

»Will die Frau keine heiße Schokolade?«, höre ich ein kleines helles Stimmchen in meinen Träumen rufen. Mmmh. Heiße Schokolade. So was habe ich seit meiner Kindheit nicht mehr getrunken. Ich versinke wieder im Halbschlaf und in einem riesigen Berg Vollmilch-Nuss-Schokolade. Ich bin sooo müde.

»Hey ... du ... willsu heiße Schokolade?« Ein kleines Patschehändchen zieht und zerrt an meinem Hemdärmel herum. Ich bin total müde. Mir tut alles weh. Wo bin ich, und wenn ja, wie viele? Ganz vorsichtig öffne ich ein Auge. Auweh. Das brennt gemein. Ich habe meine farbigen Kontaktlinsen noch drin. Die Brille dagegen ist mir von der Nase gerutscht und hängt nur noch an einem Ohr.

»Sophie, Liebes, das ist keine Frau, das ist ein Mann. Das ist Felix. Ich habe ihn dir doch gestern vorgestellt, und Felix hat dir so nett vorgelesen und die Wadenwickel gemacht. Wahrscheinlich kannst du dich nicht mehr so gut dran erinnern, weil du gestern so viel Fieber hattest. Aber jetzt ist dein Fieber weg. Weißt du, der Felix und der Papa arbeiten zusammen«, höre ich eine Männerstimme sagen.

Mit einem Schlag bin ich hellwach. Ich blinzele direkt Sophie an, die immer noch in ihrem Pyjama vor mir steht.

Sophie mustert mich zweifelnd. Bevor sie noch mal insistieren kann, dass ich eine Frau bin, springe ich vom Sessel auf.

»Oh verdammt, ich bin einfach eingeschlafen. Ich muss sofort nach Hause.«

»Quatsch. Mir geht es wieder gut, dank deiner Hilfe. Fühl mich echt super. Was hast du mir da gestern Abend noch eingeflößt? Ich habe uns allen Frühstück gemacht. Heute ist Samstag. Bleib doch noch, du kannst auch meinen Rasierer benutzen.«

»Tut mir leid ... ich muss los ... dringend ... bin noch verabredet ... total vergessen ... freut mich, dass es euch beiden besser geht. Wir sehen uns Montag ... tschüss, Sophie«, sage ich und stürme zur Verblüffung von Sebastian und Sophie Hals über Kopf zur Tür hinaus. Bloß weg hier. Meine Kontaktlinsen brennen. Mein Bart ist halb abgerieben, und ich muss dringend mal auf die Toilette. Nicht auszudenken, wenn es unter Männern dann auch noch üblich sein sollte, morgens gemeinsam zu duschen.

Ich brauche das ganze Wochenende als Felicitas, damit mir meine Augen die Nacht mit den farbigen Kontaktlinsen verzeihen. Aber Montag bin ich wieder topfit im Büro als Felix. Und auch Sebastian ist wieder voll da und voller Elan. Er bedankt sich noch mal bei mir. Wegen der Hilfe und dafür, dass ich meine Klappe halte. Aber das ist ja nun wirklich selbstverständlich. Wenn Sebastian wüsste, dass ich ein viel größeres Geheimnis als er jeden Tag mit mir ins Büro nehme! Ob er wohl schweigen könnte?

Als ich ein paar Tage später mittags zum Pinkeln bei Franziska bin, erzähle ich ihr von meinem Noteinsatz bei Sebastian, ohne dass ich Sophie erwähne. Ich würde es wirklich gerne, weil Franziska und ich eigentlich keine Geheimnisse voreinander haben, aber ich habe es Sebastian schließlich versprochen.

Ich sitze gerade auf der Toilette und unterhalte mich durch die offene Badtür mit Franziska, die drüben in der Küche neue Päckchen für Mütter mit zu viel Geld packt.

Ah, tut das gut, endlich loslassen zu können. Ich trau mich einfach immer noch nicht, bei MM auf die Herrentoilette zu gehen. Natürlich könnte ich einfach in eine Kabine gehen. Ich muss ja nicht an der Schüssel stehen, aber alleine der Gedanke, wen ich dort alles treffen könnte, führt dazu, dass meine Blasenkapazität sich plötzlich verdoppelt hat. Mittlerweile halte ich es ganz gut aus, nur einmal am Tag zu pinkeln. Das scheint übrigens für Männer ganz normal zu sein. Die rennen nicht dauernd wie die Mädels.

Franziska packt das Päckchen fertig, und dann kommt sie zu mir rüber ins Bad. Lilly und Leon spielen ausnahmsweise mal friedlich im Wohnzimmer.

Franziska blickt mich an, dann schüttelt sie den Kopf.

»Sag mal, Feli, nicht, dass ich mich nicht freue, dich jeden Mittag hier zu sehen. Aber Lilly und Leon sind ziemlich verwirrt deinetwegen. Lilly hat schon Onkel Feli zu dir gesagt. Und wenn Oliver dich jemals so hier entdeckt – keine Ahnung, wie ich ihm das erklären soll. Wie lange soll denn die Scharade bei MM noch gehen? Ich dachte, du hast gesagt, du machst das nur ein paar Wochen, und dann hast du das große Coming-out?«

Ich stehe von der Toilette auf, ziehe den Reißverschluss zu und rücke die Socke gerade. (Ehrlich gesagt, bin ich zu einer etwas dickeren Socke gewechselt – ich will ja was hermachen, so als Mann.)

Verdammt. Ich würde wirklich gerne im Stehen pinkeln können. Das muss vieles viel einfacher machen. Franziska blickt mich kritisch an. Ich kenne diesen Blick. Das ist der gleiche, den sonst Mama drauf hat, wenn sie das Gefühl hat, eine ihrer Töchter muss mal wieder zur Ordnung gerufen werden.

»Wieso, das Leben als Mann gefällt mir«, sage ich trotzig zu Franziska. »Du kannst dir gar nicht vorstellen, wie viel einfacher viele Dinge plötzlich sind. Keine hohen Schuhe, in denen man nicht laufen kann. Keinen Minirock, den man ständig runterziehen muss. Nicht mehr schminken, nicht mehr den Bauch einziehen, und im Büro hören sofort alle zu, wenn du nur den Mund aufmachst. Und egal, was dabei rauskommt, alle finden es per se toll, ganz einfach, weil du ein Mann bist.«

»Aber du bist kein Mann«, wendet Franziska ein.

»Nein. Aber ich bin besser als jeder Mann. Ich habe einfach beide Seiten. Du glaubst gar nicht, wie gut das für mich ist. Sebastian ist immer völlig begeistert von meinen Vorschlägen, und sogar Schober ist beeindruckt.«

»Und wie soll das laufen zwischen Sebastian und dir?«

»Wie soll was laufen?«

»Ich dachte, du bist total in ihn verschossen.«

»Bin ich nicht. Ich bin ja jetzt ein Mann.«

»Aha. Und deswegen hast du als Frau keine Gefühle mehr.«

»Hab ich schon. Aber die habe ich im Griff.«

»Soso.«

»Mach nicht soso.«

»Wieso? Und wie mache ich soso?«

»Du machst soso wie unsere Mutter.«

»Ja, und das ist gut so. Irgendjemand muss hier mal soso sagen, wenn du total verrückte Sachen machst. Das hier ist okay, für mal kurz, aber das kann man doch nicht ewig durchziehen.«

»Kann ich schon.«

»Kannst du nicht.«

»Und warum nicht?«

Franziska blickt mich ernst an.

»Ganz einfach. Weil es im Grunde genommen eine Lüge ist. Und mit dem Lügen ist es wie mit den Lemmin-

gen. Eine zieht hundert andere mit sich. Und schließlich stürzen alle in den Abgrund. Und du mit.«
»Ich muss ins Büro«, sage ich nur und verschwinde. Franziska blickt mir kopfschüttelnd hinterher.

Ah, meine kleine Schwester. Ich hasse das, wenn sie so tut, als wäre sie die Ältere von uns beiden. Schließlich bin ich die größere Schwester, und somit bin ja wohl ich für die Moral zuständig. Das ist ja sonst, als würde das Kind den Eltern sagen, wo es langgeht. Was hat die denn schon für eine Ahnung. Die mit ihrem perfekten Leben. Bei ihr lief ja alles immer glatt. Da muss man sich natürlich nicht verkleiden. Franziska ist immer alles in den Schoß gefallen. Das stimmt zwar nicht – wenn ich ehrlich bin, hat sie immer hart dafür gearbeitet –, aber im Moment bin ich sauer, und da will ich weder ehrlich noch gerecht sein.

Ich bin besser als jeder echte Mann. Und ich kann das mit dieser Verkleidung noch ewig durchziehen.

Als ich abends dann endlich in meiner kleinen Wohnung bin, bin ich doch total froh, dass ich mich wieder in Feli verwandeln kann.

Ich ziehe den Anzug aus, ahhh – die Krawatte ausziehen – das ist für Männer wohl so ähnlich, wie wenn unsereiner die High Heels auszieht. Gerade als ich mir die Bartstoppeln vom Gesicht waschen will, klingelt es an der Tür. Verdammter Mist. Ich kann so echt nicht aufmachen – unterhalb des Halses bin ich eine Frau, aber oberhalb des Halses bin ich immer noch ein Mann. Das sieht echt ziemlich schräg aus, was ich so im Spiegel sehen kann. Egal, wer das ist – er wird ein anderes Mal kommen müssen.

Es klingelt wieder.
Und es klingelt und klingelt und klingelt. Und dann

klopft es an der Tür, und dann höre ich eine männliche Stimme schreien. »Felix, nun komm schon, mach auf, ich weiß dass du da bist – ich habe deine Nachbarin getroffen, die hat es mir gesagt – das ist ein Notfall – mach auf.«

Verdammter Mist. Das ist Sebastian! Wie kommt der denn hierher? Und woher hat er meine Adresse? (Na, woher wohl – Personalakte, schließlich ist er der Chef.) Ich hätte einfach bei der Einstellung eine falsche Adresse angeben sollen. Jetzt habe ich den Salat. Was mach ich bloß? Mich tot stellen. Einfach tot stellen. Er wird schon nicht die Tür eintreten.

»Felix, mach sofort die Tür auf, oder ich trete sie ein.«
Oje ojeojeoje.

»Komme schon – habe gerade geschlafen …«, rufe ich mal vorsichtshalber, bevor Sebastian mit der Tür ins Haus fällt. Ich schlüpfe schnell in meine Anzugshose, ziehe das Hemd drüber und knöpfe es zu. Für die Bandagen um den Busen reicht die Zeit nicht mehr, ich hoffe, dass meine Nippel nicht allzu sehr sichtbar sind – selbst Körbchengröße A ist immer noch ein Busen (ich habe im Schwimmbad schon Männer gesehen, die dringender einen BH bräuchten als ich). Irgendwie muss ich Sebastian an der Tür abwimmeln. Schließlich dürfen auch Chefs nicht so einfach in eine Wohnung reinplatzen. Das wäre ja noch schöner. Ein letzter prüfender Blick in den Spiegel – geht schon. Dann schließe ich vorsichtshalber mal alle Türen meiner Wohnung. Auch wenn ich gerade Felix bin, in meiner Wohnung wohnt weiterhin Felicitas.

»Mach schon«, tönt es wieder durch die geschlossene Tür. Mein Gott, der hat's aber wirklich dringend. Entschlossen öffne ich die Tür einen Spaltbreit, stecke nur den Kopf raus und versuche, möglichst verschlafen nach draußen zu schauen. Dort steht Sebastian, ein Sixpack Bier in der Hand, und grinst über alle Bartstoppeln.

»Was ist denn los?? Ist was mit Sophie?« Ich versuche, möglichst abweisend und motzig zu klingen.

»Hicks ... Sophie geht es gut.« Ein kleiner Rülps entfährt Sebastian, während er mich verschwörerisch anschaut. Da ist eindeutig Alkohol im Spiel. Oh mein Gott, der ist sogar süß, wenn er einen im Tee hat.

»Ich dachte nur, wir beide könnten mal ein wenig an dem neuen Konzept arbeiten. Da fehlen ja noch die meisten Details, das muss man ja ... hicks ... noch irgendwie redaktionell umsetzen.«

»Es ist kurz nach elf.« Streng. Abweisend. Kühl. Gut so, Feli.

»Ja und?«

»Ich war heute schon im Büro, falls dir das entgangen ist.«

»Ich hab uns was zu trinken mitgebracht ...«, sagt Sebastian und schiebt sich einfach durch die Tür rein. Auch wenn ich aussehe wie ein Kerl, offensichtlich habe ich nicht die Kraft wie ein Kerl. Sonst hätte mich ein leicht angetrunkener Sebastian nicht so einfach auf die Seite schieben können.

»Wo issn deine Küche? Ich brauch einen Öffner???«

»Das sind Dosen.«

»Oh.« Sebastian blickt verwirrt auf die Bierdosen.

»Is doch egal.«

Sebastian blickt sich verwirrt um – er steht in meinem winzigen Flur, von dem drei Türen abgehen. Geschlossene Türen, wohlgemerkt. Das hier hat was Klaustrophobisches. Aber immer noch besser, als wenn er sieht, dass hier eindeutig eine Frau wohnt. Ich bin für eine Sekunde wie gelähmt – ich muss ihn loswerden – sofort. Ich drehe mich so um, dass er sich auch umdrehen muss – sonst sieht er gleich mein Schuhregal, in dem sich alle meine Mädchen-Schuhe türmen. Vielleicht ist er ja so betrunken, dass er gar nichts mehr mitbekommt.

»Sebastian, bitte, ich bin hundemüde, lass uns das doch morgen früh besprechen und ...«

Als Antwort öffnet Sebastian einfach eine der Türen – leider nicht die Wohnungstür. Volltreffer – es ist die Küche. Na, immer noch besser als mein Schlafzimmer mit der pinkfarbenen Wand.

»Ahh ... hast du ein Bierglas?« Sebastian geht rein und wirft sich auf einen meiner zierlichen Küchenstühle.

Okay. Vielleicht, wenn ich ihm ein Bier einschenke, vielleicht verschwindet er dann sofort wieder. In diesem Zustand kann man echt kein Konzept besprechen. Ich gehe an meinen Oberschrank und suche nach einem Bierglas. Ich fürchte, ich habe so was gar nicht. Ich trinke ja nie Bier, und in den letzten drei Jahren hatte ich ja auch nicht lange genug einen Mann hier, als dass es sich gelohnt hätte, Biergläser zu kaufen. Schließlich finde ich ein etwas größeres Limonadenglas und reiche es Sebastian.

»Hier.«

Sebastian blickt mich verwirrt an – oder vielmehr blickt er verwirrt auf das Glas, das mit roten Herzchen geschmückt ist. Verdammt, alle anderen neutralen Gläser sind in der Spülmaschine.

»Und du? Willst du kein Bier?« Sebastian hat sich wieder gefangen.

Ich? Oh ja, klar, ich liebe Bier. Igittigitt. Ich hasse Bier. Ich bin eine Frau – ich will Champagner, wenn man mich schon so fragt. Das ist wahrscheinlich auch genetisch bedingt. Seufzend hole ich mir ein zweites Glas aus dem Schrank und setze mich neben Sebastian, der uns beiden einschenkt.

Andächtig blickt er auf die Schaumkrone, bevor er trinkt.

»Ahhh ... es geht doch nichts über ein gutes Glas am Abend.«

»Oder zwei oder drei oder vier.«

»Du sagst es, Felix, du sagst es ...« Sebastian blickt sich in meiner Küche um. Er blickt auf meine Tischdecke mit den Rosen. Dann blickt er auf die Vase mit den Gladiolen, die auf der Fensterbank steht. Dann blickt er auf den Vorhang mit der Spitzenbordüre. Und dann blickt er auf mich.

Oh verdammt.

Ich stehe auf schwedischen Landhausstil – zumindest was meine Küche betrifft.

»Ähm ... tja, ... prost ... wo ist denn Sophie heute Abend?«, versuche ich ihn geschickt von all den Blumen und Chichi abzulenken.

»Sophie ist bei einer Freundin und übernachtet dort. Ich habe einen freien Abend, deshalb dachte ich, wir beide könnten vielleicht etwas um die Ecken ziehen und dabei etwas an dem Konzept feilen ...«

»Um die Ecken ziehen ... super Idee. Dann lass uns mal gleich losgehen ...« Ich versuche, bis über beide Ohren zu strahlen bei der Idee, heute Nacht noch mal als Mann ausgehen zu müssen und meine müden Füße in die schweren Männerschuhe zu zwängen. »Ich hol nur schnell meine Jacke.«

»Ich muss vorher noch mal.«

»Was?« Ich ahne nichts Gutes.

»Na, was wohl, aufs Klo.« Ich starre Sebastian fassungslos an. Ich habe leider kein Gästeklo. Also muss er ins Bad ... und im Bad steht mein ganzes Beauty-Arsenal. Als Felix besitze ich natürlich nur eine Zahnbürste und etwas Haargel. Aber Felicitas liebt alles, was cremt und färbt und einem das Versprechen ewiger Jugend und Schönheit gibt.

»Muss das sein, du kannst doch auch in der Kneipe ...«

»Is dringend. Oder soll ich einfach hier ins Waschbecken?«

Nee. Also nee. Gibt es das? Männer, die ins Küchenwaschbecken pieseln? Das glaub ich nicht, ich hoffe doch sehr, Sebastian hat das als Scherz gemeint. Okay. Und dann habe ich eine gute Idee.

»Zweite Tür – aber das Licht ist kaputt – ich hoffe, du findest dich auch im Dunkeln zurecht ...«

Mein Licht im Bad ist natürlich nicht kaputt – aber nicht auszudenken, wenn Sebastian jetzt auch noch alle meine Töpfchen, Tiegelchen und Parfüms im Bad sehen würde. Sebastian steht auf, geht ins Bad und lässt natürlich die Tür sperrangelweit offen, sodass ein Lichtstrahl vom Flur aus in das dunkle Bad fällt. Er setzt sich natürlich nicht hin. Typisch Mann. Männer unter sich machen das nie. Nur wenn sie vermuten, dass eine Frau irgendwo darauf aufpasst.

Ich hör's plätschern. Während er im Bad ist, versuche ich hastig, alle allzu weiblichen Dinge aus meiner Küche in Schränke zu stopfen: Auf die Küchenmaschine werfe ich einfach ein Geschirrhandtuch – wahrscheinlich besitzt kein Mann auf der ganzen Welt eine eigene Küchenmaschine. Außer, er ist Fernsehkoch. Alles wandert in Windeseile in oder auf Schränke. Als Sebastian wieder zur Tür reinkommt, ist meine Küche fast vollständig frauenfrei. Na ja, fast.

Sebastian lehnt lässig am Türrahmen und blickt mir direkt in die Augen.

»Felix. Felix. Felix.« Sebastian schüttelt den Kopf. »Das Licht im Bad ist nicht mehr kaputt. War wahrscheinlich nur ein Wackelkontakt.«

Oh, verdammt.

»Ich ... ähh ... ich ...« Ich bin sprachlos. Ich bin ratlos. Verdammt.

»Also in deinem Bad, also ich will dir ja nicht zu nahe treten, aber eine Augenfaltencreme für die Frau ab dreißig??? Findest du das nicht etwas ... mhm übertrieben?«

Sebastian blickt mich ziemlich verunsichert und fragend an.

Irgendwie muss ich ihm wohl doch die Tiegelchen und Töpfchen erklären. Ohgottogottogottogott. Was mache ich bloß? Und dann habe ich die rettende Idee. Ich setze ein möglichst theatralisches Gesicht auf, und dann lege ich los:

»Sie hat mich verlassen. Vor zwei Monaten. Hat natürlich ihren ganzen Krempel hier gelassen. Du kennst doch die Weiber.« Das sage ich jetzt betont cool – lasse dabei aber in der Stimme einen Hauch von Gefühl mitschwingen. Wenn Sebastian eine Frau wäre und ich auch, hätte ich in der gleichen Situation jetzt einfach losgeheult. Aber ich gehe mal schwer davon aus, dass Männer bei so einer Nachricht nicht losheulen. Das macht wohl selbst der neue Mann nicht so.

»Oh ... du auch? Du bist auch verlassen worden?« Sebastian blickt mich sehr, sehr mitfühlend an. Er weiß nun wirklich, wie es ist, von einer Frau verlassen zu werden. Er kommt auf mich zu und legt den Arm um mich – ich versuche, meine Schultern besonderns breit wirken zu lassen. Ach, er legt den Arm um mich – am liebsten würde ich mich direkt in seinen Arm fallen lassen. Ich rieche einen Hauch von seinem verdammt guten Aftershave.

»Das tut mir leid ... Weiber sind alle gleich ... alles Schlampen ... Was sagst du? Wie lange ist es her?«

»Zwei Monate. Sie hieß Felicitas.« Ich versuche, meine Stimme möglichst gebrochen klingen zu lassen.

»Wie lange wart ihr zusammen?« Eine berechtigte Frage, will ich meinen. Eine ganze Ewigkeit sozusagen. Seit unserer Geburt.

»Ähm ... zusammen ... tja ... muss ich glatt mal nachdenken.«

»So lange???« Sebastian blickt mich an. Seine Augen sind voller Mitgefühl. Dann schüttelt er mich etwas bei dem Versuch, mich noch fester in die Arme zu nehmen – das ist wohl auch so eine Männersache. Richtig umarmen, geht wohl nicht.

»Sie hat dich nicht verdient. Das kann ich dir in jedem Fall sagen.«

»Denkst du?«

»Klar – wenn sie dich verlassen hat, hat sie einfach nicht gewusst, was für ein toller Kerl du bist.« Sebastian setzt sich wieder auf den Küchenstuhl und öffnet eine weitere Bierdose.

»Wie war sie denn so?«

»Ähm ...« Tja, wie ist Felicitas, wie bin ich wohl so als Frau für einen Mann? Da muss ich mal kurz nachdenken. Wenn ich als Mann mich beschreiben müsste, wie wäre ich dann??? Ich setze mich wieder Sebastian gegenüber und versuche mich zu erklären. »Äh, tja ... sie war süß, obwohl, süß ist wohl eher das falsche Wort ... sie war ... äh ... nett ... vielleicht zu nett ... man konnte in jedem Fall gut mit ihr kuscheln ... und mit ihr unterwegs sein und was unternehmen ... also mehr so ein Kumpeltyp, Pferde stehlen und so und, tja ... sie hat immer versucht, mich zu verstehen und ...«

»Oh ... alles klar ... der Typ Männerversteherin ... kenn ich ... grauenvoll, diese Weiber ... lassen einen einfach nicht in Ruhe ... es gibt einfach Dinge, die machen Männer, und es gibt Dinge, die machen Frauen. Und auch wenn man zusammen ist, muss man ja nicht alles teilen. Ein bisschen Unterschied und Gegensatz tut auch in einer Beziehung gut. Finde ich zumindest. Wer will schon eine Frau flachlegen, die immer und alles versteht? Mir sind Frauen lieber, die einfach eine Frau sind und mich einfach einen Mann sein lassen. Ist in jedem Fall meine Meinung ... Prost.«

Sebastian prostet mir zu. Ich blicke ihn an. So habe ich das – so habe ich mich – noch gar nicht betrachtet. Vielleicht hat er ja recht. Vielleicht war ich bisher in Beziehungen viel zu verständnisvoll, viel zu angepasst.

»Ähm ... tja ... nun ... jetzt ist es in jedem Fall vorbei ... und ich vermisse sie schrecklich.« Also, wieso ich jetzt gesagt habe, ich vermisse sie schrecklich, weiß ich nicht ganz genau. Aber ich glaube, es ist so: sosehr ich Felix mag, manchmal vermisse ich Felicitas. Den ganzen Tag ein Mann zu sein, ist eben nicht immer einfach, wenn man eigentlich eine Frau ist.

»Armes Schwein ... kenn ich, das Gefühl ... kenn ich ganz genau ... hier.« Sebastian schenkt mir noch mal Bier nach.

»Trink erst mal ... Aber mal ehrlich, Felix. Das hier ...« Sebastian deutet mit großer Geste auf alles, was meine winzig kleine Wohnung beinhaltet. »Das hier geht gar nicht. Wie willst du die Schlampe je vergessen, wenn du weiterhin mitten in ihrem ganzen Krempel wohnst.«

»Ich, oh ... ich, äh ... also, ich warte drauf, dass sie alles abholt.«

»Abholt??? Ha! Da kannst du lange drauf warten. Die lassen das extra da, um dich extra fertigzumachen. Mensch, Felix, ich kenn das – wenn man sich nicht trennen kann. Von all den Kleinigkeiten, die einen immer wieder an sie erinnern. Es hilft alles nichts, du musst den ganzen Kram loswerden. Jetzt! Sofort! Glaub mir, du wirst dich wie befreit fühlen danach ... sei froh, dass ich hier bin und dir dabei helfe.«

»Aber ich liebe all diese Sachen ... «

»Mensch, Felix, das ist eine total falsche Einstellung. Total falsch. So wirst du sie nie los.« Sebastian steht abrupt auf. Er schwankt zwar etwas, hält sich aber entschlossen auf den Beinen. Und leider ist auch sein Gesichtsausdruck mehr als entschlossen. Mir schwant nichts Gutes.

»Dir muss geholfen werden, und zwar jetzt. Komm

mit.« Sebastian geht in Richtung Bad, und noch bevor mir etwas einfällt, wie ich ihn zurückhalten kann, hat er schon mit einer Bewegung seines Armes mein ganzes Make-up vom Regal gefegt und in den kleinen Mülleimer vom Bad befördert. »Hier kommt das Räumkommando ...« Sebastian dreht sich strahlend zu mir um. »Los, mach mit, du wirst sehen, tut unheimlich gut. Ich habe viel zu lange gebraucht, um Laurens Sachen endlich aus meiner Wohnung zu werfen ... ein halbes Jahr habe ich mit Spitzenunterwäsche und Parfümflaschen gelebt ... sogar den Rosenstrauß, den sie eine Woche vor ihrem Abflug auf den Wohnzimmertisch gestellt hat, habe ich einfach eintrocknen lassen ... aber dann irgendwann bin ich morgens wach geworden, und es war so weit ... ich habe alles auf den Sperrmüll gebracht ... das war wie eine Neugeburt.« Sebastian dreht sich wieder zu dem Regal und beginnt mit der zweiten Reihe.

»Halt ... Sebastian ... ich bitte dich ...« Ich werfe mich in Sebastians Arme. Ist der von allen guten Geistern verlassen? Mein Make-up hat über dreißig Euro gekostet, ganz zu schweigen von meiner biologisch-dynamischen Gesichtsmilch und der neuen Maske mit Algenextrakt, die ich erst vorgestern bei Karstadt für den Preis eines Kleinwagens erstanden habe. Das kann man doch nicht einfach so in den Müll werfen.

»Lass das, bitte ... das kann ich doch auch morgen in aller Ruhe machen.«

»Kommt nicht infrage ... wofür hat man denn Kumpels ... ein wahrer Freund hilft einem in der Not ... und du bist in Not ... das ist sonnenklar ... Mensch, Felix.«

»Aber du wolltest doch mit mir an dem Konzept arbeiten!!!«

Sebastian dreht sich noch mal rum und legt seinen schweren Arm um mich. Neben dem superguten Aftershave rieche ich jetzt auch leider Bier. Sebastian blickt mir tief in die Augen. Ich könnte in diesem Schokobraun versinken und nie wiederauftauchen. Für einen Moment beginnt Felix zu verschwimmen. Felicitas will auf die Bühne. Ich fühle mich, wie sich wahrscheinlich Personen mit einer Persönlichkeitsspaltung fühlen. Hin und her gerissen zwischen beiden. Felix oder Felicitas? Warum muss der Typ auch so verdammt unanständig anziehend sein. Meine Hormone tanzen Tango, und für einen Moment stelle ich mir vor, wie es wäre, mit Sebastian hier mitten im Bad ...

Diese Phantasie wird durch heftiges Scheppern unterbrochen. Sebastian räumt entschlossen alles aus meinem Bad, was nur irgendwie weiblich aussieht. Und das ist leider fast alles. Außer meiner Zahnbürste. Und die hat ganz versteckt unten am Stiel ein kleines Blümchen, aber das wird er nicht entdecken, hoffe ich, da sie in einem Keramikbecher steckt.

Eine Stunde später sitzen Sebastian und ich wieder in meiner jetzt, wie ich finde, vollkommen kahlen Küche. Ich traue mich kaum, mich umzublicken. Es ist grauenvoll. Einfach grauenvoll. Mein halbes Leben liegt unten im Müll. Mein Make-up. Meine Cremes. Meine apricotfarbenen Handtücher. Ein sündteuer Spitzen-BH von LaPerla, den ich an der Heizung zum Trocknen hängen gelassen habe. Ich könnte heulen. Einfach losheulen. Und ich musste ihm auch noch dabei helfen, alles runter in den großen Müllcontainer zu bringen. Gott sei Dank hat Sebastian vergessen, in den Kleiderschrank zu schauen. Wahrscheinlich denkt er, dass Felicitas wenigstens ihre kompletten Klamotten mitgenommen hat. Ist ja auch klar, als Frau würde ich nie Kleider irgendwo liegen lassen. Das ist ja fast so, als würde man seine Kinder vergessen.

»Und???« Sebastian blickt mich erwartungsvoll an. »Wie fühlst du dich???«

Grauenvoll. Entsetzlich. Fürchterlich. Ich könnte ihn umbringen.

Ich ringe mir mit letzter Kraft ein Lächeln ab.

»Großartig. Erleichtert. Phantastisch. Danke für deine Hilfe«, sage ich.

»Siehst du, ich hab es gewusst. Man muss sich von diesem alten Krempel trennen, an dem doch nur Erinnerungen hängen. Das verkürzt den Trennungsschmerz ungemein. Lass dir das von einem Profi gesagt sein.«

Danke.

»Oh verdammt.« Sebastian blickt auf seine Uhr. »Ich glaube, ich muss doch ins Bett ... du bist mir doch nicht böse, dass ich dich jetzt alleine lasse?«

Nee. Ganz im Gegenteil. Verschwinde bitte sofort.

Ich blicke aus dem Fenster. Sebastian ist noch nicht eine Sekunde um die Ecke, als ich runter zum Müll rase. Gerade als ich unten in unserer Einfahrt ankomme, stoße ich fast mit einer Gestalt zusammen, die in einen meiner gestreiften Vorhänge gewickelt ist wie ein Grieche in seine Toga und wie das olympische Feuer einen meiner Kerzenleuchter vor sich herträgt. Es ist ein Penner, der öfter bei uns rumhängt und offensichtlich die Gunst der Stunde genutzt hat. Kleine, schlaue Äuglein blinzeln mich aus einem ziemlich ungewaschenen Gesicht für eine Sekunde an, dann rennt er mit wehendem Vorhang davon.

»Halt ... das sind meine Sachen. Stehen bleiben!« Ich hechte hinter ihm her. Das gibt's doch gar nicht. Ich will meinen Vorhang wieder und meinen Kerzenständer. An der Ecke habe ich ihn fast erwischt – aber dann ist er über einen Zaun, und ich bin auf halber Strecke an etwas hängen geblieben und ziemlich unsanft auf dem Boden gelandet.

Humpelnd gehe ich wieder zur Mülltonne. Hab mir wohl den Knöchel verstaucht.

Dort im restlichen Müll finde ich wenigstens all meine anderen Sachen wieder. Mein gequilteter Bettüberwurf – ach, und meine Lieblingsvase. Ich drücke alle Teile an mein Herz wie eine lang vermisste Freundin. Dann werfe ich alles in Schachteln und schleppe es nach und nach wieder nach oben in meine Wohnung. So ein Wahnsinn.

Zwei Stunden später habe ich meine Wohnung endlich fast wieder eingerichtet (minus Vorhang und Kerzenständer). Dann falle ich so wie ich bin mit Bart, Anzughose und Hemd auf das Bett und schlafe traumlos ein.

Am nächsten Morgen ist Gott sei Dank Samstag. Wie schön. Ich kann endlich ausschlafen, und vor allem kann ich auch endlich wieder Felicitas sein. Kein Bart. Kein Anzug. Keine flachen Schuhe. Wie wunderbar!
Und vor allem: keine Männer.
Wie gut, dass ich gerade keinen Freund oder so was Ähnliches habe. Ich kann keine Männer mehr sehen. Im Moment jedenfalls. Und selbst Sebastian sollte sich besser hier am Wochenende nicht blicken lassen. Ich habe immer noch den Müllgeruch in der Nase. Vor dem Frühstück stelle ich mich erst mal eine halbe Stunde unter die Dusche, bis der Bart und der Geruch von gestern vollständig weg sind. Ich musste nämlich gestern, um meine Sachen zu retten, vollständig in die ganz große Mülltonne klettern. Ich stand auf irgendetwas Glibbrigem, über dessen Herkunft ich jetzt nicht weiter nachdenken will. Und es hat gestunken wie Hölle. Aber ich hab's überlebt. Hauptsache der Großteil meiner Sachen ist wieder da.
Jetzt werde ich erst mal eine Frauenzeitschrift nach der anderen lesen und dann gehe ich in High-Heels shoppen. Früher bin ich natürlich zum Einkaufen immer in Sneakers rumgerannt, aber jetzt, da ich die ganze Woche in Männertretern rumlaufen muss, gebe ich mir am Wochen-

ende die Stilettos bis ich Blasen bekomme. Alles egal. Ich will mich einfach unbedingt wie eine Frau fühlen. Dazu gehört auch ein kleines Nichts aus Chiffon, das ich vor kurzem erst bei Zara erstanden habe. Jetzt noch Lippenstift und Wimperntusche, und dann blickt mich trotz meiner raspelkurzen Haare endlich wieder Felicitas im Spiegel an.

»Hallo Feli, schön dich mal wieder zu sehen«, raune ich meinem Spiegelbild zu. Ich schnappe mir noch ein kleines Handtäschchen und dann kann's losgehen. Schnäppchen, ich komme!!!

Ach, ist das herrlich, endlich wieder eine Frau zu sein. Ich stöckle über den Prenzlauer Berg, dass es eine Freude ist. Ein laues Lüftchen lässt den Chiffon um mich herumwehen, und ich fühle mich wie ein Supermodel auf dem Laufsteg.

Mal ganz ehrlich: Jetzt, da ich beide Geschlechter getestet habe, bin ich lieber eine Frau. Und wenn ich wüsste, wie ich im Moment heil und unbeschadet aus der ganzen Sache rauskomme, ich wäre gerne auch im Job wieder Felicitas. Aber natürlich nur mit dem Redakteursjob. Nie wieder Praktikantin. Je länger ich die Scharade durchziehe, desto unsicherer bin ich im Hinblick auf meine Anfangsidee, nach ein paar Beiträgen mein Coming-out zu haben und mich dann von allen feiern zu lassen als herausragendes Beispiel moderner Emanzipation und dann weiterhin für MM zu arbeiten. Mich beschleicht im Moment viel eher der Verdacht, dass ich alles verliere, wenn ich jetzt mit der Wahrheit rausrücke. Ich kann mir nicht so recht vorstellen, dass Sebastian davon wirklich so begeistert wäre. Weder als Mann noch als Chef. Nun gut, ich verdränge jetzt mal lieber diese ganzen unangenehmen Gedanken und genieße den Tag als Felicitas.

Um mich herum wimmelt es von den üblichen Prenzelmamas. Hier muss man echt aufpassen, dass man nicht von einem Bugaboo überfahren wird. Am Wochenende bei schönem Wetter könnte man glatt denken, der ganze Prenzelberg ist ein einziger Familienvergnügungs-Park. Keine Ahnung, warum der Prenzelberg gerade bei Familien mit Kindern so beliebt ist. Wenn ich schon ein Kind hätte, dann würde ich lieber so wohnen wie Sebastian mit Sophie. Mitten im Grünen mit einem alten, verwunschenen Garten ums Haus, wo man wunderbar auf Bäume klettern kann.

Ich selbst gehe samstags gerne über den Prenzelberg, weil es hier neben vielen Kindern auch viele nette Cafés und Läden gibt. Ich habe schon zwei Röcke erstanden (ich kaufe nie wieder in meinem Leben Hosen) und drei Blasen an den Füßen. Beim Shoppen Stöckelschuhe zu tragen, ist wirklich mehr als bescheuert, aber es fühlt sich einfach so herrlich weiblich an. Höchste Zeit, dass ich mich ins nächste Café setze. Gerade als ich mich umdrehen will, um am Wasserturm vorbei in die Rykestraße zu meinem Lieblingscafé abzubiegen, sehe ich auf der anderen Straßenseite einen sehr attraktiven Mann Hand in Hand mit seiner süßen kleinen Tochter laufen.

Sebastian und Sophie.

Fast hätte ich die beiden übersehen in diesem ganzen Kinder-Mama-Papa-Gewühle, das hier herrscht. Sofort drehe ich mich um und stelle mich mit dem Rücken zu den beiden an die Auslage des nächstbesten kleinen Ladens. Sicher ist sicher. Ich weiß nicht, ob Sebastian sich noch an die Praktikantin erinnern würde, die ihm mal vor ein paar Wochen Kaffee übergeschüttet hat, aber ich will nichts riskieren. Auch wenn ich jetzt einen Kurzhaarschnitt trage und ihm wahrscheinlich nicht weiter aufgefallen bin. Ich bleibe hier einfach zehn Minuten stehen, dann ist die Luft wohl wieder rein, und ich kann mich endlich setzen. Überhaupt nicht auszudenken, wenn er sogar Felix in Felicitas erkennen würde.

Berlin ist doch ein Kuhdorf.

Was macht der hier auch an einem ganz normalen Samstag? Er wohnt doch eigentlich am anderen Ende der Stadt.

Hier in dem kleinen Laden, bei dem ich mich verstecke, gibt es alles für Mutter und Kind. Hätte ich mir ja denken können. Wo viele Kinder sind, gibt's viele Kinderläden. Ich nehme einen kleinen Stoffelefanten in die Hand, und als ich auf das Preisschild schaue, trifft mich fast der Schlag: achtundneunzig Euro!!! Die sind hier ja fast noch teurer als meine Schwester Franziska mit ihrem Ebay-shop. Anscheinend werden Mütter mit Kleinkindern in vielerlei Hinsicht für ziemlich unzurechnungsfähig gehalten. Trotzdem. Der Elefant ist total süß. Und ich verdiene ja jetzt endlich mal Geld. Echtes Geld. Vielleicht sollte ich ihn meiner kleinen Nichte Lilly mitbringen? Und da hinten ist ein ganz hübsches kleines Feuerwehrauto. Das würde Leon bestimmt gefallen. Für die fünf Minuten, bis er es in sämtliche Einzelteile zerlegt hat. Ich schnappe mir den Elefanten und steuere gerade auf das Feuerwehrauto zu, als plötzlich eine kleine Stimme zu mir sagt:

»Hallo, Felix.«

Mit einem Ruck drehe ich mich um. Vor mir steht Sophie.

Verdammt. Ich glaub's nicht. Wieso hat sie mich erkannt? Ich bin doch eine Frau! Das gibt's doch gar nicht! Ist meine Verkleidung so schlecht? Sonst hat noch niemals jemand auch nur ansatzweise meine beiden Identitäten durcheinandergebracht. Und jetzt das. Sophie ist sich anscheinend völlig sicher, wen sie da vor sich hat. Trotz Make-up, Stöckelschuhen und Chiffonfähnchen. Nun ja, sie hat ja sofort gedacht, dass ich eine Frau bin, und war die Einzige, die die ganze Maskerade sofort durchschaut hat.

Meine Augen suchen nach Sebastian. Den sehe ich noch nicht, vielleicht kann ich doch noch ganz schnell von hier verschwinden. Ich tue so, als hätte ich nicht bemerkt, dass Sophie mich angesprochen hat, versuche einfach ein paar Schritte weiterzugehen, aber Sophie lässt sich dadurch überhaupt nicht beeindrucken. Sie folgt mir vertrauensvoll wie ein Hund seinem Herrchen.

»Mein Papa ist auch da ... da hinten. Er hat gesagt, wenn ich wieder ganz gesund bin, kann ich mir ein neues Kuscheltier aussuchen. Papa ... Felix ist hier ...« Sophie schreit nach hinten in den Laden, wo Sebastian gerade damit beschäftigt ist, ganz fasziniert ein paar Spielzeugautos unter die Lupe zu nehmen. Ach, Männer bleiben doch immer kleine Jungs. Ich sehe, wie Sebastian das Auto weglegt und verwirrt zu uns beiden rüberschaut.

Sieht nicht so aus, als könnte ich mich still und heimlich von hier verdrücken. Ich beuge mich zu Sophie runter.

»Ähm ... also, mein liebes Kind ... ich heiße nicht Felix. Ich bin doch eine Frau. Das sieht man doch. Und Felix ist doch wohl ein Mann. Zumindest ist Felix ein Männername. Und ich, also ich, ich bin die Felicitas, und ich glaube nicht, dass wir uns kennen.«

»Aber ...« Sophie blickt mich mit ihren großen Augen völlig verwirrt an. Ich sehe, dass sie plötzlich die Welt nicht mehr versteht, und ich komme mir vor wie ein Schwein. Was tue ich der kleinen Maus nur an? Die wird ja noch völlig gaga im Kopf. Mann-Frau-Frau-Mann. Sie ist die Einzige, die das immer klar erkannt hat, und ich behaupte einfach das Gegenteil. So kann man bestimmt jemanden problemlos in den Wahnsinn treiben. Für einen Moment überlege ich, ob ich Sophie nicht in mein Geheimnis einweihen soll, und dann werde ich von Sebastian unterbrochen, der zu uns rübergekommen ist.

»Die Kleine hat Sie doch nicht belästigt?«, fragt Sebastian mich und bückt sich hinunter zu Sophie.

»Sophie, ich hab dir doch gesagt, du kannst nicht immer gleich mit allen Leuten reden. Manchmal wollen Menschen einfach ihre Ruhe haben.«

»Oh nein, sie hat mich wirklich nicht belästigt. Sie ist ein sehr süßes kleines Mädchen, und wir haben uns nur über Stofftiere unterhalten, nicht wahr?« Ich blicke Sophie beschwörend in die Augen.

Aber sie lässt sich überhaupt nicht beeindrucken oder hypnotisieren.

»Aber Papa, das ist doch Felix. Der Felix, der da war, als ich krank war, und der mir Märchen vorgelesen hat«, sagt Sophie ganz bestimmt zu ihrem Papa. Mein Gott, kann das Kind hartnäckig sein. Von wem sie das wohl hat?

Sebastian erhebt sich wieder und sieht mich an.

»Es tut mir leid, ich weiß auch nicht, was gerade in Sophie gefahren ist. Einfach eine schwierige Phase, nehme ich mal an.«

»Oh, kein Problem, ich habe einen Neffen und eine Nichte ungefähr in Sophies Alter. Mit schwierigen Phasen kenne ich mich also aus. Ich bin öfter Babysitter bei meiner Schwester.«

»Sie sind Babysitter?«, fragt Sebastian ganz interessiert. Was um alles in der Welt ist daran so interessant?

»Ja, ab und zu …«, erwidere ich.

»Sie haben keine eigenen Kinder?« Noch interessierter.

»Nein … habe ich nicht … noch nicht.«

»Ah, ja, schön … oder vielmehr schade … Kinder sind wirklich toll.« Was um alles in der Welt ist bloß mit Sebastian los? Wieso redet der so mit mir?

»Ich weiß.«

Für einen Augenblick verstummt diese etwas merkwürdige Konversation. Ich bemerke, wie Sebastian mich ganz seltsam anblickt. Mir wird ziemlich unbehaglich. Ziemlich viel Chili gerade im Raum, finde ich.

»Sind Sie öfter hier beim Einkaufen?«, frage ich jetzt einfach mal so, um Sebastian abzulenken.

»Ja, hin und wieder. Wir wohnen zwar am anderen Ende der Stadt, kommen aber manchmal gerne hierher zum Bummeln. Es gibt so viele nette Geschäfte und Cafés hier. Und Sophie war krank, und ich habe ihr ein neues Kuscheltier versprochen.«

»Das ist sehr nett von Ihnen.« Mein Gott, wie komme ich jetzt bloß am schnellsten wieder weg von hier? Sebastian blickt mich immer noch sehr komisch an. Und ich merke, wie Sophie ihn die ganze Zeit am Ärmel zupft. Sie will ihm ganz dringend was sagen, ist aber zu gut erzogen um sich jetzt so einfach in das Gespräch von zwei Erwachsenen einzumischen.

Der Chili hier in der Luft wird immer stärker. Ich kann es richtig prickeln fühlen. Ahnt Sebastian etwa was??? Und er guckt immer noch so komisch.

»Ich weiß, das klingt jetzt nach dem langweiligsten Anmachspruch der ganzen Welt«, redet Sebastian weiter, »und ich will auf gar keinen Fall, dass Sie das jetzt missverstehen: Aber kennen wir uns nicht vielleicht von irgendwoher?« Sebastian blickt mir voll in die Augen.

Ich merke, wie es mir ganz heiß wird. Verdammt. Wahrscheinlich werde ich gleich rot.

»Aber Papa, das ist doch Felix. Du kennst doch Felix.« Sophie kann nicht länger an sich halten.

Ich lächle gequält.

»Also, ich glaube nicht, dass wir uns kennen. Und ich heiße auch ganz sicher nicht Felix, wie ich Ihrer süßen kleinen Tochter schon erklärt habe.«

Ich merke, wie der Einwurf von Sophie Sebastian in Verlegenheit gebracht hat. Für ihn muss es so scheinen, dass seine Tochter eine Frau für einen Mann hält. Das ist

Eltern wohl schon etwas peinlich. Das ist wohl so, wie wenn ein kleines Kind auf einen dicken Mann mit dem Finger zeigt und dann ganz laut fragt, warum der Mann denn so dick ist. Das ist kein Spaß. Hab ich selbst schon mit Leon, meinem kleinen Neffen, erlebt. Der ist quasi der Spezialist, wenn es darum geht, in solche Fettnäpfchen zu treten. Da möchte man sich als Erwachsener nebendran am liebsten einfach in Luft auflösen. Kinder sprechen einfach immer alles aus, was sie denken. Während wir Erwachsenen immer alles erst mal kontrollieren, bevor wir irgendwas aussprechen.

Ich sehe, wie Sebastian aus dem Konzept gebracht ist. Gut für mich.

»Oh ... nun ... es tut mir leid, wahrscheinlich verwechsle ich Sie einfach mit jemanden. Ich lerne in meinem Job dauernd neue Leute kennen. Und Sophie hat einfach sehr viel Phantasie.«

»Oh ... aber das macht doch nichts«, lächle ich entschuldigend zu Sophie runter. Solange er mich nur nicht wirklich erkennt, verzeihe ich alles. »Kinder brauchen sehr viel Phantasie. Das ist doch schön für Ihre Tochter. Und was machen Sie denn so beruflich?«

Was machen Sie denn so beruflich??? Mann, wie bescheuert bin ich denn!!! Das ist die falsche Frage. Ich muss weg hier. Warum sage ich nicht einfach: War nett, Sie kennenzulernen, aber ich bin noch verabredet.

»Ich bin Journalist. Fürs Fernsehen. Zur Zeit arbeite ich für ein Männermagazin: MM. Und Sie? Was machen Sie so beruflich?« fragt Sebastian mich im Gegenzug.

»Ich??? Oh ... was mache ich beruflich?«

Also, was mache ich beruflich? Privat bin ich in jedem Fall eine dumme Nuss, die sich schon viel zu lange hier mit ihrem sexy Chef mit den Chiliaugen unterhält und ganz dringend sofort diesen Laden verlassen muss.

»Ich bin Praktikantin.«

»Praktikantin?« Sebastian blickt mich erwartungsvoll an.

»Ja ... Sie wissen schon ... Kaffeekochen und Kopieren.«

»Ah, ja ...«

»Ich suche natürlich gerade einen richtigen Job, aber solange man den nicht hat, muss man nehmen, was man kriegen kann, finde ich. Besser als zu Hause rumsitzen.« Oh mein Gott, ich reite mich Satz für Satz immer tiefer rein.

»Apropos sitzen? Wollen Sie vielleicht mit uns einen Kaffee trinken? Drüben in der Rykestraße ist unser Lieblingscafé, und Sophie und ich würden Sie gerne einladen«, meint Sebastian plötzlich, und ich bemerke ein kleines flirtendes Funkeln in seinen Chililaugen. Und auch Sophie lächelt mich zufrieden und auffordernd an.

Ich selbst bin sprachlos.

Oh nein.

Verdammt.

Ich kann nicht glauben, dass mir das jetzt passiert.

Der tollste Mann der Welt lädt mich zum Kaffeetrinken ein. Sebastian!!! Ein sexy alleinerziehender Vater! Der Sechser im Lotto!!!

Auf so eine Einladung habe ich die letzten dreißig Jahre gewartet.

Nie nie nie in meinem ganzen Leben hat mich ein so guter Typ einfach so angesprochen, und mich einfach nett zum Kaffee eingeladen.

Ein Teil von mir will unbedingt und sofort mit Sebastian und Sophie Kaffee trinken gehen. Ich kann mir nichts Schöneres vorstellen, als diesen Nachmittag mit den beiden im Kaffee zu vertrödeln und dann vielleicht noch einen Schlenker über den Spielplatz am Wasserturm machen und dann lädt Sebastian mich vielleicht auch noch zum Abendessen ein ... gleich zu sich nach Hause natürlich, weil er ja gerade keinen Babysitter hat ... und dann sitzen wir auf der Terrasse und Sebastian kocht, und ich helfe ihm dabei, schnipple Gemüse und so, und da ich endlich wieder eine Frau bin, kann ich endlich wieder einen Prosecco statt ein Bier trinken und dann ...

Filmriss.

Mein Verstand setzt wieder ein.

Ich könnte dem Schicksal jetzt echt eine reinhauen.

Warum nur ist es immer so gemein zu mir?

Jahrelang warte ich auf eine solche Gelegenheit und nun kann ich einfach nicht. Ich kann einfach nicht. Sophie hat meine Verkleidung längst durchschaut, und nichts auf der Welt wird sie davon überzeugen, dass Felix und Felicitas zwei verschiedene Personen sind. Das kann nur noch eine gewisse Zeit dauern, bis Sebastian auch bemerkt, was los ist.

Nicht auszudenken, wenn das passiert.

Dann bin ich schneller meinen Job los, als ich mir vorstellen kann. Und wahrscheinlich auch sofort den Mann. Der hält mich doch für völlig unzurechnungsfähig. Völlig wahnsinnig. Total bescheuert. Welche Frau verkleidet sich schon als Mann, um einen Job zu bekommen? Die muss ja völlig daneben sein.

Eben. Und deswegen darf Sebastian auf gar keinen Fall merken, was los ist und wer ich bin. Ich muss mir erst in Ruhe überlegen, wie ich mein Coming-out habe und wie ich es ihm am schonendsten beibringe.

Hey, dein bester Kumpel ist in Wahrheit eine Frau. Hey, und diese Frau stand neben dir auf der Herrentoilette während ... und hey, dieser Frau hast du ganz intime Männergeständnisse anvertraut, hey, und diese Frau hat dich die ganze Zeit belogen. Als Chef und als Freund.

Was soll ich bloß machen?

Was mach ich bloß???

Ich starre Sebastian und Sophie schon geschlagene

sechzig Sekunden einfach nur an, während es in meinem Kopf rattert und rattert.

»Alles klar? Geht es Ihnen gut? Ich meine, ich wollte auf keinen Fall aufdringlich sein oder ...«, fragt Sebastian mich schließlich.

Nein. Nichts ist klar. Und gut geht es mir auch nicht.

»Oh nein, Sie waren nicht aufdringlich. Ganz im Gegenteil. Sie sind großartig. Wirklich. So was Wundervolles ist mir in den letzten dreißig Jahren nicht passiert. Das müssen Sie mir glauben ... Aber ich ... ich fürchte, ich kann nicht ... es tut mir wahnsinnig leid ... vielen Dank für die Einladung ... sie ... sie ist einfach wundervoll ... mein ganzes Leben habe ich auf eine solche Einladung gewartet ... aber ich ... es geht einfach nicht ... tut mir leid ... ach, verdammt«, stottere und stammele ich schließlich, und dann drehe ich mich um und stürme so schnell es geht auf meinen hohen Schuhen einfach auf und davon.

Im Rausrennen kann ich die völlig verwirrten Blicke von Sebastian und Sophie förmlich im Rücken spüren.

Ein halbe Stunde später und mit fünf Blasen mehr an meinen ohnehin schon wunden Füßen bin ich wieder in meiner sicheren Wohnung. Verdammt. Na großartig. Jetzt bin ich auch als Frau bei Sebastian völlig unten durch. Und an Sophie mag ich gar nicht erst denken. Das ganze restliche Wochenende traue ich mich als Felicitas nicht mehr auf die Straße. Das hat man nun davon, ganz Frau und trotzdem Mann zu sein. Ich glaube, es wird höchste Zeit, das Ganze zu beenden.

Aber wie nur?
Wie?

Am Montagmorgen ist die bei MM übliche Redaktionskonferenz. Ich bin noch keinen Schritt weitergekommen mit meinem Coming-out-Plan. Nun gut, ich könnte hier in der Konferenz jetzt einfach aufstehen, mir die Brille runterreißen, die Kontaktlinsen rauspfriemeln, mir den Bart abrubbeln und allen sagen, dass ich in Wahrheit Felicitas, die ehemalige Praktikantin, bin. Aber so ganz gelungen scheint mir dieser Plan nun doch nicht.

Sebastian ist heute Morgen in bester Laune. Der Vorstand will unbedingt die Sendung relaunchen. Unser Konzept hat eingeschlagen wie eine Bombe.

»Und dafür möchte ich mich noch mal extra bei Felix bedanken, der so großartig für mich eingesprungen ist, und der nicht nur am Konzept selbst mitgearbeitet hat, sondern es auch noch dem Vorstand bestens verkauft hat.« Sebastian klopft mir mal wieder auf die Schulter, und alle Kollegen klatschen und nicken mir anerkennend zu. Sebastian wendet sich wieder an die versammelte Redaktion.

»Ich denke, ich spreche für alle, wenn ich sage, dass wir uns freuen, das neue Konzept für die Sendung schon im nächsten Monat umzusetzen. Ich freue mich auch, euch allen mitteilen zu können: Der Vorstand wird uns ein langes Wochenende in Klausur schicken, damit alle auf die neue Linie von MM eingeschworen werden. Also alle Redakteure inklusive Verena sind eingeladen zu einem Incentive-Wochenende. Irgendein Hotel mit allem Schnickschnack und allen Schikanen...« Die komplette Redaktion bricht in Begeisterungsrufe aus. Selbst Verenas Augen strahlen bei der Aussicht, ein ganzes langes Wochenende nur mit Männern zusammen sein zu können.

Ein Incentive-Wochenende! Wie schön!

Ich merke schon, wie mein Hals anfängt zu kratzen. Ich bin sicher, ich werde an diesem Wochenende eine ganz fürchterlich gemeine Sommergrippe haben.

»Du musst einfach mitkommen.«

»Ich kann nicht.«

»So ein bisschen Grippe haut doch einen ganzen Kerl wie dich nicht um.«

»Ich habe fast vierzig Fieber.« Und ein wenig Rouge auf die Wangen verteilt, damit es auch sehr echt aussieht.

»So siehst du aber nicht aus.« Na ja, vielleicht muss ich doch noch etwas an meinen Künsten als Maskenbildnerin arbeiten. Annette ist leider für ein paar Tage bei einem Werbeshooting in Johannisburg, die Glückliche.

»Mir geht's aber total beschissen.« Ich huste mehrmals laut und demonstrativ, und dann putze ich mir die Nase ganz vorsichtig, um dabei nicht gleichzeitig meinen künstlichen Bart abzuwischen. Sebastian steht vor meiner Haustür. Es ist Freitag früh, und heute fahren alle ab für das Incentive-Wochenende. Ich habe schon um acht in der Redaktion angerufen und gesagt, dass ich leider, leider total krank bin und nicht mitkommen kann. Nur scheint das Sebastian nicht weiter zu beeindrucken. Eine halbe Stunde später steht er hier vor meiner Tür.

Ha! Aber damit habe ich gerechnet. Ich bin in voller Verkleidung, lasse ihn auf keinen Fall in meine Wohnung, habe aber mal vorsichtshalber alles Weibliche in die Abstellkammer gesteckt und abgeschlossen. Noch mal möchte ich nicht in den Müllcontainer klettern müssen.

Ich fahre auf keinen Fall zu diesem blöden Wochenende mit. Dort meine Verkleidung aufrechtzuerhalten, wird ungleich schwieriger sein als sonst.

»In dem Konzept steckt total viel von dir drin. Ich will, dass du die anderen Jungs voll mit auf die Schiene bringst. Ist doch total schade, sich wegen so ein bisschen Schniefnase so ein Superwochenende entgehen zu lassen«, insistiert Sebastian hartnäckig.

»Das ist nicht nur eine Schniefnase. Das ist vielleicht der Ebolavirus«, widerspreche ich empört.

»Willst du mich nicht endlich reinlassen?«

»Nein. Will ich nicht. Du steckst dich nur an.«

»Ich hab doch keine Angst vor ein paar Viren. Wer als Vater die Kindergartenzeit überlebt, den kann selbst Ebola nicht mehr erschüttern.«

»Trotzdem. Bleib lieber draußen. Wieso kannst du überhaupt so einfach weg? Was ist denn mit Sophie?«

»Sophie ist glücklich bei einer Freundin aus dem Kindergarten untergebracht. Die haben drei Kinder. Da kommt es auf ein viertes auch nicht mehr an, hat die Mutter gesagt. Felix, du kommst jetzt einfach mit. Ich weiß, dass wir Männer bei jedem kleinen Wehwehchen gleich denken, sterben zu müssen, aber ich kann dir versichern, das ist nicht so.«

»Vielleicht sterbe ich aber trotzdem. Fühlt sich zumindest so an. Tut mir echt leid, Sebastian, aber es geht wirklich nicht. Ich habe die Präsentation alleine gemacht, jetzt kannst du doch das Wochenende alleine machen.«

»Willst du wirklich nicht???«

»Ich würde wirklich verdammt gerne, aber ...« Ich huste noch mal heftig vor mich hin. »Macht ja keinen Sinn, wenn danach die ganze Redaktion krank ist. Dann kannst du das Konzept für nächsten Monat knicken.«

Dieses Argument zieht anscheinend. Ich sehe, wie Sebastian aufgibt.

»Nun gut, wenn du meinst, dann wünsche ich dir gute Besserung und hoffe, dass du Montag wieder fit bist.«

»Danke ... Montag geht es mir bestimmt wieder viel besser.« Mir wird es Montag wieder blendend gehen. Und wie blendend. Vor allem, wenn ich jetzt ein Felicitas-Wochenende habe ohne die Gefahr, noch mal irgendwo zufällig über Sebastian und Sophie zu stolpern. »... war nett, dass du extra hier vorbeigekommen bist ... Viel Spaß noch und grüß die anderen.«

»Mach ich«, sagt Sebastian und wendet sich zum Gehen.

Endlich! Badewanne, High Heels, Make-up und Chiffonkleidchen ... ich komme!

Gerade, als ich die Tür hinter mir schließen will, dreht Sebastian sich noch mal um.

»So geht das doch nicht.«

Ich halte verblüfft inne.

»Was geht so nicht?«

»Ich rufe sofort einen Arzt«, meint Sebastian wild entschlossen.

»Aber das ist doch nicht nötig.«

»Doch. Wenn du schon nicht mitkommst, dann will ich nicht, dass du das ganze Wochenende hier alleine und einsam in deiner Wohnung bist und niemand sich um dich kümmert. Schließlich bin ich nicht nur dein Chef, sondern auch dein Freund, und Freunde lassen ihre Freunde nicht einfach so hängen.«

»Aber ich ...«

»Nix da. Wenn es dir wirklich so schlecht geht, brauchst du dringend einen Arzt. Ich sehe doch, wie du aussiehst. Ich habe da einen Kumpel, den kenne ich schon seit meiner Studienzeit. Wenn ich ihn anrufe, kommt der sofort hier vorbei. Der hat die tollsten Sachen in seinem Koffer. Arbeitet manchmal sogar für die Nationalmannschaft. Ich sage dir, das ist Hightech-Medizin. Schließlich kann ein Fußballer nicht einfach wegen einer Grippe nicht auf den Platz. Hat auch Belegbetten im besten Krankenhaus von ganz Berlin, wenn es sein muss.«

Sebastian holt sein Handy raus und beginnt schon eine Nummer zu wählen.

»Neiinnnn!«, schreie ich entsetzt.

Sebastian hält inne und blickt mich befremdet an.

»Du musst keine Angst haben, das macht der für mich umsonst. Kostet dich keinen Pfennig.«

»Aber ich ...«

»Du hast doch nicht etwa Angst vor einer Spritze? Ich kann dir versichern, er spritzt so gut, das merkst du gar nicht, wie er das Ding reinschiebt.«

»Nein, das ist es nicht ...«

»Was ist es dann?« Sebastian blickt mich leicht genervt an. Der ist stur wie ein alter Esel. Er wird in keinem Fall nachgeben.

»Ich ... ich glaube, mir geht es schon wieder erheblich besser.«

»Wirklich?«

»Ja, klar.«

»Aber ...«

»Ich komme doch mit. Du hast recht, so ein bisschen Grippe haut doch einen ganzen Kerl wie mich nicht einfach um. Wird schon gehen. Ich schmeiße mir einfach ein paar Aspirin rein.«

»Mensch, Alter, ist klasse. Wirst sehen, das wird ein Superwochenende. Ist wirklich ein Spitzenhotel. Ich war da schon mal vor zwei Jahren. Wir werden ein bisschen arbeiten und ansonsten jede Menge Spaß haben. Und wenn's dir dann doch schlechter geht, bringen wir dich sofort ins nächste Krankenhaus.«

»Ich muss noch packen.«

»Kein Problem. Ich trink unten im Coffeeshop so lange einen Kaffee.«

»Ich komm gleich runter.«

»Bis dann.«

Sebastian eilt die Treppen runter. Ich schließe die Tür. Na, das kann ja heiter werden.

Wie sich rausstellt, liegt das tolle Hotel für unser Incentive-Wochenende mitten in den Alpen.

Und wenn ich sage mitten in den Alpen, dann meine ich das auch so.

Berge. Berge. Berge. Wohin man auch blickt. Ich habe das Gefühl, ich bin in einem steinernen Meer. Wir sind ziemlich hoch oben, irgendwo im Wallis in der Schweiz. Ich weiß nicht, wie hoch, ich will es auch gar nicht wissen. Sonst bekomme ich noch Höhenangst. Ich kann gar nicht runter ins Tal gucken, dann wird mir schon schwindlig. Ich habe mich natürlich um das ganze Drumherum des Wochenendes nicht wirklich gekümmert, da ich die ganze Zeit davon ausgegangen bin, dass ich sowieso nicht dabei bin und es mir stattdessen als Felicitas mit einer Gurkenmaske im Gesicht in Berlin gemütlich mache.

Und jetzt das!

»Wieso hast du nicht gesagt, dass wir dieses Wochenende mitten in der Pampa auf dem Dach der Welt verbringen werden?«, schnauze ich Sebastian an, als wir nach einer kleinen Odyssee endlich an der Rezeption stehen. Wenn ich eine Frau wäre, würde ich jetzt einen hysterischen Anfall bekommen. Und das würde mir wirklich guttun.

Aber ich bin ja keine Frau.

Wir sind am Flughafen von zwei Kleinbussen abgeholt worden, die sichtlich Mühe hatten, überhaupt hier heraufzukommen. Erst mal Serpentinen und dann noch ein ewig langer Waldweg, bei dem es an der Seite steil bergrunter ging. Ich konnte gar nicht mehr aus dem Fenster blicken, obwohl die Landschaft schon grandios war.

Ich bin schon mehr ein Flachlandtiroler.

Ich war eigentlich noch nie mitten in den Bergen.

Ich meine so richtig. Ich fahre viel lieber ans Meer. Und jetzt das hier.

Dieses Hotel ist gar kein richtiges Hotel.

Ich meine, dieses Hotel ist nicht so das, was man sich unter einem Hotel vorstellt. Dieses Hotel besteht einfach aus mehreren Almhütten. Mit offener Feuerstelle. Teilweise mit Außenduschen, die nur aus einem Zinkeimer bestehen, in den Löcher reingebohrt wurden, und mit Plumpsklos – aber die sind alle nur zur Deko, Gott sei Dank. Und sogar mit ein paar Kühen und Ziegen – die wiederum sind echt und müffeln etwas.

Alles ist sehr einfach, aber durchaus sehr stylish.

Back to nature auf sehr hohem Niveau sozusagen. Man könnte hier sofort *Elle Decoration* zum Fotografieren hinschicken.

Das ist was für Leute, die zu viel arbeiten, dabei zu viel Geld verdienen und dann denken, sie könnten sich innere Ruhe für fünfhundert Euro die Nacht schnell mal so kaufen.

Die Hütten sind natürlich nicht original, aber perfekt nachgebaut. Für das richtige Alm-Öhi-Feeling. Und die Dame an der Rezeption ist Heidi. Zumindest trägt sie Zöpfe und ein Dirndl, und die halbe Redaktion ist schon in ihrem Ausschnitt versunken. Jungs eben. Ich sehe, wie auch Verena sich etwas verunsichert umblickt. Ein tolles Hotel hat sie sich wahrscheinlich auch etwas anders vorgestellt. Heidi von der Rezeption tröstet sie, es gibt hier auch so etwas Ähnliches wie eine Spa-Hütte, da kann man Heubäder nehmen.

Wie schön!

Die Jungs der Redaktion sind in jedem Fall alle total begeistert. Das ist das richtige Hotel für echte Kerle. Lagerfeuer, und an der Bar (die einem alten Kuhstall nachempfunden ist) gibt es Biere aus aller Welt. Außerdem bietet das Hotel jede Menge Action: Riverrafting. Gleitschirmsegeln. Indianische Schwitzhütte. Jagen. Fischen. Bergsteigen. Freeclimbing.

»Wieso hast du mir nicht gesagt, dass das kein Hotel, sondern ein Pfadfinderlager ist?«, raunze ich Sebastian weiter an. »Ich habe zwei Anzüge dabei, und das war's so ziemlich.« Das ist überhaupt so ziemlich alles, was ich an Männerklamotten besitze.

»Hast du den Zettel nicht gelesen? Da stand doch alles drauf. Anzüge brauchst du hier nun wirklich überhaupt nicht. Ich leihe dir einfach eine Jeans und T-Shirts von mir, dann passt das. Stell dich doch wegen ein paar Klamotten nicht so an, du bist doch kein Mädchen«, sagt Sebastian genervt und drückt mir meinen Zimmerschlüssel in die Hand.

Oh doch, ich bin ein Mädchen. Und wie ich ein Mädchen bin. Und Jeans und kurzärmliges T-Shirt geht gar nicht, da mein Bizeps leider ziemlich unterentwickelt ist. Der lässt sich nicht so einfach ankleben wie ein falscher Bart.

Habe ich eigentlich schon erwähnt, dass ich auf dem Flug hierher außerplanmäßig meine Tage bekommen habe?

Jetzt habe ich nicht nur eine Socke, sondern auch eine Slipeinlage in der Unterhose. Tolle Kombination.

Wenigstens laufe ich jetzt wie John Wayne in seinen besten Westernzeiten. So breitbeinig soll ja unglaublich männlich wirken.

»In einer Stunde treffen wir uns alle hier an der Rezeption. Dann geht's erst mal zum Riverraften«, ruft Sebastian in die Runde. Begeistertes Grölen der gesamten Redaktion abzüglich meiner Wenigkeit erwidert diese Ansage. Na großartig.

Riverraften? Sind die total bescheuert? Da wird man doch total nass. Und wie soll ich dann meinen abgebundenen Busen verstecken? Und was mit meinem falschen Bart bei zu viel Wasser passiert, das mag ich mir gar nicht vorstellen.

Verena verschwindet mit einem »Viel Spaß noch, Jungs, aber das ist echt nichts für mich. Ich lass mir lieber die Nägel neu machen. Ihr wisst ja, für mich ist hier über das Wochenende das Damenprogramm gebucht. Wir sehen uns später, wenn wir das Konzept besprechen.«

Ich blicke ihr verzweifelt hinterher. Damenprogramm! Welch wunderbare Erfindung! Wie gerne würde ich jetzt mit ihr ins Heubad verschwinden.

»Ähm, also, ich glaube, ich hab's auch nicht so mit dem Riverraften, weiß gar nicht genau, was das eigentlich ist. Muss aber ziemlich nass sein. Wasser mag ich einfach nicht. Außerdem muss ich erst mal ankommen und auspacken und so. Wir sehen uns später, Jungs. Viel Spaß auch noch.« Mit diesen Worten winke ich Sebastian und den anderen verblüfften Kollegen zu und verschwinde so schnell ich kann mit meinem Schlüssel zu meiner Hütte. Gott sei Dank habe ich ein Einzelzimmer bzw. eine Einzelhütte bekommen. Peter und ein anderer Redakteur müssen sich eine Hütte teilen. Das Hotel ist ziemlich überbucht.

Kaum habe ich ausgepackt, Tampons gewechselt (das Zimmermädchen wird sich wundern, dass ich hier als Mann die Sanitary Bags verwende, aber das ist mir ja so was von wurscht) und mich eine Sekunde aufs Bett gelegt, hämmert es auch schon an der Tür.

Vorsichtig öffne ich einen Spalt. Vor mir steht Sebastian. O nein.

Ich steh echt auf ihn. Aber nicht im Augenblick.

»Ich will dich abholen.«

»Ich will nicht mit.«

»Sorry, aber Raften steht einfach auf dem Programm. Du kannst nicht einfach kneifen. Du gehörst zum Team. Sonst fehlt ein Mann bei uns im Boot, und wir werden kentern.«

»Und Verena?«

»Verena ist eine Frau. Für die gelten andere Gesetze.«

»Aber ich …« »… bin eine Frau«, kann ich gerade noch stoppen.

»Jaaa?«

»Wasser ist echt nicht mein Ding.«
»Du duschst doch auch.«
»Ja, in der Badewanne.«
»Du kommst mit.«
»Okay, ich sag dir jetzt, was los ist: Ich kann nicht schwimmen.« Herr im Himmel, verzeih mir bitte diese dauernden Lügen. Aber wenn ich nicht schwimmen kann, werde ich auch nicht raften müssen.

»Kein Problem. Schober kann's auch nicht wirklich. Felix, jetzt komm schon, die versammelte Redaktion wartet. Es gibt auch so wasserfeste Anzüge, für die, die so was wollen. Außerdem bekommen alle eine Schwimmweste. Du wirst schon nicht ertrinken, und wenn du reinfällst, hole ich dich wieder raus. Ich weiß gar nicht, was dieses Wochenende mit dir los ist, du benimmst dich wirklich komisch. Es ist doch sonst gar nicht deine Art, dich vor allem zu drücken.«

Sebastian blickt mich an.

Verdammt. Ich kann wohl doch nicht am Damenprogramm teilnehmen, sonst bemerkt er vielleicht doch noch, dass ich eine Frau bin.

Nun gut, es wird schon gehen, wenn es diese Anzüge und Schwimmwesten gibt, bin ich bedeckt genug, solange ich nicht ins Wasser falle.

Natürlich falle ich ins Wasser. Bei der allerersten Stromschnelle, obwohl ich mich mit aller Kraft an diesem blöden Schlauchboot festklammere.

Es ist grauenvoll. Für einen Moment denke ich, ich ertrinke wirklich. Ich fühle mich wie ein alter Socken in einer Waschmaschine, so werde ich herumgewirbelt.

Es schleudert mich hin und her, das Wasser dringt in jede meiner Poren, und dieser blöde wasserfeste Anzug ist natürlich alles andere als wasserfest. Ganz im Gegenteil, er saugt sich voll und hängt an mir wie Bleigewichte.

Ich kämpfe, strample und schlage um mich, was das Zeug hält. Aber die Gischt und die Strömung sind so stark, ich schaffe es kaum, den Kopf kurz über Wasser zu bringen, um Luft zu holen. Und dann ritzt mir auch noch ein scharfkantiger Stein das Knie auf.

Das tut verdammt weh.

Und gerade als ich denke »was für ein bescheuerter Tod« und mir die Gesichter der Redaktion – vor allem das von Sebastian – vorstelle, wenn sie eine Frau an Land ziehen, wo ein Mann ins Wasser gefallen ist, packen mich ein paar sehr kräftige Arme und ziehen mich ans Ufer.

Sebastian ist mir tatsächlich nachgesprungen.

Mit ein paar kräftigen Zügen schwimmt er mit mir an Land.

Gut, dass ich diesen blöden quittengelben Wasseranzug anhabe und eine Schwimmweste drüber.

So unförmig, wie ich gerade bin, sehe ich sowieso eher aus wie ein Michelinmännchen und nicht wie eine Frau. Da kann selbst Sebastian bei seinem sehr energischen Rettungsgriff nichts Weibliches spüren.

Als ich endlich wieder festen Boden unter den Füßen habe, kotze ich erst mal den ganzen Fluss aus.

Sebastian wendet sich taktvoll ab, als er bemerkt, dass ich doch lieber alleine sein will.

Na großartig, jetzt habe ich mich auch noch vor ihm übergeben.

Ich wische mir über den Mund und versuche, vorsichtig und unauffällig zu überprüfen, ob ich noch Reste von meinem künstlichen Bart im Gesicht habe. So, wie es sich anfühlt, sind noch ein paar Stoppeln da. Superkleber, den mir Annette da gegeben hat. Aber mir ist immer noch übel von dem vielen Wasser, und mein Magen zappelt irgendwie. Hoffentlich habe ich nicht einen Fisch verschluckt.

»Geht's wieder?« Sebastian blickt mich prüfend an.

Ich hole tief Luft und überprüfe, ob noch alles da ist.

»Ja ... sieht ganz so aus ...« Ich blicke Sebastian an. »Danke, dass du hinterhergesprungen bist.«

»Hab ich dir doch versprochen. Aber es ist mir echt ein Rätsel, wie du so schnell ins Wasser fallen konntest.«

»Wo sind denn die anderen?« Ich blicke mich suchend um. Neben uns rauscht der Wildbach und um uns herum nur Wildnis.

Das sieht nicht besonders einladend aus, wenn ich ehrlich bin.

Als Panoramatapete wäre mir diese Umgebung im Moment ehrlich gesagt lieber als live.

»Ich nehme mal an, sie warten mit den Booten an der nächsten ruhigen Biegung auf uns. Also, wenn es wieder geht, lass uns losgehen.«

Sebastian steht auf und hält mir die Hand hin.

Ich lasse mich von ihm hochziehen. Sebastian zieht seine Schwimmweste und seinen Helm aus.

Während ich aufstehe, laufen zweihundert Liter Wasser aus meinem wasserfesten Anzug. Unter mir bildet sich ein kleiner See.

Sebastian hat natürlich keinen solchen Anzug an. Genaugenommen haben alle außer mir auf so einen blöden Anzug verzichtet und nur die Schwimmwesten und Helme angezogen. Sebastian trägt jetzt nur noch Jeans und T-Shirt, das Shirt klebt an seinem Oberkörper wie eine zweite Haut.

Warum gibt es nicht auch für Männer Wet-T-Shirt-Contests?

Ich bin sicher, Sebastian mit seinen Brustmuskeln würde sofort gewinnen. Ich kann kaum den Blick von dem nassen T-Shirt abwenden.

O mein Gott, sieht das gut aus.

Sebastian blickt mich prüfend an. »Willst du nicht auch diesen unbequemen Anzug und die Schwimmweste ausziehen?«

Ich schüttele den Kopf.

»Auf gar keinen Fall.«

Sebastian blickt mich prüfend an.

»Kann sein, dass wir bis zu einem Kilometer hier am Flussufer entlang marschieren müssen, bis wir die anderen finden.«

»Ist doch egal.«

»Felix, du wirst frieren, wenn du das Plastikzeugs anbehältst. So können deine Sachen untendrunter nicht trocknen.«

»Ich friere nicht. Alles ist okay.«

»Bist du sicher?«

»Ja«, antworte ich störrisch. »Und ich wäre dir dankbar, wenn du nicht immer versuchen würdest, mich zu Dingen zu überreden, die ich eigentlich nicht will«, knurre ich ihn an. Das hilft. Jetzt hat er bestimmt Schuldgefühle, weil ich ins Wasser gefallen bin.

»Nun gut.« Sebastian gibt nach. »Dann wollen wir mal die anderen suchen.« Mit diesen Worten eilt Sebastian leichtfüßig voraus.

Ich trotte hinterher. Quietschend wie eine Badeente (sogar die Farbe passt dazu!) und mit jedem Schritt eine kleine Pfütze hinterlassend.

»Sei keine Sissy. Wenn du nicht mitkommst, holen wir dich und tragen dich in die Hütte«, grölt Schober. Zuzutrauen wäre es ihm.

Immer noch klatschnass und voller Panik schließe ich die Tür hinter mir.

Die Zähne klappern wie wahnsinnig aufeinander.

Ich bin fast erfroren auf dem Weg zurück, weil ich diesen dämlichen Wasseranzug nicht ausziehen wollte. Es hat sich die ganze Zeit angefühlt, wie wenn man mit nassen Socken in Gummistiefeln umhergeht.

Aber ein Wet-T-Shirt-Contest kam für mich auf keinen Fall infrage. Dann schon lieber erfrieren.

Und jetzt wollen alle in die Schwitzhütte.

Eine Schwitzhütte.

Ein Ort der Wärme, Hitze, Sonne. Mein Gott, würde ich gerne da hingehen. Mit zitternden Fingern schäle ich mich aus dem blöden Anzug. Ich muss sofort unter die heiße Dusche. Denn ich kann auf gar keinen Fall in diese Schwitzhütte gehen. Obwohl ich mir im Moment nichts Wunderbareres vorstellen kann als zu schwitzen.

Ich steige so schnell es geht aus den nassen Klamotten, stelle mich unter die Dusche und drehe das Wasser auf die heißeste Stufe.

Es ist wunderbar.

Langsam taue ich wieder auf.

Leider kann ich nicht so richtig entspannen, obwohl mir das heiße Wasser wie eine Liebkosung den Rücken herunterrinnt.

Was mache ich jetzt mit dieser blöden Schwitzhütte? Schober ist es zuzutrauen, dass er seine Drohung wahrmacht und mich einfach mitschleppt.

Erst Riverrafting und jetzt das!

Warum kann das kein normales Hotel sein? So mit Frühstücksbüffet und das Schlimmste ist ein Hallenbad mit Fußpilzgarantie.

Das darf ja nicht wahr sein.

Ich kann auf gar keinen Fall nackt in diese blöde Hütte gehen. Ich kann noch nicht mal halbnackt in diese Hütte gehen. Ich kann überhaupt nicht in diese Hütte gehen.

Was mache ich dann mit meinem Busen und meinem nicht vorhandenen Schniepel? Nun gut, untenrum könnte ich noch ein Handtuch schlingen, aber selbst wenn ich wenig Busen habe, es ist und bleibt ein Busen. Es ist mein

Busen, und ich mag ihn. Und Gott sei Dank ist es nicht einer wie bei zu dicken Männern, die in ihrem Leben zu viel Schweinefleisch gegessen haben.

Im Spiegel sehe ich, dass mein falscher Bart noch halbwegs dran ist. Von den Jungs hat jedenfalls keiner eine Veränderung bemerkt. Liegt wohl daran, dass sie sich alle vorm Raften schnell noch ein, zwei Enzianschnäpse genehmigt haben.

Was mach ich bloß?

Was mach ich bloß?

Mein Gehirn arbeitet fieberhaft.

Vielleicht sollte ich mich einfach hier einschließen?

Vielleicht sollte ich sofort abreisen?

Vielleicht sollte ich mich einfach den Berg runterrollen lassen?

Ich könnte mich auch tot stellen.

Oder einfach wirklich tot umfallen. Aber dann würde der Arzt sofort bemerken, was los ist, aber da wäre ich ja tot, und das könnte mir dann ja wohl egal sein, was die für Gesichter machen, wenn sie feststellen, dass ich eine Frau bin.

Ich habe noch eine halbe Stunde. Dann kommt der grölende Mob mich holen, um mich in die Schwitzhütte zu zerren, und nicht mal Sebastian wird mich retten. Wie hat er so schön zu mir gesagt: »Mensch, Felix, was ist denn heute bloß mit dir los? Komm doch einfach mit in die Hütte. Wir sind schließlich hier wegen des Gruppenerlebnisses. Da geht es nicht, dass du dauernd aus der Reihe tanzt. Ich bin sicher, nach deiner Erkältung und dem Wasserbad wird dir die Schwitzhütte sehr guttun. Stärkt das Immunsystem. Überhaupt solltest du öfter mal so was machen, dann wirst du gar nicht erst krank. Bis später.«

Verdammter Mist.

Was mach ich bloß?

Eine halbe Stunde später sitze ich völlig entspannt in einem viel zu großen Männermorgenmantel vom Hotel auf meinem Bett, als Schober an der Tür klopft.

Ich schnappe mir ein Handtuch und springe auf, um ihm zu öffnen. Ich reiße die Tür auf und rufe begeistert: »Also, auf geht's zur Schwitzhütte. Ich kann's kaum erwarten.«

Schober steht vor mir und blickt mich traurig an.

»Schwitzhütte fällt flach. Sie ist gerade fast abgebrannt.«

»Fast abgebrannt? Wie konnte denn das passieren?«, frage ich betroffen.

»Keine Ahnung. Die vom Hotel meinen, jemand hat auf dem Ofen ein Handtuch liegen lassen, und die Hütte ist wie alles hier fast komplett aus Holz.«

»Wie schrecklich!«

»Tja, manche Leute sind einfach etwas unachtsam. Gott sei Dank ist nicht die ganze Hütte abgebrannt. Aber die nächsten Tage ist sie in jedem Fall unbenutzbar.«

»Wie schade. Jetzt hatte ich mich doch so darauf gefreut.«

»Tja, kann man nichts machen. Wir sehen uns um sieben alle an der Bar. Bis dann«, sagt Schober und verschwindet mit einem Achselzucken.

Tja, also so was. Da hat doch tatsächlich irgendeine Schlampe ihr Handtuch direkt auf den heißen Ofen dieser dämlichen Hütte gelegt. Das weiß man doch, dass man das nicht darf und dass so ein ganz trockenes Handtuch (mit ein paar trockenen Zweiglein dabei) ganz superschnell Feuer fängt.

Wie gut, dass zu diesem Zeitpunkt gerade niemand in der Hütte war.

Ich atme tief durch und freue mich auf die nächsten beiden Stunden mit mir allein.

Völlig ohne Schwitzen.

Der Abend endet an der Bar.

Ich betrinke mich zum ersten Mal in meinem Leben richtig bewusst. Der Tag war grauenvoll. Ich bin ins Wasser gefallen, fast erfroren und bin zur Brandstifterin mutiert. Und ich habe noch nicht mal die Hälfte des Wochenendes hinter mir. Keine Ahnung, wie ich die restlichen Stunden bis zur Abreise als Mann überleben soll.

Vielleicht falle ich ja ins Koma, wenn ich genügend Bier in mich reinschütte, und werde erst am Montag wieder wach, wenn dieses Incentive-Wochenende zu Ende ist. Vorhin bin ich heimlich an die Rezeption geschlichen und habe mit Heidi gesprochen. Die Kleinbusse kommen erst am Montagabend, um uns wieder abzuholen. Vorher gibt es keine wirklich sinnvolle Möglichkeit, den Berg runterzukommen. Außer zu Fuß natürlich. Dauert acht Stunden. Sechs für geübte Bergwanderer, versteht sich. Ich glaube, das ist keine wirkliche Option für mich.

Später verschwinde ich mehr als angeheitert seufzend in meiner Hütte, lege mich auf die mit Fellen bespannte Pritsche und ziehe mir die Decke über den Kopf.

Ach, hätte ich mir doch letzte Woche nur wirklich den Ebola-Virus eingefangen. Dann wäre ich jetzt nicht in dieser vollkommen bescheuerten Situation. Keine Ahnung, wie ich den morgigen Tag überstehen soll. Und während ich mir noch Sorgen mache, schlafe ich einfach ein. Das ist die gute Höhenluft, nehme ich mal an. Oder die fünf Bier und die drei Enzianschnapsrunden, die ich wegen meines Wasserfalls an alle ausgeben musste.

Am nächsten Morgen reißt mich ein fürchterliches Trööttttt aus einem tiefen Schlaf. Tröööttt macht es noch mal direkt neben meiner Hütte. Holzwände isolieren einfach überhaupt nicht. Das habe ich gestern Nacht noch vor dem Einschlafen bemerkt. Das ist, als ob man nur eine dünne Zeltwand zwischen sich und dem Rest der Welt hat. Ziemlich unheimlich so mitten in der Wildnis.

Tröööööttttt macht es noch mal.

Ich sitze senkrecht im Bett und denke im ersten Moment, das ist der echte Feueralarm, und dieses Hotel brennt gleich vollkommen ab. Bei all diesem vielen Holz hier und den permanenten Lagerfeuern wäre das ja auch kein Wunder. Aber diesmal bin ich nicht schuld. Ich schwör's.

Dann fällt mir wieder ein, was heute auf dem Programm steht: Wir gehen zur Jagd – auf harmlose Hasen, großäugige Rehe und kleine Bambis.

Hollodriö.

Das Hotel hat mir Gott sei Dank klamottentechnisch aushelfen können. Von einem Koch habe ich eine Bergsteigerkluft bekommen: eine Lederhose in echtem Hirschleder mit Hosenträgern, die einem normalen Mann nur bis zu den Waden geht und bei mir Gott sei Dank bis zu den Knöcheln reicht. Derbe Wollsocken. Bergschuhe in Größe sechsundvierzig (ich habe neununddreißig, aber ich werde mir einfach eine Rolle Klopapier reinstopfen) und ein kariertes Holzfällerhemd. Ist mir zwar alles fünf Nummern zu groß, aber was soll's. Besser zu groß als zu klein. So kann ich meine Weiblichkeit noch besser verstecken.

Als ich endlich alles anhabe, sehe ich aus wie ein Zwerg, der aus Versehen die Kleider eines Riesen anhat. Aber dies ist heute früh nun wirklich das kleinste Problem. Überhaupt: Seit ich ein Mann bin, hat sich die Kleiderfrage, die mich jeden Morgen meines Frauenlebens zwischen zehn Minuten und einer Stunde gekostet hat, nun wirklich erledigt. Nicht zu glauben, wie viel Zeit Männer da sparen. Die können sie dann absolut sinnvoll verwenden, um solch sinnlosen und grausamen Beschäftigungen wie der Jagd nachzugehen.

»Tröööt«, macht es wieder, und ich stampfe innerlich seufzend nach draußen.

Ich versuche mich zu trösten: Ich muss ja nicht schießen, wenn ich nicht will. Und wenn die anderen schießen, mach ich einfach Augen und Ohren zu. Trotzdem. So was Bescheuertes, auf Tiere zu schießen, kann auch nur Männern einfallen. Ich kenne keine Frau, die freiwillig auf die Jagd gehen würde. Frauen gehen nur auf die Jagd nach Sonderangeboten und Männern, versteht sich. Woher das Leder für die Krokotäschchen und Schlangenlederschuhe kommt, wollen wir Frauen nun wirklich nicht so genau wissen. Ich finde das hier total bescheuert und kann nicht glauben, dass Sebastian so was großartig findet.

Als ich aus der Hütte komme, steht die versammelte Redaktion schon erwartungsvoll da. Ich bin anscheinend die letzte, oder vielmehr der letzte. Ein erfahrener Jäger und Bergführer wird mit uns auf die Pirsch gehen. Er drückt mir wortlos ein Gewehr in die Hand. Oben auf dem Berg (wieso oben, von was redet der, wir sind doch schon oben?) wird er allen erklären, wie man damit umgeht. Ich nehme zögerlich das Gewehr, ohne recht zu wissen, was ich damit soll. Am liebsten würde ich es einfach fallen lassen. Aber das geht wohl nicht, sonst halten mich alle Jungs hier für den totalen Feigling. Und das will ich ja auch wieder nicht sein. Gestern der Wasserfall hat schon gereicht. So ist das mit dem Gruppenzwang. Vielleicht sind Männer manchmal nur so draufgängerisch, weil sie nicht wollen, dass die anderen Männer merken, dass sie eigentlich überhaupt nicht so sind. Vielleicht würden manche Männer auch viel lieber so wie ich heute ins Heubad gehen und tun nur so, als wären sie wild und kriegerisch, nur damit kein anderer Mann sie für ein Weichei oder einen Warmduscher hält. Ich blicke mich unter meinen Kollegen um. Und tatsächlich. Auch Peter, der nette Chef vom Dienst, schaut nicht sehr glücklich aus und hält das Gewehr eher wie einen Besen. Aber es nützt alles nichts. Es gibt ein neuerliches Tröööööttt aus irgend so einem Jagdhorn, und so stampfen wir schließlich alle zusammen los.

Auf auf zum fröhlichen Jagen.

Ich stampfe mit meinen viel zu großen Schuhen neben Sebastian her und kann kaum mit ihm Schritt halten. Diese Bergstiefel fühlen sich an, als ob man Bleigewichte an den Füßen hätte. Ich verstehe das nicht. Es ist doch sowieso schon total mühsam, einen Berg hochzusteigen. Wieso muss man das mit Schuhen machen, die dermaßen schwer sind? Aber jetzt weiß ich endlich, warum unter den Lederhosen immer so stramme Waden hervorschauen – ist ja kein Wunder bei dem Gewichtstraining.

Meine Laune sinkt immer tiefer. Vielleicht sollte ich einfach jetzt sofort sagen, wer ich wirklich bin, dann kann ich mich mit Verena ins Heubad zurückziehen, anstatt hier zu einer völlig bescheuerten Zeit einen völlig bescheuerten Berg hochzusteigen, um dann arme Tiere totzuschießen.

»Ich kann nicht verstehen, was daran lustig sein soll, irgend ein Tier zu erschießen«, murmle ich ziemlich sauer vor mich hin. Sebastian, der mit flotten Schritten neben mir hergeht und mir immer wieder hilft, mit meinen zu großen Schuhen voranzukommen, blickt mich verständnislos an.

»Wir erschießen doch keine Tiere!«

Ich bleibe einen Augenblick stehen. Ich muss sowieso mal richtig Luft holen. So Berge hochzukraxeln, ist ganz schön anstrengend.

»Wir erschießen keine Tiere? Ich denke, wir gehen hier auf die Jagd! Alle tragen ein Gewehr!« Ich blicke Sebastian verständnislos und völlig außer Atem an.

Sebastian grinst.

»Mein Gott, Felix, blick dich doch mal um.« Und das tue ich: Unsere versammelte Redaktion, außer Verena, aber natürlich inklusive Schober und Peter, der nette Chef vom Dienst, steigen genauso prustend und keuchend den Berg hoch wie ich. Wenn ich die Jungs so anblicke, glaube ich, die können nie im Leben irgendwas erlegen. Das sieht hier wirklich nicht nach ausgeprägtem Jagdinstinkt aus. Für eine Sekunde bin ich dankbar, dass ich im einundzwanzigsten Jahrhundert lebe. In der Steinzeit wäre ich mit dieser Truppe wohl eher ziemlich aufgeschmissen gewesen.

»Ich finde es auch völlig bescheuert, Tiere abzuknallen, das machen nur Machos, die sich permanent beweisen müssen, dass sie tolle Kerle sind. Ich gehe einfach nur raus auf die Jagd, um das Wild zu beobachten. Schau dir doch unsere Truppe an – ich bin mir sicher, von denen trifft keiner auch nur im Entferntesten ein Tier. Das müsste schon ein Dinosaurier sein, damit irgendeiner dieser Bürohengste auch nur aus Versehen irgendwas erwischt. Außerdem machen die zusammen mehr Krach als eine Schwarzwildrotte, und das lässt alle Tiere im Umkreis von ein paar Kilometern Fersengeld geben. Das wissen die vom Hotel genauso gut wie ich. Keiner der Gäste hier hat jemals ein Tier geschossen. Nur deshalb bieten sie das überhaupt in ihrem Programm an. Hier geht es einfach um was anderes. Wir gehen rauf, legen uns auf die Lauer und fühlen uns wie vor Urzeiten die Männer auf der Jagd. Aber wir werden ganz sicher ohne ein totes Tier wieder nach unten ins Hotel kommen. Hauptsache ist, alle fühlen sich als tolle Kerle und haben die nächsten Monate in der Kneipe genügend zu erzählen. Wie sie beinahe das Wildschwein erlegt haben, das ihnen dann aber leider in letzter Sekunde entwischt ist. Und jetzt komm. Wir müssen noch ein ganzes Stück höher.«

Aha. So ist das also. Etwas beruhigt durch Sebastians Erklärung kämpfe ich mich Schritt für Schritt weiter den Berg hinauf.

Oben gibt es eine kleine Lichtung und hier erklärt uns unser Jägermeister, wie man mit einem Gewehr umgeht. Dann verteilen wir uns alle strategisch im Gebüsch.
Uns wurde noch mal eingeschärft, ganz besonders leise zu sein und uns in der nächsten Stunde einfach nicht zu bewegen. Sonst verscheuchen wir die Tiere noch bevor wir sie überhaupt zu Gesicht bekommen haben. Und geschossen wird nur auf das Kommando des Jägermeisters.
So liege ich neben Sebastian auf dem Bauch auf dem Boden mitten im Gestrüpp und denke ernsthaft darüber nach, wie ich eigentlich in diese Situation geraten bin. Ein paar Steine drücken ganz gemein, ich versuche, mich nicht zu bewegen, dabei juckt mein linker großer Zeh ganz fürchterlich, und ich habe das Gefühl, ich muss gleich niesen.
Das Einzige, was meine Situation erträglich macht, ist, dass Sebastian ganz dicht neben mir liegt. Ich kann ihn sogar riechen. Und er riecht verdammt gut nach Aftershave, Pfefferminzbonbons und einfach nach Sebastian. Für einen Moment schließe ich die Augen, inhaliere seinen Geruch ganz tief und träume vor mich hin. Ich finde, der Geruch bei Männern ist echt entscheidend. Die Nase kann nicht irren. Und wenn es nach meiner Nase geht, müsste ich mich sofort auf Sebastian stürzen.
»Hey, nicht einschlafen«, raunt Sebastian mir zu und stößt mich unsanft in die Seite.
»Ich schlaf nicht ein.«
»Sah aber ganz so aus.«
»Wie lange dauert das hier denn noch?«, frage ich ungeduldig. Ich meine, was soll das denn bloß? Alle liegen

hier auf dem Boden und warten auf Tiere, die sowieso nie kommen.

»Du musst einfach still sein, dich umschauen und das alles hier auf dich wirken lassen. Bei der Jagd hier geht es nicht ums Schießen. Das hab ich dir doch schon gesagt, es geht um was ganz anderes. Und jetzt stell dich nicht so an«, zischt Sebastian mir zu.

Nun gut. Dann warte ich mal. Ich lege mein Gewehr an und blicke gelangweilt durch das Zielfernrohr.

Alle anderen liegen um uns verteilt um die Lichtung herum. Wenn ich durchs Zielfernrohr gucke, kann ich hinten Schober sehen, der sich wohl gerade wie Hemingway fühlt. Zumindest hat er das Gewehr fest im Anschlag. Neben Schober liegt Peter, unser Chef vom Dienst, und wenn mich nicht alles täuscht, ist der schon richtig eingeschlafen. Sein Kopf liegt auf seinem Arm, und sein Mund steht leicht offen. Als Vater von drei Kindern bekommt er wohl nicht besonders viel Schlaf, kann ich mir vorstellen.

So ein Zielfernrohr ist eigentlich ganz interessant. Wenn man vergisst, dass untendran ein Totschießding ist, dann ist das einfach wie ein ganz normales Fernrohr.

Und dann sehe ich einen Buntspecht, der gerade ein Loch in einen Baum klopft. Unglaublich, was der für tolle Farben hat. Langsam, ganz langsam geht die Sonne auf. Sie macht sich erst mal nur durch ein Glühen am Gipfel gegenüber bemerkbar und taucht den Berg in ein grandioses Licht. Ein paar Morgennebel wabern noch über die Lichtung. Ich höre, wie die Vögel die Sonne mit einem Konzert begrüßen. Sebastian liegt mucksmäuschenstill neben mir. Und dann wird mir klar, was an dieser Art von Jagd so faszinierend ist: Man ist einfach eins mit der Natur, wenn man hier so still rumliegt und versucht, sich nicht wie einer dieser Menschen zu benehmen, die laut überall rumtrampeln und Müll hinterlassen.

Ich merke, wie ein Glücksgefühl mich durchströmt, als die ersten warmen Sonnenstrahlen mein Gesicht berühren und ich Sebastians Körper lebendig und intensiv neben mir spüre. Wir liegen sogar Bein an Bein und Arm an Arm. Es ist wunderbar. Und genau in diesem Moment, als der Nebel ganz von der Lichtung verschwindet, taucht er auf:

Ein großer Steinbock mit einem riesigen Gehörn oder Geweih oder wie immer das imponierende Ding auf seinem Kopf heißt, steht plötzlich mitten auf der Lichtung, wie von Zauberhand da hingestellt.

Ich halte den Atem an, ich kann nicht glauben, was ich hier sehe. Das Tier sieht absolut majestätisch aus, wie es den Kopf mit den imposanten Hörnern hebt. Es schnuppert in die Luft, aber anscheinend hat es uns noch nicht wahrgenommen. Es herrscht vollkommene Stille, alle halten wahrscheinlich vor Schreck oder Erfurcht wie ich den Atem an, und der Steinbock senkt den Kopf, um etwas zu grasen.

Ich glaube, das ist einer der grandiosesten Momente in meinem Leben. Wenn ich durch das Zielfernrohr schaue, ist der Steinbock so nah, als könnte ich ihn mit der Hand berühren. Er ist wirklich ein wunderschönes Tier.

Und dann sehe ich Schober. Und ich sehe, wie er immer noch mit angelegtem Gewehr daliegt, und ich sehe seinen Finger am Abzug. Was ich vor allem sehe, ist ein ziemlich mordgieriger Ausdruck in seinen Augen. Der wird doch nicht wirklich schießen?

Hinten auf der Lichtung macht der Jägermeister eine weit ausholende Bewegung – hier wird nicht geschossen! Aber ich glaube nicht, dass Schober das bemerkt hat, oder wenn er es bemerkt hat, weiß ich nicht, ob es ihn interessiert. Schobers Gesicht ist ganz rot vor Aufregung, und ich sehe, wie sein Finger am Abzug sich immer mehr krümmt. Ich merke, wie er das Gewehr leicht hebt, um noch besser auf den Steinbock zielen zu können. Der Jägermeister bemerkt von all dem leider überhaupt nichts.

In diesem Moment geht es einfach mit mir durch.

Ehrlich, ich weiß nicht, was ich mir dabei gedacht habe, ich fürchte, ich habe eigentlich überhaupt nicht gedacht.

Ich habe einfach nur reagiert.

Ich drücke ab.

Mein Schuss hallt von den Bergwänden wider und zerreißt mir fast das Trommelfell. Der Rückschlag des Gewehrs renkt mir beinahe die Schulter aus.

Peng. Peng. Peng. Peng. Hallt es von den Bergen, als wären wir hier im Krieg und würden unter Maschinengewehrbeschuss stehen. Drüben auf der anderen Seite der Lichtung heult jemand fürchterlich auf.

Auweia.

Ich glaube, ich habe getroffen.

Weidmannsheil.

Ich sehe, wie der Steinbock sich erschrocken mit großen Sätzen davonmacht.

Hoffentlich lebt Schober noch.

Ich wollte ihn ja nicht umbringen. Das wollte ich wirklich nicht. Ich bin selbst ganz entsetzt über meine Tat. Aber nach dem Jaulen zu urteilen, das von Schober kommt, ist er noch ziemlich lebendig.

Und dann sehe ich Sebastian, der neben mir im Gras liegt und sich vor Lachen nicht mehr halten kann.

Ich ignoriere Sebastian und springe auf, um sofort nach Schober zu sehen.

Wie sich rausstellt, habe ich glücklicherweise nicht wirklich getroffen. Zumindest nicht Schober. Ich habe einen Baum neben ihm getroffen, und dadurch sind ein paar Splitter durch die Gegend geflogen, und einer davon – ein ziemlich großer – hat sich bei Schober in seinen Allerwertesten gebohrt.

Er liegt auf dem Bauch und jault ganz erbärmlich.

Der Jägermeister ist auch schon da und schüttelt den Kopf. Er blickt mich streng an. »Wie konnte das passieren? Ich habe doch gesagt, es wird nicht geschossen! Steinböcke stehen unter strengstem Naturschutz.«

»Ich weiß auch nicht«, stammle ich. »Das Gewehr ging einfach von selbst los. Ich wollte gar nicht schießen. Und schon gar nicht so ein schönes Tier wie den Steinbock«, sage ich und werfe einen prüfenden Blick auf Schober, den er einfach ignoriert.

»Na, dann haben Sie aber viel Glück gehabt, dass nichts und niemand ernsthaft verletzt worden ist.«

»Tut mir echt leid«, sage ich zu Schober, der immer noch jaulend auf dem Bauch liegt und wütend zu mir hochblickt. Der Jägermeister verarztet Schober gleich an Ort und Stelle.

Der Holzsplitter ist nur so zwei Zentimeter in seinen Po gedrungen, aber dem Jammern zufolge, das Schober von sich gibt, als das Teil rausgezogen wird, steckt ein ganzer Baumstamm in seinem Allerwertesten.

»Alles wieder gut?«, fragt Sebastian, der plötzlich mit total ernstem Gesicht neben mir steht. Schober nickt und steht langsam auf. »Geht schon.« Dann blickt er mich immer noch wütend an. »Wenn dieses Greenhorn nicht einfach losgeballert hätte, würde es heute Abend Steinbockbraten am Lagerfeuer geben.«

Der Jägermeister blickt Schober missbilligend an. »Ich hatte doch gesagt, es wird, wenn überhaupt, nur auf mein Kommando geschossen. Wenn Sie den Steinbock erwischt hätten, müssten Sie jetzt mit einer sehr empfindlichen Strafe rechnen. Sie sehen doch, wohin das führt, wenn jeder hier rumballert, wie er will.« Schober blickt mich immer noch wütend an, und dann gehen wir alle langsam den Berg runter zum Hotel zurück. Schober wird abwechselnd von den Kollegen gestützt.

Meine Hilfe lehnt er dankend ab.

Als wir im Hotel ankommen, gibt es erst mal eine Stunde Pause, damit alle sich erholen können, bevor wir uns in der Versammlungshütte treffen, um weiter an dem neuen Konzept der Sendung zu arbeiten.

Gerade als ich in meine Hütte gehe, dreht Sebastian sich noch mal kurz zu mir um.

»War so ein schöner Steinbock. Und so ein schöner Schuss für ein Greenhorn. Gut gemacht«, sagt er anerkennend und grinst über beide Ohren. Ich merke, wie ich leicht rot werde, grinse zurück und stapfe stolz mit den schweren Bergstiefeln zurück in meine Hütte.

Den ganzen Nachmittag sitzen wir dann alle in der großen Konferenzhütte. Auch Verena hat sich endlich mal aus ihrem Heubad bewegt und ist mit von der Partie. Schober muss leider die ganze Zeit stehen, da es noch etwas brauchen wird, bis er sich wieder auf seinen Po setzen kann, und so tigert er unruhig hin und her und wirft mir ab und zu einen wütenden Blick zu. Aber das Konzept selbst findet auch Schober richtig klasse. Alle arbeiten gut zusammen. Es gibt viele Vorschläge für Themen jenseits von Sport, Autos und leicht bekleideten Damen. Es macht richtig Spaß, in einem so guten Team zu arbeiten, und ich merke, dass dieses Wochenende fernab von Berlin die Truppe ganz neu zusammenschweißt.

Abends dann gibt es ein großes Lagerfeuer, es wird gegrillt. Kein Steinbockfleisch, soweit ich das beurteilen kann. Es wird jede Menge Bier und Enzianschnaps getrunken. Verena hat sich für ihre Verhältnisse ziemlich zünftig gekleidet, sie trägt eine hautenge Jeans, die die Hüftknochen und die Hälfte ihres Pos mit Arschgeweih freilässt und dazu ein kariertes Hemd, das sie unter ihrem Busen geknotet hat. Ich würde mal sagen, das Vorbild war Marilyn Monroe oder die Guess-Werbung. Ihre Fingernägel sind immer noch so lang wie in der Redaktion. Wie sie das hier in der Wildnis durchhält, ist mir ein Rätsel. Aber ich schaffe es ja auch, jeden Tag meinen falschen Bart zu erhalten.

Jemand legt Musik auf. Johnny Cash und andere Countrysongs. Und ich muss sagen, amerikanische Countrymusic passt erstaunlich gut hier in die Schweiz.

Ich proste den anderen mit meinem Bier zu. Eigentlich finde ich diesen Ausflug im Moment gar nicht so schlecht. Der Steinbock lebt, Schober kann nicht sitzen, (eine kleine Rache für all die Kaffees, die ich ihm bringen musste, und für all seine cholerischen Anfälle), und neben mir am Lagerfeuer sitzt der tollste Mann der Welt. Für einen Augenblick schließe ich die Augen und träume mich davon. Nur Sebastian und ich auf einer einsamen Berghütte, und ich bin natürlich wieder eine Frau, und was für eine Frau! Nur ein Steinbock schaut uns zu, wie wir ...

»Wollen wir???« Verenas Stimme reißt mich jäh aus meinem Tagtraum. Sie steht vor mir und hält mir auffordernd ihre Hand hin. Ihr Fuß wippt ungeduldig im Takt der Musik. Sie wird doch nicht etwa mit mir tanzen wollen? Nach Sebastians Grinsen zu urteilen, will Verena genau das.

»Ich kann nicht tanzen«, sage ich und versuche, so das Unheil noch von mir abzuwenden.

»Aber ich«, meint Verena hartnäckig.

»Ich kann nicht führen.«

»Überlass das nur mir«, sagt Verena, packt meine Hand, zieht mich hoch und wirbelt mich durch die Gegend.

Ich denke, Sebastian hat wohl recht: Verena steht wirklich und wahrhaftig auf mich, kann ich gerade noch denken, bevor sie mir das erste Mal auf die Füße tritt und der Schmerz und Verenas Tanzkünste alle weiteren Gedanken mit sich reißen.

Ein paar Stunden später sitzen nur noch Sebastian und ich am Lagerfeuer.

Der Rest der Truppe hat sich bereits in die Betten verabschiedet. Sogar Verena ist mit Schober verschwunden, aber nicht ohne mir noch einen langen und sehr verheißungsvollen Blick zuzuwerfen.

Sebastian macht noch eine Bierflasche auf.

»Willst du auch noch eine?«

»Nein, danke.« Ich schüttle den Kopf. Ich sollte wohl jetzt auch ins Bett gehen, schließlich wollen wir morgen ja noch am Konzept weiterarbeiten. Aber es ist so schön hier. Und so romantisch.

Lagerfeuer.

Sterne.

Einsamkeit.

Ein Mann und eine Frau.

Oder vielleicht sollte ich eher sagen, ein Mann und ein Mann.

Brokeback Mountain.

Egal. Hauptsache, es ist Liebe.

Sebastian blickt ganz melancholisch ins Feuer und stochert mit einem Ast darin herum.

Dann seufzt er so laut und theatralisch auf, sodass ich ihn einfach fragen muss.

»Ist was?«

Sebastian starrt weiter in die Flammen, während er redet.

»Ich versteh sie einfach nicht.«

Hä? Wer, wen, wie, wo, was versteht Sebastian nicht? Ich jedenfalls verstehe nur Bahnhof.

Ich blicke Sebastian verwirrt an.

»Wen verstehst du nicht?«

Sebastian seufzt noch einmal abgrundtief.

»Die Frauen«, kommt es aus tiefstem Herzen. Sebastian blickt mich ehrlich verzweifelt an.

»Weißt du, an so einem Abend wie diesem muss ich schon manchmal noch an Lauren, Sophies Mutter, denken. Und an all meine anderen mehr oder weniger verkorksten Beziehungen.« Es ist, als seien meine eigenen romantischen Gefühle gerade von einem Laster überfahren worden.

»Ich habe keine Ahnung, was die Frauen eigentlich wollen. Oder was in ihren Köpfen vorgeht. Und dabei bin ich sechsunddreißig und habe doch schon einige Beziehungen hinter mir. Ich erziehe sogar eine kleine Frau. Zumindest versuche ich, sie zu erziehen. Aber selbst Sophie, meine eigene Tochter, gibt mir ab und zu Rätsel auf, und die ist erst fünf.«

»Ähm, nun ja, also wenn ich ehrlich bin, ich versteh die Männer auch nicht.«

»Du verstehst die Männer nicht? Wie meinst du das denn???«

Oweia, wie konnte mir das nur rausrutschen? Das hätte natürlich heißen sollen, ich versteh die Frauen nicht.

Und wie kann ich das wiedergutmachen? Sebastian blickt mich völlig verwirrt an.

»Nun ja ... also ich denke, nun ich denke, Männer nun, also ich denke, wir so als Männer, ich verstehe nicht, warum wir so oft schweigen ... wir sollten einfach mehr mit den Frauen reden ... dann reden sie bestimmt auch mehr mit uns ... und dann reden alle mehr miteinander, und dann ...«

Also irgendwie komm ich da jetzt nicht so gut raus, wie ich gerne würde. Ich starte einen erneuten Versuch:

»Ähm ... tja ... also ich finde, also ich glaube, vielleicht hat das mit dem Geschlecht gar nicht so viel zu tun. Vielleicht liegt das ganze Problem darin, dass Männer und Frauen sich einfach oft nicht die Wahrheit sagen. Oder überhaupt nicht mehr miteinander reden, wenn es schwierig wird. Männer schweigen einfach, wenn es Probleme gibt, und Frauen reden über ihre Probleme mit anderen Frauen. Meistens mit ihrer besten Freundin. Aber nicht mit dem Mann, mit dem sie das Problem haben. Und die Männer, also ich meine, wir Männer, wir gehen einfach dann ein Bier trinken und sagen gar nichts mehr.«

»Mmmmmh«, Sebastian schweigt und nimmt einen Schluck von seinem Bier.

»Weiß nicht.«

Ich nehme auch mal einen Schluck von meinem Bier und schweige jetzt auch mal lieber. Schließlich ist es das, was Männer wirklich am besten können.

So starren wir beide schweigend in die immer kleiner werdende Flamme. Die Minuten vergehen einfach. Ab und zu ein Schluck Bier, und Sebastian stochert in der Glut. Ich merke, auch Schweigen kann was ganz Tolles sein. Leider bin ich doch eine Frau und halte das nicht ewig durch.

»Wie sieht denn eigentlich deine Traumfrau aus?«, frage ich in die Stille hinein.

Sebastian blickt weiterhin ins Feuer, als würde dort gleich die Frau seiner Träume in den Flammen tanzen.

»Ach, weißt du, mit den Traumfrauen ist das so eine Sache. Traumfrauen heißen sie deshalb, weil sie nur in den Träumen vorkommen und der Realität nicht standhalten können. Schon gar nicht der Realität eines Lebens mit Kind.«

»Gut, da hast du sicher recht. Aber trotzdem muss es doch ein paar Dinge geben, die dir bei einer Frau wichtig sind. Irgendwas, das eine Frau unbedingt können, sagen, tun muss, damit sie überhaupt für dich infrage kommt?«

Ich blicke Sebastian gespannt an. Ich will es wirklich wissen. Ich meine, das ist die Gelegenheit meines Lebens. Ich rede mit einem Mann über Frauen, der denkt, ich bin ein Mann. Das ist die Gelegenheit, einen Mann wirklich richtig kennenzulernen. Wenn er jetzt nicht die Wahrheit sagt, erfahre ich sie nie.

»Nun gut ...« Sebastian überlegt einen Moment. »Ich mag Frauen, die Humor haben. Das klingt jetzt wie das langweiligste Klischee der Welt, und vielleicht ist es das auch. Steht natürlich als Standard in jeder Kontaktanzeige drin. Aber eine Frau, die Humor hat, verfügt auch über Intelligenz, und sie hat viel Gefühl. Denn guter Humor geht nicht ohne diese beiden Eigenschaften. Weißt du«, fährt Sebastian fort, »ich denke, die meisten Frauen überschätzen den Einfluss ihres Äußeren auf uns Männer ganz erheblich. Klar, ich will auch keine Schreckschraube oder eine Vogelscheuche. Aber ehrlich, ist dir schon mal aufgefallen, wenn eine Frau sich die Beine nicht rasiert hat?«

»Ähm ... nein, eigentlich nicht.« Verdammt. Was erzählt er da? Das ganze Wachsen, Rasieren, Epilieren ist völlig umsonst? Warum quäle ich mich dann seit Jahren damit? Bei meinem letzten Freund oder wie immer man diese missglückte Geschichte auch nennen mag, habe ich sogar ernsthaft über ein Brasilian Waxing nachgedacht. Bin gerade sehr froh, dass ich mir das damals nicht angetan habe. Der Typ wäre es in jedem Fall nicht wert gewesen, diese Schmerzen auszuhalten.

»Und hast du schon mal den Unterschied gesehen, ob eine Frau beim Friseur war oder nicht? Ich meine, außer, sie kommt plötzlich mit einer Glatze nach Hause.«

»Öh ... nö«, antworte ich mal vorsichtshalber. Also so was. Ich gehe nie wieder zum Friseur. Nicht auszudenken, was ich in all diesen Jahren dort an Kohle gelassen habe. Damit könnte ich mir wahrscheinlich am Ende meines Lebens fast schon eine Eigentumswohnung kaufen.

»Und dieses ganze Theater mit dem Make-up. Keine Ahnung, was das soll. Ich hab da noch nie einen Unterschied gesehen«, fährt Sebastian ungerührt fort.

»Klar ... ich auch nicht«, sage ich mal. Was soll ich auch sonst antworten? O Mann. Das gibt's ja gar nicht. Wir malen und kleben und tun, und die bemerken das überhaupt nicht. Nun ja, wir tun's ja auch nicht wirklich für die Männer, versuche ich mich zu trösten. Die Wahrheit ist doch, dass die meisten Frauen sich eher für sich selbst oder vielleicht noch für andere Frauen zurechtmachen als wirklich für die Männer. Wenn wir das tun würden, dann bräuchten wir nur möglichst lange Haare, einen möglichst kurzen Rock und möglichst hohe Schuhe zu tragen. Mehr verlangt der Durchschnittsmann wohl gar nicht.

»Also, ich steh ja total auf High Heels, kurzen Rock und möglichst lange Haare«, sage ich betont männlich.

»Dann solltest du schnellstens mit Verena ins Bett gehen.«

»Wahhhhh. Die ist gar nicht mein Fall.«

»Also stehst du doch auf mehr als A&T.«

»Was ist A&T?«

»Arsch und Titten natürlich. Mensch, Felix, erzähl doch keinen Scheiß. Du warst doch der Erste, der das A&T-Konzept von MM ausbauen wollte. Du hast doch zu viel im Kopf, um mit einer Puppe rumzumachen.«

»Oh ... ja ... mmh ... so habe ich die ganze Sache noch nie betrachtet. Da hast du wohl recht.«

»Aber weißt du, was ich ehrlich gesagt am besten an einer Frau finden würde?«

Sebastian schaut mich an. »Und jetzt darfst du nicht lachen oder das falsch verstehen. Ich hätte gerne ein Frau, die auch gleichzeitig mein bester Kumpel ist. Jemand, mit dem ich reden kann ... oder auch schweigen.«

Sebastian schweigt für einen Moment. Dann blickt er

mich kurz von der Seite her an und grinst. »Weißt du, eigentlich schade, dass du keine Frau bist.«

Boahhhhhh.

Ich bin seine Traumfrau.

Ich bin seine Traumfrau.

Ich bin seine Traumfrau.

Das ist alles, was ich im Moment denken kann.

Ich bin seine Traumfrau, nur er weiß es einfach noch nicht.

Wie gemein ist das denn?

Jauuuuullllllll.

Sebastian blickt mir tief in die Augen. Ich glaube, ich werde gleich verrückt. Das ist die Gelegenheit meines Lebens, die Gelegenheit. Ein Geschenk der Götter. Wann, wenn nicht jetzt, ist der richtige Zeitpunkt, ihm alles zu gestehen???

Ich sage ihm jetzt einfach, dass ich eine Frau bin, und nicht nur das, nein, ich bin seine Traumfrau, hat er ja selbst gesagt, und übermorgen wird geheiratet. Von mir aus auch morgen, gleich hier auf dem Berg.

Ich habe Humor und keinen Arsch und keine Titten.

Und reden kann er mit mir auch.

Und die Klappe halten kann ich auch. Zumindest für fünf Minuten.

Das muss ich ihm jetzt nur noch klarmachen.

Ich blicke Sebastian tief in die Augen, rücke ein Stückchen näher und sage:

»Ähm ... also ähh ... also Sebastian, was ich dir eigentlich schon die ganze Zeit sagen wollte ... ich ... nun ich ...«

Sebastian sieht mich fragend an, und in diesem Augenblick tritt ein riesiger Schatten mit lautem Krachen aus der Dunkelheit hervor, prescht direkt an uns beiden und an den Resten des Lagerfeuers vorbei. Ich bin so erschrocken, dass ich mich in der ersten Sekunde überhaupt nicht bewegen kann. Sebastian schafft es gerade noch, mich wegzureißen, bevor ich von einem Huf getroffen werde. So schnell, wie der Schatten kam, ist er auch wieder in der Dunkelheit verschwunden.

Danach herrscht sofort wieder Stille.

»Was war denn das?«, frage ich völlig geschockt.

»Ich glaube, das war der Steinbock von heute Morgen. Irgendwas hat ihn wohl aufgeschreckt. Sah ganz so aus, als sei er auf der Flucht. Hoffentlich gibt's keine Bären hier.«

Ich blicke Sebastian entsetzt an. Ich glaub's nicht.

Der Steinbock.

Ich hätte das Mistvieh heute früh erlegen sollen.

Verdammte Tierliebe. Verdammt.

Sebastian steht auf und gähnt herzhaft. Er streckt mir die Hand hin, und ich stehe auch auf.

»Also, ich geh jetzt in die Falle. Solltest du auch, bevor der Steinbock zurückkommt und dich auf die Hörner nimmt. Oder doch noch ein Bär auftaucht. War toll mit dir zu reden. Gute Nacht.«

Verdammt. Verdammt. Verdammt.

Der Moment der Wahrheit ist vorbei.

Die Romantik ist dahin.

Sebastian nickt mir kurz zu und verschwindet in seine Hütte. Und mir bleibt nichts übrig, als auch schlafen zu gehen.

Ich liege alleine auf meiner Pritsche, es ist alles stockdunkel um mich herum, man hört nur ein paar Geräusche aus dem Wald. Irgendwas raschelt und rumpelt ziemlich heftig. Klingt alles ziemlich unheimlich, muss ich sagen. Ich merke erst jetzt, dass seit dem kleinen Zwischenfall mit dem Steinbock mein Herz immer noch heftig klopft. Ich bin eindeutig ein Kind der Stadt. Das Land ist echt nichts für mich. Fahre ich mal raus aus Berlin, langweile ich mich schon nach nur einer halben Stunde, wenn nur Grünzeugs um mich herum ist. Wie halten die Leute auf dem platten Land das nur aus? Im Sommer geht's ja noch, aber man muss doch bedenken, dass es in Deutschland nur ungefähr zwei Wochen richtigen Sommer gibt. Was macht man denn in der Pampa bei Nieselregen oder Schneematsch? Da kann man ja noch nicht mal in den nächsten Shop oder in das nächste Café flüchten. Und jetzt hier die totale Wildnis. Wieso finden Männer so was gut? Ich glaube, das hat mit Lagerfeuerromantik zu tun. Sind doch alles im Grunde genommen kleine Cowboys, die davon träumen, in den Sonnenuntergang zu reiten, statt im Büro zu sitzen. Da fällt mir gerade ein: Da war doch mal vor einiger Zeit in Deutschland ein Bär Bruno? Hat die Schweiz nicht auch Bären?

Oder vielleicht Waschbären? Ich habe gehört, die sind mittlerweile auch nach Europa eingewandert und ziemlich aggressiv. Draußen raschelt's und rumpelt's. Nun gut, versuche ich mich zu beruhigen. Ein Waschbär oder ein ausgewachsener Braunbär ist ja wohl nicht in der Lage, einfach so die Tür zu meiner Hütte aufzusperren. Von diesem Gedanken getröstet, bin ich schließlich kurz davor, einzuschlafen und von Sebastian zu träumen, als ich merke, dass jemand im Zimmer steht und sich anscheinend vollkommen nackt ganz schnell zu mir unter die Decke schiebt. Für einen Moment bin ich total erstarrt.

Hilfe!!!

Das ist eindeutig kein Waschbär!!!

Das ist Sebastian!!!

Sebastian ist schwul!!

Wir verstehen uns offensichtlich auch in seinen Augen sehr gut.

Leider zu gut.

Wie peinlich!!

Wie grauenvoll!!
Wie sag ich's ihm???
Und dann merke ich, wie sich zwei große runde Bälle an meinen Rücken schmiegen und eine Hand anfängt, an mir rumzutasten.
???
Das ist nicht Sebastian.
Das ist Verena.
Mit einem Ruck springe ich aus dem Bett und mache das Licht an. Wohlweislich habe ich heute Nacht meine Verkleidung nicht abgenommen und trage einen Männerpyjama und Bart. Nur meine Kontaktlinsen habe ich rausgenommen. Mit denen zu schlafen, ist einfach die Hölle. Schnell greife ich zu meiner Brille. Mittlerweile habe ich echt das Gefühl, dass ich mit ihr besser sehen kann als ohne sie, obwohl sie nur aus Fensterglas ist.
Tatsächlich. Verena rekelt sich nackt und verführerisch auf meiner schmalen Pritsche und lächelt mich mit Schlafzimmerblick an.
»Was ist los, Süßer? Hab ich dich etwa erschreckt?«
»Was machst du hier?«, frage ich selten dämlich. Na, was hat wohl eine Frau vor, die sich nachts nackt zu einem Mann ins Bett schleicht?
Verena bleibt völlig cool und reckt mir frech weiterhin ihre Brüste entgegen. Gott sei Dank bin ich bei so einem Anblick völlig immun. Ich weiß aber nicht, was jetzt ein Mann an meiner Stelle wirklich machen würde. Eins muss man ihr lassen. Ihr Busen ist echt eins A – gute Arbeit.
»Komm doch wieder ins Bett«, gurrt Verena mich an.
»Verena, ich bitte dich, du hast zu viel getrunken. Und wo ist denn überhaupt Schober?«
»Schober schnarcht. Außerdem ist Schober egal. Er hat noch eine Ehefrau, da kann ich ja wohl auch noch jemand anderen haben.«

»Aber nicht mich.«

»Jetzt komm schon, es ist kalt.« Verena klopft auffordernd auf die Bettdecke.

Ich glaub's nicht. Höchste Zeit, mal Klartext zu reden.

»Verena, du bist eine Klassefrau, ehrlich. Aber echt nix für mich. Ich steh einfach nicht auf dich.«

»Quatsch. Du weißt nur nicht, dass du auf mich stehst. Alle Männer stehen auf mich. Soll ich dir das beweisen?«

Zu meinem Entsetzen steigt Verena aus dem Bett und kommt langsam auf mich zu. Wenigstens hat sie sich jetzt ein Bettlaken umgeschlungen.

»Wir werden so viel Spaß miteinander haben.«

»Wir werden keinen Spaß haben. Du gehst jetzt wirklich besser. Und zwar alleine ... sonst ... sonst ...«

Ich stehe mittlerweile mit dem Rücken an der Wand der Hütte, und Verena kommt weiter auf mich zu, ein lüsternes Flackern in den Augen.

»Sonst was, mein Süßer?«, sagt Verena und steht jetzt vor mir. Sie nagelt mich regelrecht an die Wand, indem sie mit beiden Händen meine Schultern packt. Ihre künstlichen Fingernägel schneiden mir ins Fleisch. Ihr Gesicht kommt immer näher und näher und näher. Verdammt – sie hat sich noch nicht mal abgeschminkt. Das heißt, sie meint es mit der Verführung wirklich ernst.

Hilfe.

Ich versuche, unter ihr durchzuschlüpfen, ich hätte nie im Leben gedacht, dass Verena so viel Kraft hat.

»Nun, Kleiner, stell dich doch nicht so an. Es wird dir viel Spaß machen, und um Schober brauchst du dich nicht zu kümmern. Lass den ganz meine Sache sein. Alles, was du tun musst, ist, dich ein wenig zu entspannen, und dafür werde ich jetzt sorgen.«

Entspannen?

Verena ist vollkommen durchgeknallt. So kann sich doch niemand entspannen.

Verenas Gesicht kommt immer näher und näher, und ich bin sicher, dass ich gleich den zweiten Zungenkuss meines Lebens von einer Frau bekomme.

In dieser Sekunde lockert Verena ihren Griff. Und diese Sekunde nutze ich. Flink husche ich unter ihr hindurch und bin im nächsten Moment schon aus der Tür, eine völlig verblüffte Verena hinter mir lassend.

»Aber Felix...«, das ist alles, was ich noch von ihr höre. Gott sei Dank.

In diesem Augenblick wäre mir sogar eine Begegnung mit einem Braunbären lieber.

Ziemlich kopflos stolpere ich erst mal durch die Dunkelheit zwischen den Hütten herum. Vielleicht kann ich ja in der Rezeption übernachten? Aber als ich die große Hütte gefunden habe, ist schon alles zu und abgeschlossen. Nun gut, dann bleibt nur noch eins. Ich irre weiter durch die Nacht und stoße mir ab und zu den Kopf an einem Ast an. Verdammt noch mal, wo war denn hier das Deko-Plumpsklo? Jetzt muss ich auch noch dringend Pipi. Leider habe ich bei meiner überstürzten Flucht auch die Taschenlampe, die jeder Gast hier geschenkt bekommt, in der Hütte zurückgelassen, und ich bin wegen der übereilten Flucht barfuß, was verdammt kalt und schmerzhaft ist. Außerdem werde ich den Gedanken an Bären einfach nicht mehr los. Wenn heute Nacht schon ein Steinbock und Verena mich besuchen kamen – da ist es nicht mehr weit bis zu einem ausgewachsenen Bären.

Ich brauche dringend ein Dach über dem Kopf und ein paar feste Wände zwischen mir, der Wildnis und Verena.

Irgendwie lande ich dann endlich vor Sebastians Hütte. Ich klopfe vorsichtig an. Er muss mir einfach Asyl gewähren.

Sebastian reagiert nicht. Ich klopfe noch mal heftiger. Ich kann einfach nicht zurück in meine Hütte. Wer weiß, ob Verena weg ist, und wer weiß, ob sie nicht einfach wiederkommt. Wie ich Verena kenne, lässt sie sich so leicht nicht abschütteln.

»Mach schon auf, verdammt noch mal.« Ich klopfe noch heftiger. Mittlerweile klappere ich schon mit den Zähnen. Sommernächte barfuß im Pyjama auf dreitausend Metern Höhe, das kann ganz schön kalt sein.

Schließlich geht die Tür auf, und ein völlig verschlafener und nackter Sebastian steht vor mir.

»Was machst du hier? Ist was passiert? Brennt schon wieder irgendwas?«, murmelt er völlig verpennt.

Ich kann im ersten Moment gar nichts sagen. Er ist wirklich vollkommen nackt. Und o Mann. Er sieht wirklich ziemlich gut aus, so weit ich das hier im Dunkeln beurteilen kann. Er hat diesen zarten Streifen von Haaren, die vom Bauchnabel weiter nach unten wandern. Das finde ich bei Männern absolut erotisch. Und er schläft anscheinend nackt, wie Gott ihn schuf. Ich werde nicht mehr und merke, wie meine Knie ganz weich und wummerig werden. Vielleicht ist die nackte Verena doch die bessere Alternative.

»Hey, Felix ... was ist los ... sag schon, ich will wieder ins Bett«, raunt Sebastian verpennt und ungehalten. Ich nehme mal an, es ist so drei Uhr in der Früh.

Für einen Moment überlege ich, ob es doch vielleicht besser ist, einfach bei den Bären im Freien zu übernachten, wenn Verena schon in meiner Hütte lauert. Denn in Verenas Hütte kann ich nicht, da sie sich die mit Schober teilt. Schließlich siegen meine eiskalten Füße.

»Verena hat mich überfallen. Sie liegt in meinem Bett, und ich weiß nicht, wie ich sie rauskriegen soll. Kann ich vielleicht bei dir übernachten?«

Sebastian grinst mich an. Sein Grinsen ist so breit, dass es eigentlich eine Unverschämtheit ist. »Klar, Kumpel. Kein Problem. Wenn du lieber neben einem schnarchenden Kerl liegst als neben einer Frau mit E-Dingern – deine Entscheidung. Ich muss jetzt in jedem Fall weiterschlafen. Knall dich einfach neben mich.«

Sebastian geht zurück in die dunkle Hütte, ich folge ihm etwas zögerlich. Er hat Gott sei Dank kein Licht angemacht, sodass ich nicht mehr allzu viel von seiner Nacktheit sehe. Sebastian lässt sich auf das Bett fallen und schnarcht innerhalb von zwei Sekunden laut und hemmungslos.

Das vertreibt in jedem Fall jeden Bären.

Zögerlich setze ich mich erst mal auf den Bettrand. Etwas Mondlicht scheint ins Zimmer und beleuchtet den schlafenden Sebastian. Er sieht aus wie gemalt.

Ganz vorsichtig lege ich mich neben ihn in die äußerste Ecke des Bettes und wickle alle Decken, die ich finden kann, um mich. Ein Sofa oder so was gibt es hier nicht. Ich könnte sonst nur noch auf dem blanken Fußboden schlafen. Aber das kann doch kein Problem sein, zwei Kerle teilen sich ein Bett, und ich habe schließlich immer noch meinen Pyjama an, und den werde ich auch auf keinen Fall ausziehen. Morgen früh verschwinde ich in meine Hütte, noch bevor er überhaupt wach ist. Und während ich noch das Mondlicht auf Sebastians Zügen betrachte, bin ich auch schon selbst eingeschlafen.

Ich werde tatsächlich viel früher wach als er. Beim ersten Morgengrauen schlage ich die Augen auf. Ich habe furchtbar schlecht geschlafen, bin ganz zusammengekringelt in einer Ecke des Bettes gelegen und bin völlig in drei Decken verheddert. Dieses ganze Wochenende ist wohl doch etwas zu viel. Wäre wirklich besser gewesen, ich wäre einfach als Felicitas zu Hause geblieben.

Aber dann wäre ich nie in meinem Leben neben Sebastian aufgewacht. Ich blicke hinüber zu ihm. Er schläft tief und fest und schnarcht inzwischen nicht mehr. Sein Körper hat den Alkohol von gestern schon etwas abgebaut. Er liegt typisch männlich quer über das ganze Bett gestreckt. Gott sei Dank auf dem Bauch, denn er ist natürlich immer noch nackt.

Ich könnte ihn stundenlang anschauen. Einfach nur anschauen. Er hat unglaublich lange, dichte Wimpern, fast wie ein Mädchen. Ich würde Gott weiß was dafür geben, solche Wimpern zu haben. Das bekommt keine Wimperntusche der Welt hin. Und dann dieses Grübchen. Mitten im Kinn. Richtig markant. Überhaupt sieht er aus wie ein Schauspieler. Echt. Einfach umwerfend. Sein Vierundzwanzigstundenbart wirft einen leichten Schatten auf das Kinn. Sein Haar ist so gekonnt verwuschelt, das würden die in der Lätta-Werbung auch nicht besser hinkriegen. Und auch der Rest von ihm – einfach umwerfend. Im Schlaf murmelt er leise etwas, das ich nicht verstehen kann, und dann bewegt er sich und legt mit einem Mal seinen Arm um mich und zieht mich schlaftrunken ganz nah an sich ran.

Wir liegen Kopf an Kopf, Körper an Körper.

Ich erstarre.

Was soll das?

Schläft er wirklich?

Oder ist er vielleicht doch schwul?

Er schläft. Ein leises Schnarchen setzt wieder ein.

Wahrscheinlich hält er mich im Traum für eine Frau.

Wie komme ich bloß aus dieser Umarmung wieder raus?

Das ist eine ganz besonders schwierige Frage, vor allem, da ich aus dieser Umarmung eigentlich gar nicht raus will.

Vorsichtig versuche ich mich etwas zu lösen, aber das führt nur dazu, dass Sebastian mich noch mehr an sich zieht. Eigentlich finde ich so was ja klasse. Ein Mann, der im Schlaf kuscheln kann. Es gibt nämlich Männer, die können im Bett, wenn es um das reine Schlafen geht, nicht weit genug von der Frau entfernt sein. Das finde ich furchtbar. Aber solche wie Sebastian, Männer, die noch im Schlaf Nähe aushalten können, das sind richtig gute Männer.

Ich seufze leise auf.

Das Leben ist ungerecht. Selbst wenn ich kein Mann mehr wäre: Ich weiß nicht, ob aus Sebastian und mir etwas werden könnte. Auch nicht nach dem Gespräch von gestern Nacht. Denn das hat Sebastian mit Felix geführt und nicht mit Felicitas. Ob er so je mit einer Frau sprechen würde, auch wenn er gerne eine Frau hätte, die sein Kumpel ist – wer weiß. Okay, er hat mich in dem Laden auf dem Prenzlauer Berg zum Kaffeetrinken eingeladen. Aber da hat mich eigentlich Sophie angesprochen. Ohne Sophie hätte er mich wahrscheinlich nie im Leben nur bemerkt. Ich bin ihm ja schon als Praktikantin zweimal über den Weg gelaufen, vielmehr gefallen ohne jedweden Effekt. Ich bin einfach nicht wirklich seine Gewichtsklasse. Sebastian kann jede Frau haben, die ich mir vorstellen kann. Er war schließlich mal mit einem Model zusammen. Was soll er da mit Felicitas? Mit der kleinen Felicitas mit zu wenig Busen und zu wenig Selbstbewusstsein.

Und auch wenn er gestern gesagt hat, dass Reden ihm wichtig ist. Ich habe noch keinen Mann gesehen, der ein Supermodel von der Bettkante gestoßen hätte. Auch wenn sie die ganze Zeit über kein einziges Wort sprechen würde.

Wie schade. Sein Gesicht ist nur ein paar Zentimeter von dem meinen entfernt. Und dann passiert etwas, das nie hätte passieren dürfen.

Er schläft so tief und fest, dass ich denke, er wird das nie bemerken. Aber es ist die Gelegenheit für mich. Vielleicht gibt es nur diese einzige Chance. Ich bin sehr verliebt in ihn, und wie wir alle wissen, macht Liebe ziemlich unzurechnungsfähig.

Das ist die einzige Entschuldigung, die ich habe.

Ich beuge mich ganz ganz vorsichtig noch näher zu ihm rüber, und dann gebe ich ihm ganz ganz ganz vorsichtig einen hauchzarten Kuss mitten auf seinen wunderschönen vollen Mund.

Ein kleiner gestohlener Kuss, er wird es nie bemerken, und für mich wird es eine wundervolle Erinnerung sein.

Ein kleiner Kuss kann doch kein Verbrechen sein.

Im gleichen Moment, da meine Lippen seine Lippen ganz hauchzart streifen, reißt Sebastian die Augen auf.

Für eine Sekunde starren wir uns an.

Auge in Auge. Mund an Mund.

Dann springt Sebastian noch schneller aus dem Bett, als ich es gestern bei Verena getan habe.

»Wahhhhhh ... bist du vollkommen verrückt geworden???«

Sebastian starrt mich wütend an und wischt sich heftig über die Lippen.

»Was ist bloß in dich gefahren? Wolltest du mich etwa gerade küssen???«

»Ich ...« Ich kann eigentlich gar nichts sagen. Ich bin vollkommen erstarrt. Wie konnte das passieren? Ganz egal, ob als Mann oder als Frau. Man küsst nicht einfach jemanden, der schläft, außer man ist sich vollkommen sicher, dass der andere damit einverstanden ist.

»Du wolltest mich küssen!!! Klar, wolltest du mich küssen!!! Jetzt versteh ich alles!!! Das Blümchenzeugs und die ganzen Töpfchen und Tiegel in deiner Wohnung, dass du eigentlich kein Bier magst und von Fußball keine Ahnung hast. Du bist schwul!!! Klar!!! Wie konnte ich das nicht bemerken! Ich Vollidiot.«

Sebastian schnappt sich bei dem Wort schwul das nächstbeste Laken und schlingt es hastig um seine Hüften. Er lässt sich schwer auf einen Stuhl fallen und starrt mich düster an.

»Ich …«

Sebastian unterbricht mich.

»Ich glaube, du gehst jetzt besser. Wir reden später über das Ganze.«

»Ja« murmle ich und verschwinde so schnell ich kann aus Sebastians Hütte.

Als ich zurück in meine Hütte komme, liegt Verena immer noch nackt in meinem Bett und schnarcht laut.

Verena! Die hatte ich wirklich vollkommen vergessen.

Was mache ich jetzt mit ihr? Die kann ich jetzt nun überhaupt nicht brauchen. Vorsichtig rüttle ich sie an der Schulter. »Verena, aufwachen … aufwachen. Es ist früher Morgen.«

Sie wird aber erst wach, als ich sie richtig heftig schüttle. Dann schießt sie aber so schnell senkrecht hoch, dass wir beide beinahe mit den Köpfen aneinanderknallen. Sie starrt mich völlig entgeistert an. »Felix???!!! Was machst du denn hier?« Dann bemerkt sie, dass sie völlig nackt ist, springt mit einem Satz aus dem Bett, während sie gleichzeitig ein Laken um sich schlingt, als wäre sie eine Nonne. Irgendwas ist hier an diesen Bergen, dass alle immer aus den Betten springen wie die Murmeltiere in ihr Loch.

»Raus hier … was fällt dir ein, einfach so in mein Schlafzimmer zu kommen?« Verena ist wirklich richtig empört. Das ist eindeutig echt und nicht gespielt.

??? Ich blicke sie etwas ratlos an. Und dann wird mir klar, sie hatte gestern wohl ziemlich viel am Lagerfeuer getrunken, und jetzt ist sie wohl einigermaßen nüchtern. Blackout nennt man das wohl.

»Verena, das hier ist meine Hütte, mein Schlafzimmer, mein Bett. Und du bist gestern Nacht zu mir gekommen, nackt wie Gott dich schuf, mitten ins Bett, und du warst nicht mehr rauszukriegen.«

»Ich bin zu dir gekommen?«

»Ja.«

Verena blickt sich verunsichert um. Aber es ist nicht zu leugnen, das hier ist eindeutig meine Hütte.

»Oh ...« Verena blickt vorsichtig unter ihr Laken, wo nichts ist außer nackter Haut. Dann schaut sie wieder mich an.

»Ähm ... wir haben doch nicht etwa??? Ich ... ich kann mich nicht mehr so genau erinnern ...«

»Nein, ich kann dich beruhigen ... es ist nichts passiert ... überhaupt nichts ... obwohl du gestern Nacht wirklich ziemlich enttäuscht darüber warst ... Ich habe dich hier alleine schlafen lassen und habe bei Sebastian geschlafen.«

Verena ist sichtlich erleichtert. Nicht zu glauben nach der letzten Nacht, als es ihr einziges Ziel war, mich zu verführen.

»Oh ... ähm ... tja ... dann geh ich wohl jetzt besser ... Schober sucht mich hoffentlich noch nicht ... wenn ich Glück habe, schläft er noch ...« Verena blickt sich suchend um. »Ähm ... habe ich hier irgendwo vielleicht?«

»Nein, tut mir leid ... du bist so gekommen, wie du hier stehst, aber du kannst das Laken gerne mitnehmen.«

»Oh ... tja dann.« Verena schlingt das Laken mit einer eleganten Bewegung um sich und wendet sich zum Gehen. Ehrlich gesagt, sie sieht auch mit Bettlaken ziemlich gut aus. Wie eine griechische Statue. Kurz vor der Tür dreht sie sich noch mal um.

»Du wirst doch Schober nichts erzählen?«

Ich schüttle den Kopf.

»Nein, natürlich nicht, gibt ja auch nichts zu erzählen.«

Verena lächelt glücklich, sie macht einen Schritt auf

mich zu und haucht mir ein Küsschen auf die Wange, noch bevor ich sie zurückziehen kann.

»Danke, Felix. Für alles. Auch für gestern Nacht. Du bist ein echter Gentleman. Weißt du das?«

»Ich weiß«, erwidere ich einfach, und Verena schwebt mit Betttuch nach draußen.

Endlich allein.

Als Verena weg ist, verschließe ich zweimal die Tür hinter ihr und verkrieche mich ins Bett.

Ich ziehe die Decke über meinen Kopf. Das habe ich in schwierigen Situationen schon als Kind immer so gemacht. Wenn mich niemand mehr sehen kann, vielleicht verschwindet das Problem dann von ganz alleine.

Leider bin ich mittlerweile älter und weiß, dass Probleme nicht einfach so verschwinden.

Wie grauenvoll. Wie bescheuert. Wie furchtbar.

Wie konnte das passieren?

Wie soll ich Sebastian nur wieder unter die Augen treten? Ich habe ihn einfach so geküsst. Und er denkt, ich bin ein Mann.

Und dann habe ich für einen Moment die rettende Idee.

Ich gehe rüber und mache klar Schiff. Ich sage ihm einfach, ich bin eine Frau. Dann hat ihn wenigstens kein Mann geküsst. Vielleicht ist das die Lösung. Und dann denke ich, Sebastian müsste glauben, dass ich ihn die ganze Zeit belogen habe. Er hat mir am Lagerfeuer seine intimsten Gedanken als Mann anvertraut, und überhaupt, was wird dann aus meinem Job bei MM? Sebastian ist so sauer auf mich, dass ich wahrscheinlich sowieso gefeuert werde, egal ob ich ein Mann oder eine Frau bin. Und dann und dann und dann …

In meinem Kopf rasen die Gedanken wild herum. Ich weiß einfach nicht, was ich machen soll. Unter der Decke wird es langsam ziemlich heiß. Schließlich reißt mich ein

Klopfen an der Hüttentür kurz aus meinen Gedanken. Peter ist draußen, er ruft mir zu, dass nach dem Frühstück ein weiteres Konzept-Meeting für alle in der Konferenzhütte angesetzt ist.

Ich schleiche ohne Frühstück später als die anderen in das Meeting. Wenigstens habe ich mich nach dieser Nacht wieder voll als Mann restauriert. Bart, Kontaktlinsen, Brille, und heute früh trage ich auch einen Anzug. Schließlich gibt es ja ein ganz normales Meeting, und danach haben wir etwas freie Zeit, und dann reisen wir sowieso alle wieder ab.

Ich habe beschlossen: Ich kann es Sebastian einfach nicht sagen. Er war so wütend auf mich heute Morgen. Er würde sicher noch wütender werden, wenn er die Wahrheit erfährt. Er würdigt mich keines Blickes, als ich in die Konfi-Hütte komme und mich zwischen Schober und Peter setze. Schober kann wenigstens schon wieder einen Stuhl benutzen. Auch Verena vermeidet es, mich heute Morgen anzuschauen. Sie sitzt auf der anderen Seite neben Schober, und ich schätze mal, sie versucht sich an Einzelheiten der letzten Nacht zu erinnern.

Ach, dieses Wochenende ist eine einzige Katastrophe, wäre ich doch nur zu Hause geblieben.

Sebastian blickt mich die nächsten zwei Stunden nicht einmal an, und ich melde mich nicht zu Wort, sondern versuche im Stuhl zu versinken. Peter merkt, dass irgendwas los ist und fragt nach, und ich sage ihm, dass ich nur einen Kater habe. Als das Meeting vorbei ist, versuche ich mich still rauszuschleichen. Aber genau in diesem Moment spricht Sebastian mich plötzlich direkt an.

»Felix, würdest du bitte noch etwas dableiben ... wir beide müssen noch was unter vier Augen besprechen.« Ich merke, wie Peter uns beide mustert, und er merkt, dass irgendwas komisch zwischen mir und Sebastian ist.

Aber Peter ist ein viel zu feiner Mensch, um sich einfach ungefragt einzumischen. Wortlos packt er seine Unterlagen, nickt mir kurz zu, und als er geht, sind Sebastian und ich allein im Konferenzraum.

»Ich muss noch packen«, versuche ich auszuweichen. Ich will jetzt alles, nur nicht mit Sebastian allein sein.

»Wir müssen reden.« Sebastian blickt mich voll an, und dann sagt er zu meiner Überraschung: »Es tut mir leid, was heute Morgen passiert ist.«

Ich bin total überrascht. Ihm muss ja nun wirklich nichts leid tun.

»Wieso tut es dir leid, ich meine … ich bin doch diejen… ähm derjenige, der einfach ungefragt …« Aber Sebastian lässt mich nicht ausreden. Er hebt die Hand, damit ich innehalte, und redet weiter. Er steht anscheinend unter ziemlichem Druck.

»Doch, Felix, ich habe doch etwas getan. Anscheinend habe ich dir Hoffnungen gemacht, falsche Hoffnungen. Felix, ich kann nur sagen, mir ist es vollkommen egal, ob du schwul bist oder nicht. Jeder kann meiner Meinung nach in dieser Hinsicht machen, was er will, wie er will, solange der Partner auch damit einverstanden ist. Aber ich … ich steh nun mal auf keinen Fall auf Männer. Ich … nun, ich weiß, wir sind gute Freunde geworden in den letzten paar Wochen … aber ich muss dir klar sagen, es wird nie mehr als Freundschaft zwischen uns sein … ich … ich habe mir schon Gedanken gemacht über dein seltsames Verhalten ab und zu … und irgendwie habe ich sicher auch gemerkt, dass du auf mich stehst oder vielmehr mich sehr magst. Zumindest hatte ich das bis heute in der Früh so verstanden … und vielleicht hat es mir auch irgendwie geschmeichelt … dieses letzte Jahr, seit Lauren mich und Sophie verlassen hat, das war auch nicht einfach für mich, und ich habe mich nach jemandem gesehnt, mit dem ich reden konnte … bei dem ich einfach ich sein konnte ... der mich verstanden hat ... und das hast du sicherlich, vielleicht sogar mehr als dir und mir bewusst war ... aber dass sich das auch auf eine körperliche Ebene ausdehnt ... das habe ich nie in Betracht gezogen. Ich bin einfach absolut heterosexuell. Dass es bei dir anders ist, habe ich nicht rechtzeitig bemerkt. Obwohl ich es hätte wahrscheinlich sehen können, wenn ich es hätte sehen wollen.«

»Aber ich ...«, versuche ich einzuwenden, aber eigentlich habe ich nicht wirklich was zu sagen, obwohl ich unendlich viel zu sagen hätte, und so redet Sebastian einfach weiter, ohne auf meinen Einwand einzugehen.

»Was ich damit sagen will, Felix, ist: Es tut mir leid, wenn ich in dir falsche Gefühle geweckt habe. Ich schätze dich als Freund. Aber nur in rein platonischer Hinsicht. Aber bei dir sieht es ja wohl völlig anders aus, und ich will deine Gefühle auf gar keinen Fall weiter verletzen, und daher denke ich, es ist im Moment für uns das Beste, wenn wir beide in Zukunft etwas Distanz in unsere Beziehung bringen und uns erst mal außerhalb der Arbeit nicht mehr treffen.«

Sebastian blickt mich fragend und gleichzeitig sehr bestimmt an. Ich merke, dass nichts, was ich jetzt sagen kann, ihn umstimmen würde. Also nicke ich einfach. »Wenn du meinst, dann machen wir es so. Und was heute Morgen passiert ist, tut mir ehrlich leid. Man sollte niemanden einfach so küssen, wenn man nicht weiß, dass der andere es auch unbedingt will«, sage ich noch, und dann gehe hinaus, um meine Sachen zu packen. Als ich an Sebastian vorbeigehe, hat er kurz den Impuls, mich festzuhalten, zuckt aber vor dem körperlichen Kontakt zurück und lässt mich einfach ziehen.

Als ich dann endlich in der Hütte bin, packe ich alles so schnell es geht zusammen. Das heißt, eigentlich werfe ich alles nur in den Koffer und mache ihn dann mit Gewalt zu. Mir laufen die Tränen einfach nur so runter. Still und leise. Ein völlig geräuschloser Wasserfall tropft auf meine blöden Männerklamotten und auf den blöden Koffer. Bis zur Abreise muss ich mich wieder einkriegen. Niemand soll mich weinen sehen. Männer weinen nicht. Vor allem weinen Männer nicht vor Kollegen und vor ihrem Chef. Und außerdem würden mein Bart und meine künstlichen Kontaktlinsen darunter leiden.

Mensch, Feli, hör auf zu heulen, herrsche ich mich selbst an. Du hast dir diesen Mist hier eingebrockt, jetzt musst du ihn auch auslöffeln. Aber ich kann die Tränenflut einfach nicht stoppen.

Ich bin eben doch eine richtige Frau. Schnief. Schließlich greife ich zur letzten Notmaßnahme, um die Tränen zu stillen. Ich gehe für zehn Minuten unter eine ziemlich kalte Dusche. Danach ist mir immer noch nach Heulen zumute, aber ich schaffe es, die Tränen zurückzudrängen und ein Pokerface aufzusetzen. O Mann, wie machen das Männer, wenn sie nicht heulen dürfen.

Sicher hat sich da heutzutage einiges geändert, und ein Mann, der weint, kann natürlich sehr attraktiv sein. Vorausgesetzt, er weint zu den richtigen Gelegenheiten und vor den richtigen Leuten. Zum Beispiel, wenn er die Nabelschnur seines ersten Kindes durchschneiden darf oder wenn seine Freundin endlich »Ja« zum Heiratsantrag sagt. Dann darf ein Mann natürlich weinen. Oder vielmehr, er darf feuchte Augen bekommen und eine kleine Träne verdrücken. Aber deswegen sind Männer, was das Heulen betrifft, noch lange nicht gleichberechtigt. Ich habe zum Beispiel schon geheult, weil ein Friseur mich völlig verunstaltet hatte. Wenn ein Mann deswegen in Tränen ausbrechen würde! Uhhhhh, schnieeef, meine Haare sind hinten viel zu kurz. Undenkbar! Oder auch meine Situation gerade jetzt: Vor Kollegen heulen wegen

Liebeskummer. No go für jeden Mann, der weiterhin als Mann betrachtet werden will.

Ich bin froh um jede Sekunde, die auf der Rückreise nach Berlin verstreicht, und setze mich so weit wie möglich von Sebastian entfernt. Ich will nur noch eins. Mich endlich zu Hause in mein Bett legen und die Decke über den Kopf ziehen.

Als wir in Berlin landen, hole ich ganz schnell mein Gepäck vom Band und verschwinde zum nächsten Taxistand. Ich bin ja mit Sebastian in seinem Wagen hergefahren. Ich möchte im Moment auf keinen Fall, dass er in die Verlegenheit kommt, mich zu fragen, ob er mich wieder zu Hause absetzen soll.

Also winke ich meinen Kollegen noch mal kurz zu – morgen haben wir alle erst mal einen freien Tag – und steige schnell in das nächste Taxi.

Als ich hinten im Fonds sitze, kann ich dann plötzlich nicht mehr an mich halten. Ich merke, wie mir die Tränen in die Augen schießen, und es gibt keine Möglichkeit mehr, sie aufzuhalten.

»Wo soll es denn hingehen?«, fragt mich die junge attraktive Taxifahrerin und blickt mich seltsam an.

»Nach Hause.«

»Und wo ist denn zu Hause, wenn ich fragen darf?«

»... Weinstraße 32 bitte ... und bitte schnell«, kriege ich noch raus, und dann geht es richtig los. Ich heule Rotz und Wasser, und innerhalb von ein paar Minuten sind meine Taschentücher vollkommen durchnässt.

An der nächsten Ampel blickt mich die Taxifahrerin mitfühlend im Rückspiegel an.

»Liebeskummer?«

Ich nicke nur heftig und heule weiter. Mein künstlicher Bart wird dabei ziemlich in Mitleidenschaft gezogen, und meine farbigen Kontaktlinsen werden auch gleich rausgeschwemmt. Die blöde Brille habe ich sowieso schon längst weggepackt.

Stumm reicht mir die Taxifahrerin ein Päckchen Papiertaschentücher, das ich dankbar nehme.

Als wir endlich vor meiner Wohnung angekommen sind, heule ich immer noch, vielleicht sogar mehr als vorher, weil ich daran denken muss, wie Sebastian hier war und dass ich es doch ganz klasse fand, mit ihm als sein Freund und Kumpel ab und zu ein Bier zu trinken und …

Es nützt nichts. Ich habe mir das alles selbst eingebrockt. Ich muss mich jetzt erst mal wieder beruhigen und versuchen, einen klaren Gedanken zu fassen. Ich bezahle immer noch heulend das Taxi, und gerade als ich aussteigen will, dreht sich die Taxifahrerin noch mal um.

»Ich muss Ihnen das jetzt einfach sagen, auch wenn ich weiß, dass es der absolut falsche Zeitpunkt ist, wenn Sie gerade solchen Liebeskummer haben … aber ich … ich finde es wunderbar, wenn ein Mann so hemmungslos weinen kann. Das zeigt, dass Sie wirklich tiefe Gefühle haben. Schämen Sie sich bloß nicht deswegen.« Die Taxifahrerin greift in das Handschuhfach und holt einen Zettel heraus, auf den sie schnell was notiert.

»Hier … meine Telefonnummer – für alle Fälle … kein Problem, wenn Sie sich erst in einem Jahr oder so melden … ich will nicht schlecht über Ihre Ex reden, aber ich denke, ihr war nicht klar, welch tollem Mann sie da wehgetan hat … ich verspreche Ihnen, ich werde Sie garantiert nie zum Weinen bringen.«

Die Taxifahrerin hält mir den Zettel hin. Sie ist eine wirklich attraktive Frau mit sehr schönen Augen und vielen Lachfältchen.

Warum bin ich kein echter Mann?

Und warum bin ich noch nicht mal schwul oder lesbisch?

Und warum bin ich so bescheuert gewesen, mich als Mann zu verkleiden?

Ich nicke der netten Taxifahrerin zu, nehme den Zettel und steige aus. Schluchzend gehe ich hinauf in meine Wohnung. Das Taxi wartet, bis ich in der Haustür verschwunden bin.

»Du gehst jetzt einfach hin und sagst ihm die Wahrheit.«

»Nieeee im Leben«, heule ich auf und greife nach dem nächsten trockenen Taschentuch, viele sind nicht mehr übrig von der Großpackung, die mir Franziska vorhin schnell geholt hat.

Ach, es ist einfach gut, eine große kleine Schwester zu haben. Ich heule, seit ich gestern Abend in meiner Wohnung angekommen bin. Mein Telefon hat mehrfach geklingelt, und ich bin nicht rangegangen aus lauter Angst, es könnte Sebastian sein. Obwohl das wohl völlig unwahrscheinlich ist. Ich schätze, er wird mich nie wieder anrufen. Er wird nie wieder ein Bier mit mir trinken wollen, und er wird nie wieder einfach so vor meiner Tür stehen. Dabei habe ich meine Spitzengardinen mittlerweile im Keller zwischengelagert.

Es war natürlich auch nicht Sebastian, der angerufen hat, es war Franziska, die versucht hat, mich zu erreichen um zu erfahren, wie denn mein Wochenende unter Männern gewesen sei.

Als ich dann über Stunden gar nicht ans Telefon ging, ist Franziska einfach hier vorbeigekommen, obwohl sie mit den Zwillingen und Oliver heute in den Zoo wollte. Oliver ist jetzt alleine mit den beiden hin, und ich kann nur hoffen, dass er Leon und Lilly nicht irgendwann aus lauter Überforderung den Löwen vorwirft.

»Ich kann ihm nicht die Wahrheit sagen. Ich hätte sie ihm auf dem Berg sagen können, aber da war ja dann der blöde Steinbock … und jetzt ist es zu spät. Jetzt denkt er, ich bin schwuuuuuuuuul.« Ich schluchze erneut auf.

»Es ist nie zu spät, die Wahrheit zu sagen. Die Wahrheit kann man immer sagen«, meint Franziska und reicht mir ein weiteres Taschentuch.

»Was soll ich ihm denn jetzt sagen? Ich bin nicht schwul, aber dafür bin ich eine Frau?«

»Genau.«

»Dann verliere ich meinen Job.«

»Das ist doch egal.«

»Das ist nicht egaaaaal«, schluchze ich auf. »Deshalb hab ich doch das Ganze überhaupt nur angefangen.«

»Du hättest es sowieso nie anfangen sollen.«

»Ich mach einfach so weiter wie bisher. Dann denkt er halt, ich bin schwul, ist doch egal. Irgendwann wird er mich wieder mögen. Schwul sein ist doch vollkommen normal heutzutage. Schwule und Heteros können doch befreundet sein. Wo ist denn das Problem???«

Franziska blickt mich streng an.

»Felicitas. Du bist nicht schwul.«

»Aber ich könnte schwul werden!!!«, rufe ich in meiner Verzweiflung aus. Ist doch egal, werde ich eben schwul. Hauptsache, Sebastian mag mich wieder. Ich glaube, hier ist mir gerade ein ziemlicher Denkfehler unterlaufen. Schließlich ist er erst so anders, seit er denkt, ich bin schwul.

Franziska springt vom Sofa auf, auf dem sie mit mir sitzt, und baut sich vor mir auf, beide Arme in die Seiten gestemmt.

Auweh.

Das macht sie auch mit den Zwillingen manchmal, wenn die was ganz besonders Schlimmes angestellt haben.

»Also, meine liebe Feli. Jetzt reicht's. Es wird höchste Zeit, dass diese Scharade endlich aufhört. Du bist total unglücklich. Du lügst alle Leute an. Du läufst permanent als Mann herum. Davon bekommst du noch irgendwann einen bleibenden Dachschaden. Und wenn du nicht zu ihm hingehst, gehe ich in die Redaktion und sage, was los ist. Hast du das verstanden?«

Franziska funkelt mich von oben herab an.

Sie meint das ernst. Einer Frau, die Lilly und Leon gleichzeitig bändigen kann, ist alles zu zutrauen.

»Aber ich brauche den Job!!! Ich will keine Praktikantin mehr sein ... und ... und überhaupt ...«, ich schluchze hemmungslos auf. Was ich nicht bedacht habe und wovor mich meine Schwester ja ausdrücklich gewarnt hat: Eine Lüge (nun gut, in meinem Fall eine wirklich große Lüge) zieht wie einen Rattenschwanz tausend kleine Lügen nach sich. Und irgendwann ist man dann ganz verheddert in lauter Lügen und selbst gefangen in seinem eigenen Lügengespinst und fühlt sich gefangen wie eine Fliege im Netz.

Franziska setzt sich wieder neben mich und legt den Arm um meine Schultern.

»Hallo Feli, meine Liebe. Ich mach mir doch einfach Sorgen. Hast du dir mal überlegt, dass der Job nicht das eigentliche Problem dabei ist ... mal ganz ehrlich, wenn man einen Job nur als Mann machen kann, ist der Job es nicht wert, dass man ihn überhaupt macht. Vielleicht ist der ganze Sender mit seiner bescheuerten Personalpolitik es überhaupt nicht wert, dass man für ihn arbeitet. Egal, ob als Mann oder als Frau. Wenn jemand keine Frauen einstellen will, ob mit Kindern oder ohne, dann ist er als Arbeitgeber auch in anderen Punkten ein Vollidiot. Denn Frauen machen ihren Job meistens dreimal so gut wie Männer. Das Problem, liebe Feli, ist nicht der Job. Du findest schon wieder einen. Und ganz sicher einen besseren. Das Problem ist ein ganz anderes!«

»Was denn noch für ein Problem? Ich hab doch nun wirklich schon genügend Probleme«, schniefe ich.

Franziska blickt mich mitleidig an.

»Du bist total verliebt in Sebastian. Und auch wenn du nicht gerade als Mann rumläufst, bist du immer, wenn du verliebt bist, ziemlich neben der Spur. Verliebt sein macht einfach verletzlich, und damit konntest du noch nie gut umgehen. Aber Feli, natürlich musst du Sebastian sagen, dass du eigentlich eine Frau bist. Aber noch viel wichtiger ist es, ihm endlich zu sagen, dass du verliebt in ihn bist.«

Ich starre Franziska an. O mein Gott. Sie hat leider recht. Aber das kann ich nun gar nicht. Bevor ich Sebastian gestehe, wie verliebt ich in ihn bin, sage ich ihm zehnmal lieber, dass ich eine Frau bin.

»Und was mache ich dann?« Ich blicke Franziska verzweifelt an. »Was mache ich, wenn … wenn ihm das völlig egal ist, ob ich ein Mann oder eine Frau bin … wenn … wenn …«

»Wenn er dich nicht liebt, Feli, liebt er dich nicht. Daran kannst du dann nichts ändern. Aber du musst ihm wenigstens die Chance geben, etwas über dein wahres Ich und deine wahren Gefühle zu erfahren. Ich finde, ein Mann wie Sebastian hat das verdient, findest du nicht auch?«

Ich schluchze ein letztes Mal auf und blicke Franziska immer noch etwas zweifelnd an. Aber sie hat recht. In jeder Hinsicht. Ich straffe meine Schultern und stehe auf. Es ist an der Zeit, den Kopf aus der Schlinge beziehungsweise aus dem Bart zu ziehen, und klar Schiff zu machen.

Franziska nickt mir aufmunternd zu.

»Mensch, Feli, sei eine Frau und steh deinen Mann. Das machen Frauen doch schon seit Ewigkeiten so.«

»Du hast recht, Franziska. Du hast wirklich recht. Es wird Zeit für die Wahrheit. Und für Stöckelschuhe und Make-up«, sage ich und verschwinde erst mal im Bad.

Eine Stunde später renne ich, so schnell ich kann, auf meinen höchsten High Heels durch den strömenden Regen von der S-Bahn zu Sebastians Haus. Seit einer halben Stunde geht ein heftiges Sommergewitter über Berlin nieder und ruiniert etwas meine perfekte Aufmachung. Also, wenn ich Sebastian schon als Frau gegenübertrete, dann soll er wenigstens gleich auf den ersten Blick sehen, dass ich eine Frau bin.

Aber egal.

Franziska hat recht. Sie hat ja so recht. Es wird höchste Zeit, reinen Tisch zu machen. Ich hätte das schon längst machen sollen.

Ich halte es einfach nicht mehr aus.

Ich muss Sebastian meine Gefühle gestehen. Das Problem ist wirklich nicht, dass ich mich als Mann verkleidet habe. Da hatte ich schon oft Gelegenheit, das einfach zu gestehen. Das Problem ist, dass ich mich einfach nicht traue, zu meinen Gefühlen zu stehen. Und es ist irgendwie, so kompliziert es auch ist, verdammt einfach, die wahre Felicitas hinter einem falschen Bart und einem Businessanzug zu verstecken.

Aber ich kann so nicht weitermachen.

Sonst platze ich einfach irgendwann.

Ich werde erst mit Sebastian reden, dann werde ich bei MM kündigen. Alles wird wieder gut. Alles wird wieder normal.

Völlig durchnässt stehe ich schließlich vor Sebastians Haustür. Schnell überprüfe ich noch mal im Klingelschild mein Make-up. Gott sei Dank hat es den Regen ziemlich gut überstanden. Überhaupt sehe ich gerade gar nicht schlecht aus. Das Augen-Make-up ist so leicht verwischt, dass ich richtig gute Smokey Eyes habe, und meine Wangen sind von der Rennerei zart rosa angehaucht, das kann kein Rouge besser. Und da ich immer noch die kurzen Haare habe, kann ein Regenguss da sowieso nicht viel ruinieren. Irgendwie sehe ich gut aus, in jedem Fall wagemutig.

Ich klingele Sturm.

Am liebsten würde ich Sebastian einfach so, wie ich jetzt bin als Frau, um den Hals fallen und ihn küssen. Wenn er weiß, wie ich mich fühle ... vielleicht, vielleicht hat meine Liebe dann doch eine Chance. Obwohl, das mit den spontanen einseitigen Küssen lasse ich wohl doch besser. Da sollte ich mittlerweile doch meine Lektion gelernt haben.

Ich drücke noch mal heftig auf die Klingel, und dann geht die Tür auf.

Vor mir steht die schönste Frau, die ich jemals live gesehen habe: langes, blondes, gelocktes Haar umringelt ein ovales Madonnengesicht. Grünblaue Augen, umrahmt von einem Kranz dunkler, dichter Wimpern, blicken mich neugierig und ratlos an.

Ich bin total geschockt.

Das kann nur das Supermodel sein. Lauren, Sophies Mutter, Sebastians Frau.

Sie trägt einen alten Jogginganzug, aber an ihr sieht er aus, als hätte Armani ihn ihr auf den Leib geschneidert. Und was für eine Figur! Die Venus von Botticelli sieht blass daneben aus. Also für alle, die das nicht wissen: Das ist diese nackte Frau, die nur mit ihrem Haar notdürftig bedeckt aus der Muschel steigt.

Und in diesem Moment fällt alles von mir ab.

Mein Mut, mein Make-up und mein Selbstbewusstsein.

Ich fühle mich wie Aschenputtel. Aber leider gibt's in meinem Leben keine gute Fee.

»Sie wünschen?«, haucht Lauren mit einer Stimme, mit der sie in ein paar Jahren wahrscheinlich auch noch phantastische französische Chansons singen kann. Das ist ja so gemein. Sie könnte doch wenigstens wie Mickey

Mouse klingen, wenn sie schon wie Venus aussieht. Ihre großen, grünblauen Augen blicken mich fragend an.

Ich starre die Venus einfach nur an, ohne etwas zu sagen, während meine Gedanken weiterhin in meinem Kopf kreisen.

Was mache ich eigentlich hier?

Und wie verwandele ich mich am schnellsten in eine Ameise?

»Mama?? Kommst du rein? Papa hat gerade einen Kaffee gekocht«, höre ich von hinten plötzlich die kleine, zarte Stimme von Sophie.

Und noch bevor Sophie mich entdecken kann, dreh ich mich auf meinen hohen Absätzen um und stürme auf und davon.

Das ist nicht mein Mann.

Das ist nicht mein Kind.

Das ist nicht mein Haus.

Und das wird es nie sein.

Egal, wie gerne ich das möchte, und egal, wie verliebt ich bin.

Egal, ob ich ein Mann oder eine Frau bin.

Und egal, was ich Sebastian jemals sagen werde.

High Heels
 – High Five

Die nächsten Tage in der Redaktion kommen mir vor wie eine kalte Hölle.

Sebastian ist ungemein höflich zu mir – und das ist fast grauenvoller als meine Zeit als Praktikantin bei Schober, der mich früher immer nur angebrüllt hat. Ich kann mit dieser Höflichkeit überhaupt nicht umgehen. Sie schiebt sich wie eine Glasscheibe zwischen mich und Sebastian.

Ich habe das Gefühl, er hört und sieht mich eigentlich nicht mehr. Und vor allem vermeidet er es, auch nur eine Sekunde mit mir allein zu sein.

Ich fühle mich, als hätte ich Lepra.

Fühlen sich schwule Männer immer so?

Das ist ja grauenvoll.

Ich habe schon zweimal versucht, Sebastian alleine abzupassen, um ein kurzes, persönliches Wort mit ihm zu wechseln, aber er weicht sofort aus.

Dabei weiß ich auch eigentlich gar nicht, was ich ihm sagen soll.

Mittlerweile ist es doch total egal, ob ich ein Mann oder eine Frau bin.

Wenn ich ein Mann bin, hält Sebastian mich für schwul und meidet mich deshalb.

Bin ich eine Frau, kann ich mit diesem Supermodel nicht konkurrieren, da kann ich ja gleich ein Mann bleiben.

Solange ich ein Mann bin, habe ich wenigstens einen Job. Ist doch auch etwas, versuche ich mich zu trösten.

Ich stürze mich voll in die Arbeit, um nicht über anderes nachdenken zu müssen. Denn immer wenn ich aufhöre, zu arbeiten, fühlt sich alles so an, als würde ich mitten durch einen großen, zähen Brei laufen. Nur hier im

Büro, solange ich nicht direkt was mit Sebastian zu tun habe, schafft es die Arbeit, mich wenigstens etwas aus meinem Tief rauszuholen. Und so schiebe ich Überstunde um Überstunde. Inzwischen schlafe ich sogar einfach ab und zu mit meinem falschen Bart ein, wenn ich müde genug bin, um nicht mehr nachdenken zu müssen. Wer weiß, wenn ich das lange genug mache, vielleicht verwandle ich mich dann langsam wirklich in einen Mann.

Es ist acht Uhr abends, Sebastian ist schon längst nach Hause zu seiner Familie verschwunden, und ich sitze immer noch an meinem Computer und recherchiere für einen neuen Beitrag, als plötzlich die Tür von meinem Büro aufgeht.

Hoffnungsvoll hebe ich den Kopf – vielleicht ist Sebastian doch zurückgekommen und will wenigstens mal wieder auf ein Bier mit mir gehen, und wir sprechen uns aus, und dann ...

Aber es ist nur Schober.

Schober ist knallrot im Gesicht.

Oje.

Das sieht gar nicht gut aus. Früher habe ich bei solchen ersten Anzeichen eines cholerischen Schoberanfalls versucht, mich möglichst unsichtbar zu machen. Aber was mache ich jetzt, da ich ein Mann bin? Machen Männer sich in solchen Fällen auch unsichtbar? Wahrscheinlich machen sie sich eher kampfbereit.

»Das darf überhaupt nicht wahr sein ...«, poltert Schober auch schon los, ohne hallo, guten Tag oder sonst irgendwas. Und angeklopft hat er natürlich auch nicht. Dafür wedelt er heftig mit einem Zettel in der Luft herum, als könnte der Zettel was dafür, dass die Welt in Schobers Augen so schlecht ist.

»Das war meine Idee, und du hast sie mir geklaut ...«

Schober kommt auf mich zu wie ein Stier auf ein rotes Tuch. Dabei bin ich eher blass, und er ist ganz rot – zumindest im Gesicht. Vorsichtshalber stehe ich von meinem Stuhl auf. So kann ich mich wahrscheinlich besser verteidigen. Oder besser wegrennen.

»Hier ... hier ... hier ... schauen Sie sich das an ... so eine Schweinerei.«

Schober knallt mir den Zettel auf den Tisch, sodass der ganze Computerbildschirm wackelt.

Auweh. Ich werfe mal schnell einen Blick zur Tür. Noch ist Zeit zu flüchten. Und dann riskiere ich einen schnellen Blick auf den Zettel. Ich kann gar nichts erkennen.

»Ähm ... Schober ... vielleicht sagen Sie mir erst mal, welche Idee ich Ihnen geklaut haben soll???«

»Na, die Idee mit dem ... die mit dem Dingsda ... also die Idee mit den Männern und den Frauen ... also die halt.«

»Die Idee mit den Männern und den Frauen?« Ich blicke Schober verständnislos an. Ich habe keine Ahnung, von was der da redet. Hoffentlich befindet sich der Sicherheitsdienst noch im Gebäude. Der Nachtwächter hier ist nämlich ein ziemlicher Hänfling und kommt gegen Schober niemals an.

Irgendwas muss mir jetzt einfallen.

»Aha, die Idee mit den Männern und den Frauen. Verwechseln Sie mich da nicht irgendwie mit dem lieben Gott? Das hat der doch erfunden, wenn ich mich nicht irre. Wenn's da Probleme gibt, beschweren Sie sich besser da oben.« Das ist mir jetzt einfach so rausgerutscht. Dabei weiß ich doch, dass man mit Schober in diesem Zustand besser keine Witze machen soll. Im ersten Augenblick blickt Schober mich auch völlig verständnislos an. Ich bereite mich vor, zur Tür zu sprinten.

Schober wird immer röter im Gesicht.

Er kommt auf mich zu.

Ich erstarre völlig. Ich dachte, in so einer Situation setzt der Instinkt »Flucht oder Verteidigung« ein. Schober ist in diesem Zustand alles zuzutrauen. Aber ich bin so paralysiert, ich mache einfach gar nichts. O Gott o Gott o GottoGott. Schober steht direkt vor mir, holt aus und … klopft mir mit voller Wucht kameradschaftlich auf den Rücken.

Klopfklopfklopf.

Ich gehe in die Knie.

Dann fängt Schober lauthals an zu lachen. »Hahahah … Humor haben Sie ja … das muss man Ihnen lassen, Felix … ach, was soll's … Sie haben den Preis verdient … Gratuliere … ich hab sowieso schon ein paar andere zu Hause rumstehen … fangen nur Staub die Dinger, meint meine Frau.«

Ich hole erst mal tief Luft.

Das ist ja gerade noch mal gut gegangen.

Preis? Was für ein Preis?

»Ähm von was für einem Preis reden Sie eigentlich?«, traue ich mich vorsichtig nachzufragen, jetzt, da die größte Gefahr gebannt ist.

»Na, diese goldene Feder … Sie wissen schon, dieses Ding, das sie jedes Jahr verleihen …«

Goldene Feder? Und dann wird mir klar, worum es geht.

Der Preis wird vom Verband der freien Journalisten vergeben für besonders guten und besonders engagierten Journalismus.

Die höchste Ehre.

»Und ich soll den kriegen? Für den Beitrag über die Gemeinsamkeiten von Männern und Frauen? Aber ich … wieso … ich hab doch gar nicht …«, stammle ich vor mich hin.

Ich kapiere gar nichts mehr.

»Sebastian hat den Beitrag für Sie eingereicht. Er fand ihn einfach klasse. Freuen Sie sich, Ihr erster Beitrag für

MM und schon so einen Preis. Da können Sie sich echt was drauf einbilden.«

»Sebastian hat meinen Beitrag eingereicht? Aber davon hab ich gar nichts gewusst.«

»Ist doch egal. Hauptsache, Sie bekommen das Ding. Verleihung ist nächste Woche. Mit allem Pomp und Pipapo in der großen Springerhalle. Ist ja wohl klar, dass Sie danach die ganze Redaktion einladen müssen.«

»Oh ja, ähm. Klar.« Ich bin völlig perplex. Ich bekomme einen wahnsinnigen Preis überreicht. Und Sebastian hat mich dafür vorgeschlagen. Wie lieb von ihm. Ich könnte ihn küssen.

Ich habe ihn geküsst.

Das war keine gute Idee.

»Ich könnte Ihnen meinen Smoking leihen, wenn Sie wollen«, meint Schober im Rausgehen.

Smoking? Ich brauche einen Smoking? Klar. Die Veranstaltung ist megaschick. Wie blöd, dass ich ein Mann bin. Endlich könnte ich einmal in meinem Leben ein richtiges Abendkleid tragen, und dann muss ich mich in einen blöden Smoking quetschen. Verdammt.

Aber ach, ich kriege die goldene Feder.

Das fühlt sich verdammt gut an. Solange ich dabei nicht an Sebastian denke. Und dann wird mir klar, dass ich den Preis als Mann annehmen muss und ihn als Mann verdient habe. Die Veranstaltung wird live übertragen. Vor was weiß ich wie vielen Zuschauern. In ganz Deutschland.

Ich werde nie wieder eine Frau sein können.

Auweh.

Waagen
 – Wagen

»Ich gehe da hin, nehme den Preis in Empfang, und dann steige ich in den nächsten Flieger und verschwinde für immer nach Timbuktu. Ich bin sicher, die brauchen da auch Auslandskorrespondenten. Kann ich alles mailen. Niemand wird mich je live sehen. Muss ja niemand mitkriegen, dass ich eigentlich eine Frau bin.«

»Super Idee«, meint Franziska und bindet meine Fliege so fest, dass ich fast keine Luft mehr bekomme. Wie können Männer so etwas den ganzen Abend ertragen?

»Mensch, Franziska, ich muss noch atmen können.«

»Stell dich nicht so an, ich kann auch nicht atmen«, sagt Franziska in ihrer gewohnten Kaltschnäuzigkeit. Und das glaube ich ihr aufs Wort. Franziska hat sich in ein unglaubliches Abendkleid gezwängt. Schwere dunkelrote Seide und eine Korsage, in der sie ein Dekolleté hat, in dem die Männer heute Abend sicher reihenweise verschwinden werden. Sie sieht absolut phantastisch aus. Umwerfend. Hinreißend.

Ich bin total neidisch.

Ich trage einen Smoking.

Und leider keinen von diesen megaeleganten von Yves Saint Laurent für Frauen. So einen, der gerade weil er ein männliches Kleidungsstück ist, die Weiblichkeit einer Frau noch mehr hervorhebt.

Nein, ich trage einen geliehenen (nicht von Schober, sondern aus dem Fundus von Annette geborgten) Männersmoking, und ich finde, ich sehe total affig darin aus.

Null sexy.

Die Einladung für die Preisverleihung der goldenen Feder war für zwei Personen, und in Ermangelung einer

Ehefrau, Lebensgefährtin oder so habe ich Franziska gefragt, ob sie nicht vielleicht mit mir hingehen will.

Und wie sie wollte!

Seit einer Woche hat Franziska ihren Mann, ihre Kinder und ihren Job vernachlässigt und ist von einem schicken und sauteuren Laden in den anderen gerannt, um ein Abendkleid nach dem anderen anzuprobieren. Es hat sich gelohnt. Das muss man sagen.

Verdammt.

Frauen haben doch das bessere Leben.

Alleine schon wegen der Klamotten.

Ich kann einfach nicht ewig ein Mann bleiben. Wenn ich nie wieder so ein Kleid anziehen darf, sterbe ich einfach.

Okay, dass ich Franziska einlud, war nicht völlig selbstlos von mir. Ich brauche einfach jemand, der mein Händchen hält, bevor ich auf die Bühne muss und nachher. Ich habe furchtbares Lampenfieber.

Ich muss ja nicht nur auf die Bühne, was mir sowieso schon Schweißperlen auf die Stirn treibt, ich muss auch noch als Mann auf die Bühne. Annette hat mir heute extra mit einem Spezial-Make-up geholfen, damit unter dem grellen Licht der Scheinwerfer und Kameras ja nichts verdächtig erscheint oder abbröckelt.

Nicht auszudenken wäre das.

Vielleicht sollte ich auch einfach wegbleiben. Für eine Sekunde denke ich darüber nach, während Franziska mich weiterhin stranguliert.

»Bitte, Franziska, mach das Ding etwas lockerer. Ich muss zumindest noch ›Danke‹ sagen können.«

»Ich will einfach, dass du gut aussiehst da oben auf der Bühne«, murmelt Franziska und fummelt weiter an mir rum.

»Was, wenn ich einfach nicht hingehe? Ich meine, die können mir den Preis doch auch einfach morgen nach

Hause schicken. Machen sie bestimmt. Du könntest ihn auch für mich abholen. Ich könnte doch plötzlich total krank geworden sein. Masern. Mumps oder so was. Die geben ihn wahrscheinlich auch dir, du bist ja meine Schwester. Und du siehst auch wesentlich besser aus als ich gerade.«

Franziska hört für einen Moment auf, an mir rumzufummeln.

Sie blickt mich streng an.

»Hier wird nicht gekniffen. Das lasse ich nicht zu. Seit Wochen machst du einen auf Fasching, und jetzt, da sich das wirklich gelohnt hat und du einen Preis bekommst für all deine Arbeit, da bekommst du plötzlich kalte Füße. Das gilt nicht. Du würdest dich dein Leben lang ärgern, diesen einmaligen Augenblick verpasst zu haben. Und außerdem habe ich fast tausend Euro für dieses Kleid bezahlt. Da gehe ich doch nicht alleine auf so eine Veranstaltung. Wie sieht das denn aus?«

»Aber ich bekomme den Preis als Felix. Als Mann!!! Das geht doch nicht. Das bin doch gar nicht ich.«

»Papperlapapp. Das ist doch völlig egal. Mann oder Frau. Du hast einen guten Job gemacht, also bekommst du einen Preis. Das allein zählt.«

Ach, Franziska ist einfach immer unglaublich pragmatisch. Und jetzt, da es um diese schicke Veranstaltung und den Preis geht, ist es ihr anscheinend völlig gleichgültig, ob ich als Mann oder als Frau rumlaufe.

Aber egal, wie, Franziska hat recht, ich kann nicht einfach zu Hause bleiben. Ich will diesen Preis bekommen. Einerlei ob als Mann oder als Frau. Ich bin schließlich ich. Und das ist die Chance meines Lebens.

»So, du bist fertig. Lass dich mal anschauen.« Franziska hört endlich auf, an meinem Hals herumzubasteln. Sie hakt mich unter und geht mit mir zu meinem alten Spiegel, der im Flur an der Wand lehnt.

Ich blicke hinein und sehe einen netten jungen Mann in einem zu großen und leider wirklich schlecht sitzenden Smoking und eine atemberaubende junge Frau in einem tief dekolletierten Kleid. Und auch wenn der Spiegel schon etwas alt ist und ein paar Flecken und Macken hat und mein Anzug nicht gut sitzt: Franziska und ich sind ein schönes Paar.

Na, dann wollen wir mal.

Das Entree vom großen Springersaal ist voller Besucher und toll mit Blumen dekoriert. Wir müssen alle warten, bis wir in den Saal eingelassen werden, wo dann die Überreichung der Preise live stattfinden wird. Die meisten Menschen versuchen, nicht zu drängeln und unglaublich lässig und entspannt auszusehen. Viele von ihnen schaffen das auch. Einige sehen aus, als würden sie jeden Abend auf so einem Event verbringen, so wie unsereins Abend für Abend vor dem Fernseher sitzt.

Wahrscheinlich ist das hier für einige das wahre Leben. Es sind ziemlich viele Promis hier, und die machen ja wohl nichts anderes, als von einer Party zur anderen zu gehen und sich dabei fotografieren zu lassen.

Alle möglichen Stars und Sternchen aus Film und Fernsehen treiben sich hier rum. Auf jeden Fall jede Menge bekannte Gesichter. Ich bin dauernd in Versuchung, jeden zu grüßen, dessen Gesicht mir bekannt vorkommt, und habe das auch bei den ersten beiden Schauspielern gemacht, die mir über den Weg gelaufen sind. Das hat mir ziemlich befremdete Blicke eingebracht. Ich habe einfach nicht bedacht, dass sie mich ja gar nicht kennen können, während ich sie vom Bildschirm kenne. Es ist unglaublich verwirrend, permanent das Gefühl zu haben, man kennt sich, ohne dass man sich kennt. Aber nachdem die beiden Schauspieler mir nach meiner Begrüßung verständnislose Blicke zugeworfen haben und der zweite meine ausgestreckte Hand einfach ohne jede Reaktion angestarrt hat, lasse ich das Grüßen wohl besser.

Franziska neben mir fühlt sich pudelwohl. Sie benimmt sich, als würde auch sie jeden Abend im Scheinwerferlicht strahlen. Vorhin, als wir über den roten Teppich gehen mussten, hat sie sich nicht nur hin und her gedreht, als wäre sie eine zweite Jennifer Lopez, nein, sie hat sogar ein Autogramm gegeben. Ich selbst wollte nur möglichst schnell weg von all diesen Kameras und dem viel zu grellen Licht.

Alle sind ausgesprochen elegant: Die Frauen ausnahmslos in bodenlangen Kleidern. Die Männer fast alle im Smoking oder zumindest in dunklen Anzügen. Ich komme mir vor wie im Film. In meinem ganzen Leben war ich noch nicht auf so einer schicken Veranstaltung. Das ist nun wirklich was anderes als der Abschlussball meiner Abiklasse.

Nette Hostessen mit Tabletts voller Champagner und Kanapees schlängeln sich durch die Gäste. Ich schnappe mir unter dem missbilligenden Blick von Franziska ein zweites Glas Schampus und kippe es in einem Zug hinunter.

Verdammt. Ich bin nervös. Da darf man sich doch wohl noch etwas locker machen. Außerdem darf man hier selbst als Mann endlich mal Champagner trinken und muss sich nicht cool an einer Bierflasche festhalten. Diese Gelegenheit werde ich mir doch nicht so einfach entgehen lassen.

Meine Augen gehen suchend durch die Menge. Ich sehe eine bekannte Fernsehmoderatorin, deren Hintern in Wahrheit viel kleiner ist als auf dem Bildschirm. Die Arme. Es stimmt wohl, was man so sagt, eine Kamera packt einem mit einem Schlag mindestens fünf Kilo drauf. Deshalb sind wohl die meisten anderen Frauen hier, zumindest diejenigen, die berufsmäßig vor der Kamera stehen, dünn wie ein Blatt Papier. Manche sehen aus, als müsste man ihnen dringend zu essen geben. So was hat man früher im Fernsehen nur gesehen, wenn es um Hungersnot ging und zu Spenden aufgerufen wurde. Heutzutage klatschen sie Make-up drauf, und niemanden stört's mehr. Ganz im Gegenteil, viele Frauen wären gerne so dünn. Aber wenn ich eins gelernt habe in meinem Leben als Mann: Die Jungs haben gerne ein paar Pfunde mehr.

Verena ist natürlich auch hier. Sie hat, was platzierte Pfunde betrifft, eindeutig mehr zu bieten als die meisten anderen Frauen hier, und sie zeigt das auch mit aller Deutlichkeit. Ihr Dekolleté reicht bis zum Bauchnabel, und der Schlitz am Bein sieht aus, als hätte sie ihn selbst noch um mindestens zwanzig Zentimeter nach oben verlängert. Schober, der neben ihr steht, scheint's zu gefallen.

Ein Nachrichtensprecher, den ich bisher ungemein attraktiv fand, geht ganz nah an mir vorbei, und ich kann erkennen, dass er ein Toupet trägt. Schade. Nicht weil er keine Haare mehr hat, aber ein Mann, der nicht dazu steht, dass er keine mehr hat, wäre nichts für mich. Unglaublich, was ein bisschen Schminke und so Zeug so alles verändern kann. Aus einer Glatze wird volles Haar, und aus einer Frau wird mir nichts dir nichts ein Mann.

»Ich muss noch mal«, sage ich zu Franziska.

»Du warst doch schon dreimal auf der Toilette. Da kann nun echt nichts mehr drin sein. Außerdem geht's gleich los.«

Ich seufze auf.

Ich muss nicht wirklich pipi. Ich bin nur so nervös, dass ich ständig kurz auf die Toilette gehe und mich schnell in eine Kabine einsperre, um tief durchzuatmen. Sofern das auf einer Männertoilette überhaupt möglich ist.

In diesem Moment kommt auch schon die Ansage durch diverse Lautsprecher. Wir sollen alle in den Saal und unsere Sitzplätze einnehmen. Gleich geht es los.

»Na, endlich. Jetzt wirst du berühmt«, meint Franziska, hakt sich bei mir unter und schiebt sich mit mir in den Saal. Und in diesem Augenblick sehe ich endlich Sebastian. Eigentlich sehe ich nur seinen Hinterkopf, aber selbst den würde ich unter tausend anderen Köpfen erkennen.

Ich habe mich natürlich am nächsten Tag, nachdem Schober mir das von dem Preis und Sebastians Einreichung gesagt hat, sofort bei Sebastian bedankt. Aber er war wie gewohnt kühl und absolut super korrekt zu mir. Ist doch selbstverständlich, war einfach ein guter Beitrag, hätte er doch für jeden gemacht. Er gratuliert mir und blablabla. Die Mauer der absolut unverbindlichen Höflichkeit ist nicht mehr zu durchbrechen, fürchte ich.

Und gerade als ich in den Saal gehen will, während meine Augen immer noch auf Sebastians Hinterkopf fixiert sind, sehe ich, wer neben ihm steht.

Lauren.

Das Supermodel.

War ja klar.

Seine Ex- oder vielmehr seine Wieder-Frau. Strahlend schön, selbst hier auf dieser Veranstaltung, wo jede Menge wunderschöner Frauen rumlaufen, ist sie eine echte Ausnahmeerscheinung.

Für einen Moment überschwemmt mich Panik. Ich sollte nach Hause gehen. Sofort. Mein Leben ist eine einzige Farce.

Ich bin nicht nur selbst ein Mann, nein, ich bin auch noch verliebt in den falschen Mann. Aber Franziska und alle anderen schieben mich einfach weiter in den Saal. Jetzt gibt es kein Entkommen mehr.

Mein Gott, kann so eine Veranstaltung langweilig sein, wenn man sie wirklich live erlebt. Eigentlich ist mir nicht wirklich langweilig, es kommt mir nur so unendlich lange vor, bis ich endlich dran bin. Bis dahin bin ich wahrscheinlich vollkommen durchgeschwitzt, vielleicht ist es ganz gut, dass ich heute einen Smoking trage. Eine Laudatio nach der anderen wird gehalten, ein Preisträger nach dem anderen bedankt sich bei Vater, Mutter, Kindern, Opas, Omas, Kegelkameraden, Freunden, Ex-Freunden, dem Bäcker um die Ecke und überhaupt allen, die ihn kennen und lieben. Oder auch nicht lieben.

Franziska und ich sitzen auf den besonderen Plätzen für die Preisträger und ihre Angehörigen – das heißt, wir sitzen ganz vorne, damit der Weg hinauf zur Bühne nicht so lang ist, nehme ich mal an. Preisträger tendieren wahrscheinlich alle dazu, leicht wackelige Knie zu haben.

Egal, so muss ich wenigstens nicht dauernd Sebastian und Lauren im Blickfeld haben, die viel weiter hinten mit dem Rest der Redaktion Platz genommen haben.

Wenn es eine Möglichkeit geben würde, mich jetzt einfach wegzubeamen, würde ich es tun.

Plötzlich kommt mir alles so unwirklich vor. Und so falsch. Ich hier, auf dieser Preisverleihung. Vor ein paar Wochen war ich noch Praktikantin, habe Unmengen von Kaffee gekocht, und niemand hat mich wahrgenommen.

War mein Leben da nicht besser?

Ich meine, ich laufe als Mann durch die Gegend und bin verliebt in jemanden, den ich nicht haben kann.

Wenn das kein Fortschritt ist!

»... den Preis für den ›Besonderen Blick‹ für eine Reportage vergeben wir dieses Jahr an Herrn Felix Neumann. Felix Neumann, bitte auf die Bühne.«

Applaus brandet auf. Für einen Moment reagiere ich nicht. Felix Neumann. Wer ist Felix Neumann?

Ich bin Felicitas Sattmann.

Schließlich spüre ich einen sehr spitzen Ellenbogen in meiner Seite. Das ist Franziska. Sie zischt mir zu: »Los, hoch mit dir, ich drücke dir die Daumen. Wird schon schiefgehen, altes Haus. Ich bin total stolz auf dich.«

Wie in Trance stehe ich auf und gehe den plötzlich doch unendlich lang wirkenden Weg hinauf auf die Bühne. Dort werde ich von meinem Laudator, einem bekannten Journalisten, und einer hübschen Hostess in Empfang genommen.

Immer noch völlig benommen schüttele ich dem Journalisten die Hand, der mir noch mal gratuliert, und dann nehme ich die goldene Feder (eine schwere, ziemlich große und leider nur vergoldete Skulptur) von der Hostess entgegen, und dann stehe ich vor dem Mikro.

Stille breitet sich aus.

Ich habe ungefähr hunderttausendmal mit Franziska meine Dankesrede eingeübt. Und zur Sicherheit habe ich sogar einen Spickzettel in der Tasche meiner Smokingjacke.

Ich blicke auf die schier unendlichen Reihen der Zuschauer.

Mein Gehirn ist plötzlich vollkommen leer.

Was wollte ich eigentlich sagen?

Verdammt, wo ist mein Spickzettel?

Mein Laudator hinter mir wird schon ganz nervös, das kann ich deutlich spüren. Ich muss endlich was sagen. Jeder Preisträger hat genau drei Minuten für seine Rede. Und ich habe die drei Minuten mit Franziska zusammen genau getimt.

Mit feuchten Händen ziehe ich endlich den Spickzettel raus.

Ich blicke auf meine Worte.

Und was dann passiert, passiert einfach.

Ich weiß auch nicht mehr, woher ich plötzlich den Mut habe. In jedem Fall nehme ich einfach den Spickzettel, zerknülle ihn und hole tief Luft und lege einfach los:

»Meine sehr geehrten Damen und Herren, ich bekomme heute hier einen Preis verliehen, weil ich wohl einen guten Beitrag über die Gemeinsamkeiten von Männern und Frauen für MM gemacht habe. Es gab in letzter Zeit so viele Geschichten über alles, was Frauen und Männer trennt, über alles, was unterschiedlich ist zwischen den Geschlechtern. Vom Einparken über die Lust auf Schokolade, von der Größe des Gehirns bis zu der Art der Kommunikation. Dabei wissen wir doch alle, die wir ja immer Mann oder Frau sind: Ja, Männer und Frauen sind verschieden. Manchmal sehr. Und das ist gut so. Sonst wäre die Welt ein viel weniger interessanter Ort. Aber trotz der Unterschiede und der damit verbundenen Schwierigkeiten gibt es auch viele Gemeinsamkeiten, und darüber ging mein Beitrag. Über die Dinge, die Männer und Frauen tief im Inneren verbinden. So einfache Dinge wie der Wunsch, geliebt zu werden, egal, wer gerade den Abwasch macht oder mehr Geld verdient. Aber heute Abend will ich eigentlich nicht über meinen Beitrag sprechen ... den können Sie sich alle, wenn Sie möchten, nächste Woche noch mal ansehen, er wird bei MM noch mal wiederholt, nein, ich will Ihnen heute Abend eigentlich was ganz anderes sagen ...«

Das ist der Moment, in dem ich die blöde Fliege abmache. Ich bin wie im Rausch. Keine Sekunde vorher hatte ich über so was nachgedacht. Und dann mache ich einfach weiter:

»... Ich will Ihnen heute Abend die Wahrheit sagen, denn ein guter Journalist sagt immer die Wahrheit ...«

Das ist der Moment, in dem ich die Brille abnehme.

»... und in Wahrheit, meine Damen und Herren ...«

Das ist der Moment, in dem ich das Smokinghemd aufknöpfe und mir den falschen Bart abwische.

»... in Wahrheit bin ich eine Frau. Mein Name ist nicht Felix Neumann. Ich bin Felicitas Sattmann.«

Das ist der Moment, in dem ich das Smokinghemd

225

ausziehe und jeder meinen abgebundenen Busen sehen kann.

»... und auch das ist die Wahrheit: Als Frau um die dreißig hätte ich bei MM nie im Leben eine Redakteursstelle bekommen, weil Frauen in diesem Alter Kinder bekommen und dann alles unglaublich verkomplizieren für einen Arbeitgeber. Das ist natürlich nicht die offizielle Politik des Senders. Aber es ist ganz sicher die inoffizielle Politik, wenn Sie sich mal anschauen, wie viele Frauen beim Sender arbeiten. Wie viele davon Kinder haben und wie viele in Führungspositionen sitzen. Aber weil ich unbedingt Journalistin werden wollte, wurde aus der nie beachteten Praktikantin Felicitas Sattmann Felix Neumann, der Felix, der heute einen Preis hier gewinnt und ...«

Das ist der Moment, in dem der Rest meiner Rede in einem Tosen und Brausen untergeht.

Viele Zuschauer stehen auf. Mir wird plötzlich furchtbar heiß, was wahrscheinlich daher kommt, dass alle Scheinwerfer des Saals direkt auf mich gerichtet sind. Und dann habe ich jede Kamera des Raums vor meinem Gesicht, und die ersten Journalisten aus den Reihen der Zuschauer springen, bewaffnet mit Zettel oder Mikro oder sonst was, auf die Bühne.

Wenn das keine Story ist!

Aber noch bevor der erste Journalist mich etwas fragen kann, ziehen mich mein Laudator und die Hostess einfach von der Bühne, während im Saal der Tumult jetzt erst richtig losbricht.

Hinter der Bühne ist es kein bisschen besser. Die Hölle ist plötzlich ausgebrochen. Hunderte von Leuten, so scheint es mir, reden gleichzeitig auf mich ein. Ich sage gar nichts mehr, ich bin völlig verwirrt.

Was habe ich getan?

Was habe ich nur getan?

Um mich rauscht und braust es, aber in mir ist vollkommene Ruhe.

Ich habe einfach nur die Wahrheit gesagt.

Endlich!

»Wie konntest du das tun?« Eine Stimme dringt durch den ganzen Tumult plötzlich direkt zu mir. So, als wäre sie durch ein Megafon gesprochen worden.

Sebastian steht vor mir. Seine Worte kann ich laut und deutlich verstehen, und er ist auch die einzige Person, die ungeheuer scharf aus der Menge hervorsticht.

Wir beide sind wie eine Insel mitten in einem brausenden Ozean.

Sebastian funkelt mich an.

So wütend habe ich ihn noch nie gesehen. Er sieht sogar noch wütender aus als Schober zu seinen besten Zeiten. Oder vielmehr, Schober ist einfach jemand, der rumbrüllt, aber die Wut, die von Sebastian ausgeht, hat etwas wirklich Beängstigendes.

Ich kann richtig spüren, wie die Temperatur im Raum um einige Grad sinkt.

»Wie konntest du das tun?«

Sebastians Stimme scheint direkt vom Nordpol zu kommen. Bis heute wusste ich nicht, was man wirklich damit meint, wenn man sagt, dass Wut eiskalt sein kann.

Ich blicke Sebastian an und merke, wie ich plötzlich ganz ruhig werde. Fast heiter. Endlich ist es draußen, endlich bin ich wieder ich. Was kann jetzt noch passieren?

»Was habe ich getan? Mich als Mann verkleidet? Meinst du das? Nun, das habe ich getan, um endlich den Job zu bekommen, den MM mir schon längst auch ohne diese Verkleidung hätte geben müssen«, sage ich und blicke in Sebastians wutfunkelnde Augen. Wenigstens redet er wieder normal mit mir und ist nicht nur superhöflich.

»Wenn du ein Mann wärst, würde ich dich jetzt bitten, mit mir vor die Tür zu gehen. Aber leider bist du ja gar kein Mann. Ich weiß auch gar nicht, was du bist, aber in jedem Fall bist du krank im Kopf. Eine Frau, die sich als Mann verkleidet! Wie bescheuert muss man sein?«, schnauzt Sebastian mich weiter an.

»Na, wenigstens habe ich meine männlichen und weiblichen Anteile mal ausgelebt. Würde anderen in der Redaktion auch mal ganz guttun«, raunze ich Sebastian an.

»Ha! Wen meinst du jetzt damit?«, brüllt Sebastian zurück.

»Du hast selbst oft genug gesagt, dass meine Beiträge was Besonderes haben. Genau die richtige Mischung aus Fakten und Emotionen. Vielleicht hat mich die Verkleidung zu einem besseren Redakteur gemacht. Vielleicht sogar zu einem besseren Menschen. Vielleicht sollten alle Männer mal für ein Jahr als Frau leben, und vielleicht sollten alle Frauen mal ein Jahr als Mann rumlaufen. Vielleicht würden sich dann alle einfach besser verstehen, und vielleicht würde es dann weniger Trennungen und weniger Liebeskummer in der Welt geben. Und ich meine, das wäre ja auch schon mal was. Wer weiß denn schon, wie eine Frau zu sein hat. Und wer bestimmt, was und wie ein Mann ist? Nur weil ich in Männerklamotten rumgelaufen bin und mir einen Bart angeklebt habe, bin ich noch lange kein Mann. Das hättest du sehen können, wenn du es hättest sehen wollen. Aber nein, ihr Männer seht nur, was ihr sehen wollt. Wir Frauen sollen immer alles sein. Toll aussehen, D-Körbchen haben, den Haushalt schmeißen, drei Kinder großziehen und dann noch eine phantastische Geliebte sein. Das bin ich nicht, das ist vielleicht Lauren, dein Supermodel.«

»Was hat das alles hier jetzt mit Lauren zu tun?«

»Na, sie ist ja wohl deine Traumfrau!«

»Ist sie nicht. Zumindest nicht mehr, und ich bin nicht mehr mit Lauren zusammen. Aber das ist egal. Denn wenn ich mit irgendjemand auf der ganzen Welt ganz sicher nicht zusammen sein mag, noch nicht mal als Freund, dann ist das mit jemandem, der lügt. Egal, ob der oder diejenige ein Mann oder eine Frau ist.«

In meinen Ohren klingelt es. Er ist doch nicht wieder mit Lauren zusammen?

»Aber ich ... ich wollte doch gar nicht lügen ... ich wollte doch nur den Job und ...«, meine Stimme wird leiser und verebbt dann ganz.

Sebastian wirft mir einen langen Blick zu. Dann dreht er sich wortlos um und geht einfach aus der Tür.

Ich blicke ihm nach. Es ist vollkommen still.

Und dann erst bemerke ich, dass um uns herum jede Menge Leute stehen: Journalisten, Bühnenmitarbeiter und wer weiß noch alles. Und alle, alle haben anscheinend das Gespräch zwischen Sebastian und mir mitbekommen. Das kann ich an den Mienen ablesen. Zwischen Verständnis, Bestürzung, Mitleid, Bewunderung ist alles zu sehen.

Verdammt.

Und dann stürzt sich die erste Journalistin auf mich.

»Hallo, ich bin Meike Werner vom Abendjournal. Das war ja eben ganz erstaunlich ... wow ...« Sie beugt sich verschwörerisch zu mir rüber. »Wenn Sie meinen Rat hören wollen, warten Sie einfach ein bisschen ab, der Typ kriegt sich schon wieder ein. Männer müssen einfach manchmal überreagieren, dann beruhigen sie sich schon wieder.«

Meike nimmt wieder etwas Abstand und wird professionell. Sie hält mir ein Mikro hin, und ich sehe, wie schon mehrere Kameras auf mich gerichtet sind. »Und jetzt zu Ihnen. Stimmt das wirklich, Sie haben monatelang bei MM als Mann verkleidet gearbeitet, und keiner hat was bemerkt? Das ist eine absolut phantastische Story, ich würde gerne ein kleines Feature mit Ihnen machen und ...«

Ich starre die Frau an. Sie wirkt wirklich nett und sympathisch. Aber sie ist Journalistin, und das hier ist wirklich eine Story.

Leider ist es meine Story.

»Ich ... es tut mir leid ... aber ich ... ich kann im Moment einfach nicht ... vielleicht später ...«, murmle ich, und dann dränge ich mich durch all die Kameras, Journalisten und Kollegen.

Raus hier. Ich muss raus hier. Im Augenwinkel sehe ich, wie Schober und Verena versuchen, sich durch die Menschenmenge zu mir durchzuschieben, und von irgendwoher ruft Franziska verzweifelt meinen Namen.

Ich muss weg hier.

Ich kann mit niemandem reden.

Mit überhaupt niemandem.

Jetzt nicht.

Nicht mal mit Franziska.

Irgendwie schaffe ich es, durch das Fenster der Damentoilette nach draußen zu klettern und mich in meine Wohnung zu flüchten.

Spa
— Bar

Nach einer grauenvollen Nacht, in der ich kaum geschlafen habe, beschließe ich, erst mal auf Tauchstation zu gehen.

Mein Herz tut verdammt weh.

Mein Kopf ist leer, und meine Augen könnten sowieso keinen Tag länger diese dämlichen farbigen Kontaktlinsen ertragen. Außerdem heule ich seit Stunden wie ein Schlosshund.

Ich bin wieder eine Frau.

Ich darf jetzt heulen.

Auch so was Dämliches. Welcher Vollidiot hat denn eigentlich gesagt, dass richtige Männer nicht heulen. So was Bescheuertes. Gerade ein richtiger Mann heult. Ein richtiger Mann versteht nämlich was von Gefühlen. Die Taxifahrerin hatte vollkommen recht.

Aber egal.

Felix ist wieder Felicitas.

Und das für immer und endgültig. Wie konnte ich jemals auf diese total bescheuerte Idee kommen, mich als Mann zu verkleiden?

Der Vorstand vom Sender hat mich sofort nach meinem Outing gestern Abend gefeuert. Vorhin kam ein Telegramm mit der Kündigung. Der Bote musste es mir durch die verschlossene Tür vorlesen. Ich wollte auf keinen Fall aufmachen. Noch nicht mal ihm.

Heute mitten in der Nacht habe ich alle Anzüge, Schuhe und Socken und alles andere von Felix genommen und in den Müllcontainer unten geworfen. Sebastian hatte recht, man muss die Dinge entsorgen, um sich von einer Person zu befreien. Das Wegwerfen der Felix-Sachen war tatsächlich wie das Wegwerfen der Sachen eines Ex-Freundes. Für eine Sekunde fühlte ich mich befreit. Und dann musste ich wieder an Sebastian denken und daran, wie wir damals meine ganzen Sachen in den Container geworfen haben und wie ich sie später alle wieder rausgefischt habe, und das Heulen fing wieder von vorne an.

Irgendwann so gegen fünf Uhr bin ich dann weggedämmert, mein Kuschelkissen fest umklammert. Um kurz vor sechs Uhr läutete dann mein Telefon. Ich bin hingerannt. Vielleicht, vielleicht – mein wehes Herz hatte immer noch eine kleine Hoffnung, dass es doch Sebastian sein könnte, der doch wieder mit mir reden will. Zumindest noch ein kurzes Gespräch. Eine Erklärung. Ein paar Worte, die vielleicht irgendwann alles wiedergutmachen könnten.

Aber es war nur eine Boulevardzeitung, die ein Exklusiv-Interview mit mir wollte. Kaum zu glauben. Ich habe einfach aufgelegt. Von da an hat mein Telefon permanent geläutet.

Sturm. Ich bin nicht mehr ran. Für Sebastian bin ich sowieso gestorben. Und der Rest der Welt ist mir gerade vollkommen gleichgültig.

Das Telefon läutete und läutete und läutete. Irgendwann habe ich einfach das Kabel aus der Wand gerissen.

Endlich Ruhe.

Soweit man hier von Ruhe sprechen kann.

Ich traue mich nicht mehr ans Fenster. Unten vor meiner Haustür haben sich ein paar Kameras und Reporter aufgebaut.

Ich fühle mich fast wie Lady Di.

Auf jeden Fall total verfolgt. Auch an meiner Haustür klingelt es ab und zu. Ich mache einfach nicht auf. Ich bin wohl der große Aufmacher für eine neue Geschlechterdiskussion:

Wie weit herrscht wirklich Gleichberechtigung in unserem Land? (Kommt drauf an.)

Was ist eigentlich eine Frau? (Keine Ahnung, vielleicht jemand, der den ganzen Tag High Heels tragen kann, ohne sich den Knöchel zu brechen.)

Was macht einen Mann aus? (Im Stehen pinkeln können.)

Muss eine Frau, nur weil sie eine Frau ist, in ihrem Job doppelt so viel leisten wie ein Mann? (Nein, sie muss dreimal so viel leisten.)

Machen moderne Männer wirklich fünfzig Prozent der Haus- und Familienarbeit? (Nein. Nein. Nein. Nein.)

Verdienen Frauen in den gleichen Jobs wirklich gleich viel wie Männer? (Nein.)

Etc. PP. Usw. usf. Jede Menge Sendungen, Artikel und Talkshows sprießen plötzlich zu diesem Thema. Ich weiß das, weil Franziska und Annette abwechselnd zum Trösten bei mir vorbeikommen. Sie sind die Einzigen, außer dem Pizzaboten, die ich zur Zeit in meine Wohnung lasse. (Der Pizzabote wollte im Übrigen ein Autogramm von mir auf einer Pizzaschachtel – so bekannt bin ich anscheinend schon!)

Franziska wollte ich erst auch nicht reinlassen. Aber dann hat sie mir damit gedroht, meine Tür wegen Selbstmordgefahr von der Feuerwehr aufbrechen zu lassen. Schließlich habe ich dann doch aufgemacht. Noch mehr Aufsehen als zur Zeit kann ich ja nun wirklich nicht gebrauchen. Nicht auszudenken, wenn neben den Paparazzi unten auch noch die Feuerwehr hier angerückt wäre.

Franzsika hat mir eine Standpauke gehalten, wie meine Mutter es nicht besser könnte. Gott sei Dank ist meine Mutter mit meinem Vater schon seit drei Monaten auf einer Kreuzfahrt in der Karibik. Sonst hätte ich von der Seite auch noch was zu hören bekommen. Als Franziska dann genügend geschimpft hatte, hat sie mich einfach in den Arm genommen, und ich habe wieder geheult.

Ich weiß auch nicht. Ich schäme mich so. Und ich weiß gar nicht genau, wofür. Schließlich habe ich nichts Schlechtes gemacht. Ich habe mich nur verkleidet. Das tun an Fasching doch alle.

»Ja, Feli, aber eben nur an Fasching, und dann machen das alle und jeder weiß, dass es eine Verkleidung ist.« Franziska schüttelt den Kopf und nimmt mich noch mal in den Arm. »Ach, Liebes, das wird schon alles wieder.«

Ich schniefe auf.

»Nichts wird wieder. Ich habe meinen Job verloren. Ich habe den Mann verloren, in den ich verliebt bin – nicht, dass ich den jemals gehabt hätte, aber trotzdem – Sebastian hasst mich und will nie wieder ein Wort mit mir reden. Und das gerade jetzt, da seine Ex wirklich wieder seine Ex ist. Und da drunten stehen jede Menge Paparazzi, und ich traue mich nicht mehr auf die Straße. Jeder kennt mich, und jeder lacht über mich. Mein Leben ist grauenvoooooooolllllll.«

Ich werfe mich heulend aufs Sofa. Franziska setzt sich neben mich und streichelt mir den Rücken. »Ach, komm Liebes. Es gibt auf dieser Welt jede Menge Jobs und jede Menge Männer. Und die blöden Paparazzi da unten sind in spätestens zwei Tagen weg und schreiben über jemand anderen.«

»Ich will nur noch eins: auswandern. Am besten auf den Mond.« Franziska streichelt einfach weiter geduldig meinen Rücken und hält mir einen Becher Melissentee zur Beruhigung hin.

Mein Leben ist ruiniert.

Und das, noch bevor ich überhaupt ein richtiges Leben hatte.

Schluchz.

Franziska muss eine halbe Stunde später dann leider los. Der Babysitter überlebt die Zwillinge nicht länger, aber sie verspricht mir, gleich morgen früh mit einem kleinen Carepaket wiederzukommen. Ich traue mich ja nicht einkaufen zu gehen wegen der Paparazzi. Und mich so wie die Promis mit Perücke etc. zu verkleiden, kommt wohl nicht infrage. Ich glaube, ich sollte im Moment von jedweder Art von Verkleidung besser die Finger lassen.

Erst wollte ich Franziska nicht reinlassen, jetzt will ich sie nicht gehen lassen. Ach, wenn man sich elend fühlt, ist es einfach toll, wenn jemand wirklich für einen da ist.

Ich umarme Franziska ganz fest zum Abschied.

Sie drückt mich auch, dann blickt sie mich an. »Ach, Feli, du warst schon immer eine total verrückte Nuss. Die Idee mit der Männerverkleidung! Darauf muss man erst mal kommen. Und es dann auch noch tatsächlich umsetzen. Weißt du, eigentlich ist es super mutig, so etwas zu tun. Genauso wie die Frauen von früher, von denen du mir in der *Wunderbar* erzählt hast. Das waren doch eigentlich alles tolle, mutige Frauen. Die haben sich nichts gefallen lassen von den Männern und von der Welt. Die haben einfach ihr Ding durchgezogen. Genauso wie du. Du hast dich einfach nicht aufhalten lassen. Hast du dir das mal überlegt? Ich war echt geplättet, als du das erste Mal als Felix vor mir gestanden bist. Und ich habe dich geküsst. Du küsst übrigens nicht schlecht – wollte ich dir die ganze Zeit schon sagen. Und dass jetzt alle mal wieder über das Thema Gleichberechtigung schreiben – das ist dein Verdienst.« Franziska hält mich auf Armeslänge von sich weg. »Weißt du, wenn ich ehrlich bin: Ich habe dich schon immer bewundert. Du bist eine großartige große Schwester.«

»Ehrlich?« Ich kann gar nicht glauben, was ich gerade von Franziska gehört habe. »Ich dachte immer, du schämst dich manchmal für mich.«

»Schämen? Ich? Für dich? Wieso? Wie kommst du denn jetzt darauf?« Franziska ist völlig verblüfft.

»Ich ... nun ... du hast schon als Kind immer alles besser auf die Reihe bekommen als ich. Du hattest immer die besseren Noten. Du hattest früher als ich den ersten Freund. Und jetzt bist du verheiratet, hast zwei Kinder, einen tollen Mann und baust noch nebenher deinen eigenen Laden auf … während ich dagegen …«

Franziska schüttelt den Kopf.

»Du bist wirklich eine verrückte Nuss. Das zählt doch alles gar nicht. Was zählt, ist, dass du ein wundervoller Mensch bist und die beste Schwester der Welt. Und wenn ich ehrlich bin, habe ich dich immer bewundert. Für deine Verrücktheiten und für deinen Mut. Du hast dich schon als Kind mehr getraut als ich.«

Ach. Da schau her. Das hätte ich jetzt nicht gedacht. Ich fühle mich schon ein ganz klein wenig besser.

Franziska umarmt mich, und dann muss sie los.

»Bis morgen früh.«

»Bis morgen.«

In dieser Nacht schlafe ich zum ersten Mal seit dem Desaster richtig gut. Liegt wohl am Melissentee und an Franziska. Als ich dann in der Früh einen Blick durch den Rollo auf die Straße vor meinem Haus riskiere, steht dort tatsächlich nur noch ein einsamer Paparazzo. Sieht wirklich ganz so aus, als würde die Meute langsam ihr Interesse an mir verlieren. Vielleicht traue ich mich ja dann doch irgendwann wieder unter die Leute.

So in ein, zwei Jahren.

In diesem Moment klingelt es an meiner Haustür. Franziska! Ich blicke mal vorsichtshalber durch den Spion. Eine blonder Haarschopf hinter einer großen Einkaufstüte. Meine herzallerliebste Schwester.

Ich öffne die Tür, und vor mir steht Verena. Sie war anscheinend gerade beim Friseur – ihre Haare sind jedenfalls anders als sonst. Sonst hätte ich die beiden nie verwechselt.

»Hallo.«

»Hallo.«

»Was willst du hier?«, frage ich sie verblüfft. Was will die hier?

»Ein Exklusiv-Interview.«

»???«

»Darf ich reinkommen?« Noch bevor ich reagieren kann, hat Verena sich an mir vorbei in meine Wohnung geschoben.

Schüchternheit war noch nie eine ihrer hervorstechendsten Eigenschaften. Neugierig blickt sie sich in meinem winzigen Flur um.

»Nett hast du es hier. Schwedischer Landhausstil. Nicht ganz mein Geschmack, aber nicht schlecht.« Ich stehe immer noch wie versteinert an meiner Haustür. Verena blickt mich an. »Das mit dem Exklusiv-Interview war natürlich ein Witz.« Ich atme erleichtert aus. Für einen Moment habe ich wirklich gedacht, dass jetzt gleich noch ein Kamerateam von MM hier reinstürmt.

»Willst du nicht die Tür schließen? Sonst kommt noch einer von den grauenhaften unseriösen Journalisten hier rein. Ich habe uns beiden übrigens einen super Kaffee und ein paar Sachen zum Frühstücken mitgebracht. Ich dachte mir, du willst sicher gerade nicht so gerne aus dem Haus. Guatemala-Kaffee – eine super Röstung. Direktimport über einen Freund. Ich bin gerade süchtig nach dem Zeug. Du stehst doch auch auf guten Kaffee. Ich hoffe, du hast hier eine gute Kaffeemaschine.« Verena hält zu meiner Verblüffung ein Päckchen gemahlenen Kaffee und eine Tüte mit Brötchen und anderen Frühstücksleckereien hoch und geht dann schnurstracks in meine kleine Küche.

Mir bleibt nichts anders übrig, als ihr einfach zu folgen.

In der Küche hantiert Verena mit meiner kleinen Kaffeemaschine, als hätte sie in ihrem Leben nie etwas anderes getan, als Kaffee zu kochen. Dabei hat sie immer noch ihre ellenlangen lackierten Fingernägel, aber anscheinend sind die überhaut kein Hindernis. Ganz im Gegenteil. Den Fingernagel ihres Zeigefingers benutzt Verena geschickt wie ein kleines Taschenmesser. Wenn ich das zu meiner Zeit als Praktikantin bei MM gewusst hätte!

Verblüfft setze ich mich an meinen kleinen Küchentisch und warte, bis der Kaffee durchgelaufen ist.

»Hier.« Verena reicht mir schließlich eine kleine Tasse. Wow. Der duftet wirklich verdammt gut. Verena deckt den Tisch, und dann setzt sie sich zu mir.

Ich bin völlig geplättet. Verena kann nicht nur Kaffee kochen. Nein, sie kann sogar den Tisch decken. Das hätte ich ihr gar nicht zugetraut.

Verena blickt mich auffordernd an.

»Nun, lass es dir schmecken.« Ich blicke auf die frischen Brötchen vor mir und merke erst jetzt, wie hungrig ich bin.

Die letzten Tage seit dem Desaster habe ich quasi nur Melissentee getrunken. Ich hatte einfach keinen Hunger. Sogar das ist völlig verdreht im Moment. Dafür aber jetzt.

Ich greife zu und verschlinge das erste Brötchen.

Verena strahlt mich an.

»Schmeckt's?«

Ich nicke nur. Ich habe den Mund so voll, dass ich gar nicht reden kann.

»Siehst du, das habe ich mir gedacht, dass du endlich mal wieder richtig essen musst. Dann sieht die Welt gleich wieder viel besser aus.« Verena strahlt immer noch. Wie eine Mutter, die sieht, wie ihr Kind gerade ihren biologisch dynamischen Brokkoliauflauf genauso schnell wie Pommes rot-weiß verschlingt.

Ich schlucke runter. Dann wende ich mich Verena zu:
»Also, Verena, warum bist du hier? Doch nicht, um mir Frühstück zu machen?«
Ich blicke Verena scharf an. Auch wenn sie plötzlich eine mütterliche Seite zeigt und fast schon kochen kann: Irgendwas führt sie im Schilde. Da bin ich mir sicher. Verena ist nicht der selbstlose Typ.
»Nein, das Frühstück, das ist nicht der eigentliche Grund. Das wollte ich einfach nur so für dich machen. Du warst ein ziemlich toller Kerl übrigens. Und richtig nett für einen Mann und dabei ziemlich gutaussehend. Das hätte mich eigentlich gleich misstrauisch machen sollen. Gutaussehende Männer sind eigentlich immer Ärsche. Die haben's einfach nicht nötig, nett zu sein. Trotzdem, liebe Feli. Ich bin froh, dass ich dich nicht richtig geküsst habe. Ich meine, so mit Zunge und so. Sonst müsste ich dich wahrscheinlich jetzt töten.«
Sie blickt mir für einen Moment direkt in die Augen, und mir läuft ein kalter Schauer über den Rücken. Da habe ich ja wirklich Glück gehabt. Wer weiß, zu was Verena im Notfall wirklich fähig wäre.
Diese Frau hat nicht nur versucht, mich zu küssen, sondern sie wollte mich auch mit Gewalt ins Bett zerren. Ich will mich und sie da jetzt lieber nicht daran erinnern.
»Verena, warum bist du hier?«, unterbreche ich sie daher etwas unsanft.
Verena lächelt.
»Komm wieder in die Redaktion. Zu MM.«
Ich blicke Verena verwirrt an.
»Ja, ich weiß. Der Vorstand hat dich gleich nach deinem Outing gefeuert. Das war eine Überreaktion in der ersten Verwirrung. Alle bedauern das zutiefst. Das kannst du mir glauben. Dir wird auch noch eine offizielle Entschuldigung zugeschickt.«

»Aber ...«

»Schober will dich unbedingt wiederhaben. Und der Vorstand auch. Schober wird bei MM aufhören. Seine Frau hat ihn verlassen. Wir werden heiraten. Er wird Hausmann, er hat die Nase voll vom dauernden Arbeiten, immer nur arbeiten. Karriere ist schließlich nicht alles. Er will endlich mal Zeit für seine drei Kinder haben.«

Ich bin total geplättet. So viel Informationen auf einmal verträgt mein mitgenommenes Gehirn kaum. Schober heiratet Verena? Schober wird Hausmann? Schober wird sich um Kinder kümmern? Ich habe Angst, ich bekomme gleich einen Kurzschluss im Oberstübchen.

»Ich gratuliere«, sag ich mal so zu Verena. Damit kann man nicht viel falsch machen. Obwohl ich mir nicht sicher bin, ob ich irgendeiner Frau zur Hochzeit mit Schober wirklich gratulieren sollte. Vielleicht wäre »Herzliches Beileid« bei diesem Mann eher angebracht. Aber das muss Verena nun wirklich selbst wissen. Sie kennt den Kerl schließlich lange genug. Und sie selbst ist ja auch nicht ohne. Jedes Töpfchen findet eben irgendwann sein Deckelchen.

»Danke.« Verena lächelt mich an. »Ich bin sehr glücklich, und du bist natürlich zur Hochzeit eingeladen. Du sollst übrigens Schobers Job als stellvertretender Chefredakteur übernehmen.«

In meinen Ohren klingelt es. Das gibt es doch gar nicht. Da muss ich mich nun wirklich verhört haben. Vorsichtshalber frage ich noch einmal nach:

»Ich soll Schobers Job übernehmen? Ich meine, wirklich ich, Felicitas Sattmann, ich als Frau? Stellvertretende Chefredakteurin?«

»Ja, klar, warum nicht. Ob du eine Frau oder ein Mann bist, ist doch vollkommen egal, Hauptsache, du machst einen guten Job, sagt Schober. Und da er und der Vorstand dir das Angebot machen, denken wohl alle, du machst einen wirklich guten Job. Ich denke das im Übrigen auch. Du warst schon als Praktikantin super.«

»Im Kaffeekochen?«

»Ja, darin warst du auch super. Aber deine überarbeiteten Texte für meine Moderation waren wirklich klasse.«

»Oh.« Ich dachte immer, Verena hätte es überhaupt nicht bemerkt, dass ich die Texte überarbeitet habe. So können sich die Dinge verändern. Noch vor ein paar Wochen war es der größte Karriere- und Jobhinderungsgrund überhaupt, eine Frau um die dreißig zu sein. Ich fasse es nicht. Und dann kommt mir ein anderer Gedanke:

»Weiß Sebastian davon?«

»Was?«

»Dass du hier bist und mir im Auftrag des Vorstands und Schobers einen Job anbietest? Ich meine, schließlich ist Sebastian der Chefredakteur, und als Allererstes müsste er doch damit einverstanden ...«

»Sebastian ist nicht mehr unser Chefredakteur. Er ist überhaupt nicht mehr bei MM. Sebastian hat gekündigt. Wir haben schon einen neuen. Nicht so gut wie Sebastian, aber immerhin. Du wirst wahrscheinlich sowieso in spätestens einem halben Jahr selbst die Chefredaktion direkt übernehmen«, unterbricht mich Verena.

»Gekündigt???«

»Ja, gleich nach deinem Coming-out.«

Auweia.

»Ich habe irgendwo gehört, er geht nach Malaysia oder so. Keine Ahnung. Ist ja auch egal.«

»Malaysia? Aber wann denn? Wieso das denn?«

Verena zuckt mit den Achseln.

»Woher soll ich das wissen? Übermorgen, oder vielleicht ist er ja auch schon weg.«

»Schon weeeegggg?«, frage ich mit quietschender Stimme.

Ich starre Verena an. Sebastian geht nach Malaysia. Ich werde ihn nie nie wiedersehen. Ich werde Sophie nie mehr wiedersehen. Ich habe mich von Sophie nicht verabschiedet. Ich habe mich bei Sebastian nicht entschuldigt. Ich habe Sebastian nie von meinen wahren Gefühlen erzählt.

Verdammt noch mal.

»Ich muss mal kurz los. Frische Milch für den Kaffee besorgen«, sage ich zu Verena.

»Aber ich habe doch eine ganz frische mitgebracht.« Verena starrt mich entgeistert an.

»Frühstücke einfach weiter, bin gleich wieder da, dann reden wir weiter. Ich denke, ich bin an dem Jobangebot sehr interessiert, aber wir sollten noch über ein paar Details sprechen«, sage ich der verblüfften Verena und ziehe gleichzeitig schon meine Jacke an. Ich schnappe noch schnell nach meiner Tasche und denke in letzter Sekunde daran, mir wegen des Paparazzi eine alte Skimütze über den Kopf zu ziehen. Es ist immer noch Sommer und hat fast dreißig Grad im Schatten, aber was soll's. In Berlin laufen zu jeder Jahreszeit Menschen herum, die seltsamer gekleidet sind als ich.

Eine halbe Stunde später bin ich endlich vor Sebastians Haustür angelangt. Alles hier ist so friedlich und mir so vertraut, als hätte ich hier Jahre gewohnt. Alles hier ist Sebastian.

Für eine Sekunde überlege ich, dass ich völlig verrückt bin, hier zu stehen. Sebastian will sowieso nicht mit mir reden. Und dann denke ich daran, dass ich mich wirklich in jedem Fall noch von Sophie verabschieden muss. Außerdem habe ich so viel Verrücktes in letzter Zeit getan, dass es auf dieses bisschen Verrücktsein sowieso nicht mehr ankommt.

Ich klingle.

Und klingle und klingle und klingle. Niemand öffnet. Was, wenn Sebastian schon in Malaysia ist? Auslandskorrespondent für die nächsten hundert Jahre.

Ich merke, wie schon wieder Tränen in meine Augen steigen, und klingle noch ein letztes Mal.

Da geht plötzlich die Tür auf.

Sebastian steht vor mir.

Und knallt die Tür gleich wieder zu.

Scheiße.

Und dann fällt mir ein, dass ich die Skimütze noch halb über das Gesicht gezogen habe und wahrscheinlich aussehe wie ein Bankräuber.

Ich nehme die Mütze vom Kopf und klingle noch mal mit Nachdruck.

Die Tür geht wieder auf.

Sebastian sieht mich, sagt »Verschwinde!« und knallt die Tür gleich wieder zu.

»Ich muss mit dir reden!«, schreie ich durch die verschlossene Tür.

»Aber ich nicht mit dir«, kommt es von drinnen.

»Mach auf!«

»Geh weg!«

»Nein!«

»Doch!«

»Erst wenn wir geredet haben.«

»Ich werde nicht mit dir reden. Nicht in hundert Jahren, und wenn du da draußen kampierst.«

Schweigen.

Stille.

Verdammt.

Ich lausche an der Tür – nichts zu hören.

»Ich will mich wenigstens von Sophie verabschieden ... bitte ...«, flüstere ich gegen die geschlossene Tür. Sebastian ist wahrscheinlich schon längst im Wohnzimmer verschwunden und hat sich Kopfhörer aufgesetzt.

Da öffnet sich die Tür einen kleinen Spalt. Sebastian streckt seinen Kopf halb aus der Tür heraus.

»Du solltest meine Tochter da raushalten. Die hast du auch in die Irre geführt.«

»Sophie hat von Anfang an gewusst, dass ich eine Frau bin. Sie ist die Einzige, die immer wusste, was mit mir los war. Sie hat eben einfach die besseren Augen als du. Wo ist sie denn?«

»Im Kindergarten. Muss aber jeden Moment kommen, eine Nachbarin, deren Tochter auch dort ist, bringt sie mit.«

Sebastian öffnet schließlich die Tür ganz.

Er steht in voller Größe und Pracht vor mir.

Wir beide starren uns an.

Mir wird bewusst, dass Sebastian mich zum ersten Mal richtig als Frau sieht. Mal abgesehen von den beiden Kaffeeunfällen zu meiner Zeit als Praktikantin. Aber da hat er mich sicher nicht wahrgenommen. Und bei dem kurzen Treffen in dem Kinderladen in der Rykestraße wusste er ja nicht, dass ich ich bin.

Verdammt. Ich hätte mich vielleicht doch schminken sollen, bevor ich Hals über Kopf hierhergerannt bin. Oder vielleicht wenigstens ein leichtes Sommerkleidchen anziehen. Und High Heels. Auf High Heels fühlt man sich doch einfach als Frau jeder Situation etwas besser gewachsen. Damit steht man ja irgendwie über den Dingen. Jetzt stehe ich hier in Flipflops und meinen alten »Schlabber ist mir egal was ich anhabe«-Klamotten. Verlegen streiche ich mir über mein immer noch kurzes Männerhaar.

Aber ist doch egal. Wenn ich etwas aus meiner Zeit als Mann gelernt haben sollte: Das Aussehen ist immens wichtig, und auf der anderen Seite ist es vollkommen unwichtig.

Ach. Ist ja auch egal. Darum geht es ja gar nicht mehr.

Ich will einfach nur noch ein paar Dinge klarstellen. Und dann verzieh ich mich. Mit gebrochenem Herzen.

Ich blicke Sebastian einfach nur an. Minutenlang. Stundenlang. Wenn Augen wirklich sprechen können, muss ich jetzt eigentlich nichts mehr sagen.

Sebastian seufzt schließlich auf.

»Okay. Du kannst reinkommen. Aber nur wegen Sophie. Sie hat schon mehrmals nach dir gefragt. Ich will nicht mit dir reden. Ich gebe dir fünf Minuten mit ihr, und dann verschwindest du.«

»Oh. Okay.«

Ich folge Sebastian ins Wohnzimmer. Hier ist es so chaotisch gemütlich wie immer.

Sebastian steht schließlich vor mir im Wohnzimmer wie bestellt und nicht abgeholt. Auch ich stehe total verlegen hier rum.

»Hast du vielleicht ein Bier?«, frage ich, um die angespannte Stimmung etwas zu lockern.

Sebastian nickt und geht in die Küche. Ich folge ihm einfach.

Sebastian reicht mir unwillig ein Bier aus dem Kühlschrank.

Wir prosten uns nicht zu.

Ich halte das Bier in der Hand, einfach nur, um irgendwas zu haben, an dem ich mich festhalten kann.

Ich verstehe zum ersten Mal in meinem Leben den Ausdruck »die Luft ist zum Schneiden dick«.

Ich habe fast Atemnot. Schließlich hole ich tief Luft.

»Sebastian, wir müssen miteinander reden. Ich muss dir ein paar Dinge noch sagen, bevor du nach Malaysia verschwindest und …«

»Malaysia? Wieso verschwinde ich nach Malaysia?«

»Verena hat so was erzählt.«

»Quatsch. Ich habe einen neuen Job. Ich werde Chef vom ARD-Studio. Aber hier in Berlin. Sophies Mutter ist mit ihrem neuen Mann wieder hierhergezogen. Sie will sich um Sophie kümmern. Sophie will weiterhin vor allem bei mir wohnen, aber wir werden uns die Erziehung in Zukunft teilen können. So habe ich mehr Zeit für den Job.«

Wow. Von MM zum Chef vom ARD-Studio. Das nenne ich einen Karriereschub.

Sebastian starrt mich an, und dann bricht es plötzlich aus ihm heraus: »Wie konntest du nur? Wie konntest du mich die ganze Zeit so belügen und betrügen???«

»Ich …«

»Jetzt rede ich, verdammt noch mal«, raunzt er mich an. Sebastians Augen glühen richtig. Er ist wirklich sauer. »Ich habe dir geglaubt! Ich habe dir vertraut! Ich habe dir meine intimsten Gedanken offenbart! Ich habe dich behandelt wie einen Mann! Wie meinen besten Kumpel. Wie einen richtigen Freund! Und dann stellt sich raus, du bist eine Frau!«

»Ja, und? Was ist das Problem? Ich bin eine Frau. Stimmt. Trotzdem kann ich doch dein bester Freund sein oder dein Kumpel. Ja, ich habe gelogen. Stimmt. Aber ich habe gelogen, um den Job bei MM zu bekommen. Um endlich anerkannt zu werden und bei den Jungs mitspielen zu können. Als Frau hätten sie mir nie einen Job gegeben. Da war ich immer nur die kaffeekochende Praktikantin. Und überhaupt: Du hast auch gelogen. Du warst alleinerziehend, und du hast ein Kind. Und das hast du dich auch nicht getraut, einfach zu sagen, weil du gedacht hast, alle halten dich für eine Mama, und Mamas will keiner einstellen, zumindest nicht für die richtig guten Jobs. Also hast du genauso gelogen wie ich.«

»Ja, aber ich habe nicht dich belogen.«

»Stimmt. Aber ich habe dich auch nicht belogen.«

»Hast du doch!«

»Habe ich nicht.«

»Aber schon.«

»Nein, meine Gedanken und meine Gefühle für dich waren immer echt ... es ist doch egal, ob man ein Mann oder eine Frau ist. In erster Linie ist man ein Mensch!«

»Ich habe gedacht, du bist schwul!« Sebastian schreit mich an, sodass das ganze Haus wackelt.

»Bin ich auch. Ich stehe auf Männer!«, schreie ich zurück.

Plötzlich merke ich, wie für eine Sekunde Sebastians Mundwinkel zucken. Er schrammt gerade kurz an einem Lachen vorbei, das er jedoch mit aller Gewalt zu unterdrücken versucht. Der Mann hat einfach Sinn für Humor. Leider nicht gerade im Moment. Sebastian besinnt sich wieder auf seine Wut und brüllt weiter.

»Und dann habe ich gedacht, ich bin schwul. Weil ich so komische Gefühle dir gegenüber hatte. Ich weiß gar nicht, was schlimmer war.«

Oh mein Gott. Diese blöde Angst der heterosexuellen Männer vor Gefühlen, die sich nicht gleich in eine Schublade stecken lassen.

»Du hattest Gefühle für mich?« In mir keimt irgendwo ein kleiner Funke auf, aber er wird sofort wieder gelöscht.

»Nein, hatte ich nicht.«

»Aber du hast doch gerade gesagt, dass ...«

»Ich hab gar nichts gesagt, und wenn, dann habe ich es nicht so gemeint.«

»Aber ich dachte ... ich dachte, das zwischen uns, das ist etwas Besonderes ... egal, ob ich nun ein Mann oder ein Frau bin und ...«

Sebastian hat die Arme über der Brust verschränkt und starrt mich einfach nur finster an.

Egal. Ich habe einmal die Wahrheit gesagt. Ich kann das immer wieder tun.

»Sebastian, ich ... ich weiß nicht, wie deine Gefühle

sind, und ich bin mir sicher, ich habe sie durch meine Verkleidung auch ziemlich verletzt, und natürlich musste ich etwas lügen, um das alles aufrechtzuerhalten, aber ich ... es gibt etwas, über das habe ich immer die Wahrheit gesagt ...« Ich hole tief Luft und lasse es einfach heraus.

»Sebastian, ich bin verliebt in dich ...« Ich sehe, wie Sebastian bei dem Wort »verliebt« zusammenzuckt und seine Pupillen sich weiten, aber er versucht, so zu tun, als wäre nichts, und so fahre ich einfach fort:

»Ja, ich bin verliebt in dich, und ich hätte dir das längst sagen sollen, ich bin verliebt in dich, seit dem ersten Moment, als ich dir als Praktikantin Kaffee übergeschüttet habe ... und all die Zeit, die ich als Mann rumgelaufen bin, als ich mit dir Bier getrunken habe und Männergespräche geführt habe ... du weißt gar nicht, wie schwer es war, dir meine Gefühle nicht zu gestehen, alles war so schwierig und wurde immer komplizierter ... ich ... ich kann mir einfach nicht helfen ... ich weiß, du willst mich eigentlich nicht mehr sehen ... aber ... wenn du irgendwann vielleicht eine Möglichkeit siehst ...« Meine Stimme wird einfach immer leiser und leiser.

Sebastian hält immer noch seine Arme verschränkt und blickt mich stumm an.

»Ich glaube, es ist wirklich besser, wenn du jetzt gehst«, sagt er schließlich.

Ein Stich fährt durch mein Herz.

Ja. Ich glaube auch, dass es besser ist, wenn ich jetzt gehe.

Ich blicke ihn noch eine letzte Sekunde an, ich will wenigstens sein Bild für mich im Gedächtnis behalten.

Dann drehe ich mich langsam um und gehe hinaus.

Ich gehe einsam und verlassen die Straße entlang.

Tränen laufen mir die Wangen hinunter und lassen kleine salzige Spuren auf meiner Haut.

Mir bleibt jetzt nichts mehr. Nichts mehr zu sagen. Nichts mehr zu tun. Zumindest nichts mehr, was Sebastian betrifft.

Ich habe getan, was ich konnte.

Ich habe alles falsch gemacht, was ich falsch machen konnte.

Nun ja, vielleicht doch nicht alles sooo falsch, meldet sich eine kleine Stimme in meinem Kopf. Schließlich kann ich ja morgen als stellvertretende Chefredakteurin bei MM anfangen.

Ganz als Frau.

Aber was nützt es mir, wenn mein Herz gerade gebrochen ist?

Ich schniefe noch einmal auf, da höre ich plötzlich, wie jemand hinter mir hergerannt kommt.

Ich drehe mich um – Sebastian rennt voll in mich rein.

Kawumm.

Beinahe hätte es uns beide von den Füßen gehauen.

Wir blicken uns an.

»Ich ... ähm ... also ich«, keucht Sebastian völlig außer Atem.

»Ja?«

Ich blicke Sebastian an. Sebastian blickt mich an. Er blickt mir immer tiefer in die Augen, und ich merke, wie ich wieder in seinen versinke.

Und dann plötzlich beugt Sebastian sich zu mir herunter. »Ach verdammt. Ich bin sehr froh, dass du eine Frau bist. Ich habe Felix fürchterlich vermisst. Und was gibt es Besseres als einen tollen Kumpel mit einem tollen Busen?«, und er küsst mich einfach mitten auf der Straße. Wild. Heftig. Leidenschaftlich.

Mir knicken die Knie weg.

Wortwörtlich. Sebastian hält mich fest, sonst würde ich wahrscheinlich hier einfach in Ohnmacht fallen.

Verdammt, küsst der gut.

Wir küssen uns und küssen uns und küssen uns, und wenn es nach mir gehen würde, könnte die Welt jetzt für immer stehen bleiben. Das ist der perfekteste Moment meines Lebens, großartig, wundervoll, filmreif ...

Und wo bitte sind diesmal die Kameras und Paparazzi, um mal so einen tollen Moment für die Ewigkeit festzuhalten? Die kommen immer nur, wenn's einem beschissen geht.

Als Sebastian mich wieder loslässt, muss ich erst mal nach Luft schnappen und mich an dem nächstbesten Zaun festhalten.

Meine Knie schlackern immer noch völlig haltlos hin und her, und in meinem Magen fliegen Tausende von Schmetterlingen auf und davon.

Sebastian blickt mir tief in die Augen. Dann streicht er mir zart über meine immer noch zu kurzen Haare.

»Ach, Feli, du bist wirklich ein verrücktes Huhn. Weißt du, wenn ich ehrlich bin, als du mir den Kaffee übergekippt hast, da wollte ich dich eigentlich schon zu einem Kaffee einladen. Ich fand dich einfach hinreißend. Ich hab's dann nur nicht gemacht, weil ich dachte, du arbeitest bei MM, und ich werde Chefredakteur, und so was geht ja gar nicht ... und dann warst du einfach verschwunden.«

»Aber ich bin wiedergekommen.«

»Als Mann. Nun ja ... als Mann warst du auch nicht schlecht. Der beste Kumpel, den ich je hatte.«

Ich muss grinsen wie ein Honigkuchenpferd. Und dann fällt mir was ein, etwas, das ich Sebastian dringend noch sagen muss.

»Ähm, ähm ... ich ... ich muss dir aber kurz noch was sagen.«

Sebastian blickt mich überrascht an.

»Ja???«

»Ich ... also mein Busen, den musste ich für Felix nie

besonders abbinden ... also, ich meine, ich hatte schon immer Körbchengröße A, und ich will nur, dass du das weißt, ich denke ... ach ...«

Was rede ich hier für einen Schwachsinn?

Sebastian grinst mich an.

»Ach Feli, ich kann doch besser denken als gucken, und dein Busen ist ganz wunderbar, so wie er ist.« Dann beugt er sich wieder zu mir runter, und wir küssen uns noch mal. Und wir küssen uns und küssen uns und küssen uns, und ich habe schon Angst, dass wir gleich von der Polizei wegen Erregung öffentlichen Ärgernisses hier mitten auf der Straße verhaftet werden, als uns plötzlich ein kleines, helles Stimmchen unterbricht:

»Papa, wieso küsst du einen Mann mitten auf der Straße?« Sebastian lässt mich los. Ich strauchele für einen Moment, dann bekomme ich mein Gleichgewicht zurück. Vor uns steht Sophie mit ihrem Kindergartenrucksack auf dem Rücken.

Ich lächle, ich strahle Sophie an. Ich bin nicht mehr von dieser Welt. Dann beuge ich mich zu ihr hinunter.

»Hallo, Sophie, meine Süße, wie geht's?«

Dann geht auch Sebastian neben Sophie in die Knie. »Aber Sophie, das ist doch kein Mann, das ist Felicitas. Aber weißt du, Felicitas hat sich mal als Mann verkleidet, so wie du es zum Fasching als Prinzessin machst, aber in Wirklichkeit ist Felicitas eine ganz normale, total normale Frau und ...«

Sophie schaut ihren Vater an, als wäre er bescheuert. »Ich habe immer gesagt, er ist eine Frau. Aber du hast immer gesagt, sie ist ein Mann.« Sophie blickt ihren Vater ernst an. Ach, die Erwachsenen sind wirklich manchmal völlig daneben. Vor allem, wenn sie verliebt sind. Dann runzelt Sophie die Stirn und blickt noch einmal genau von Sebastian zu mir und dann wieder zurück zu Sebastian.

»Du bist verknallt«, sagt sie, und dann kichert und

kichert und kichert sie. Dann singt sie: »Papa ist verknaaaalllt, Papa ist verknaaaallt« und tanzt und hüpft um uns herum.

Sebastian und ich blicken uns für einen Moment an. Und wir beide grinsen, tanzen und singen mit. Und dann denke ich, Männer kann man vielleicht nicht immer verstehen, aber man muss sie einfach lieben. Eng umschlungen gehen wir alle drei zurück in das Haus.

Es fühlt sich an, als würde ich endlich zu mir nach Hause kommen.

Karin B. Holmqvist
Manneskraft per Postversand
Roman. Aus dem Schwedischen von Annika Krummacher. 224 Seiten. Piper Taschenbuch

Die liebenswerten Schwestern Tilda und Elida Svensson führen ein ruhiges Leben im Haus ihrer verstorbenen Eltern. Doch dann zieht der attraktive Alvar ins Nachbarhaus, und der Alltag der beiden ändert sich über Nacht. Sie leisten sich den Luxus neuer Sonntagskleider und lernen bei Alvar den Komfort eines Badezimmers kennen. Doch für die Renovierung des eigenen Hauses fehlt ihnen das Geld. Als sie beobachten, wie der Nachbarkater nach dem Genuß von Blumenerde aus Alvars Petunientopf ganz ungeahnte Potenz entwickelt, kommt ihnen eine glänzende Geschäftsidee ...

»Ein richtiges Wohlfühlbuch, geschrieben mit Wärme und Humor. Eine kleine Perle.«
Folkbladet

Katarina Mazetti
Mein Kerl vom Land und ich
Eine Liebesgeschichte geht weiter. Aus dem Schwedischen von Annika Krummacher. 224 Seiten. Piper Taschenbuch

Kann das gutgehen: ein Landwirt und eine Bibliothekarin aus der Stadt? Benny und Desirée wissen, daß es nicht einfach wird, aber Desirées biologische Uhr tickt, und sie geben dem Schicksal eine letzte Chance. Und siehe da: Desirée wird schwanger und zieht zu Benny auf den Hof. Doch das Leben auf dem Land ist mehr als gewöhnungsbedürftig ...
Warmherzig und witzig erzählt Katarina Mazetti, wie sich die beiden trotz aller Gegensätze zusammenraufen.

Gaby Hauptmann

Rückflug zu verschenken
Roman. 304 Seiten.
Piper Taschenbuch

Soviel Mut hat Clara sich selbst nicht zugetraut: Eigentlich wollte sie auf Mallorca ja nur günstig Urlaub machen. Nachdenken, was sie ohne Paul und all sein Geld anfangen soll. Außerdem braucht sie einen Job und zwar schnell. Warum nicht wieder als Innenarchitektin arbeiten, denkt sie spontan, hier sind so viele wundervolle Häuser einzurichten. Und unterstützt von ihren neuen Freundinnen Lizzy, Britta und Kitty stürzt Clara sich ins Abenteuer – sie ahnt nicht, worauf sie sich da bei ihrem mysteriösen russischen Auftraggeber eingelassen hat ...

Gaby Hauptmanns neuer, herzerfrischend frecher Roman über gute Freundinnen und die Erkenntnis, dass ein Mann doch nicht wie jeder andere ist!

Mina Wolf

Kann denn Lüge Sünde sein?
Roman. 256 Seiten.
Piper Taschenbuch

Vicky ist durchs Studium gerasselt und steht nun ohne Geld da. Ein Job muss her, und zwar schnell. Sie bekommt eine Stelle als Putzfrau in der Redaktion eines legendären Modemagazins. Tja, hier hätte sie gerne nach ihrem Studium als Redakteurin angefangen. Doch wer sagt, dass man seine Träume nicht auch leben soll? Vicky beginnt, heimlich Texte in den Computern der Redakteurinnen zu hinterlassen. Schon bald gilt sie als geniales Phantom der Redaktion und bekommt sogar eine eigene Kolumne. Die Frage ist nur: Wann fliegt alles auf?

Kim Schneyder
Im Bett mit Brad Pitt
Roman. 304 Seiten.
Piper Taschenbuch

»Hi, ich bin Lilly Tanner. Echt klasse, dass meine Freundin Emma mich zu diesem Trip nach Hollywood eingeladen hat. Wir werden jede Menge Spaß haben, und schätzungsweise werden wir auch ein paar echt coole Stars kennen lernen, vor allem aber kann ich dort endlich mein Drehbuch verkaufen. Ich meine, jetzt mal im Ernst, Leute, das ist *Hollywood*, was soll da schon schiefgehen?«

Eine ganze Menge, wie Lilly schon bald erfahren muss. Denn Fettnäpfchen lauern zur Genüge in der Traumfabrik, ob in der Schauspielschule, hinter den Türen schräger Agenturen oder in der angesagten Promibar. Und es kann schon mal vorkommen, dass man über Nacht zu Brad Pitts hemmungsloser Gespielin wird, wenn man unvorsichtig ist. Und damit geht das Chaos erst so richtig los ...

Katrin Tempel
Stillen und chillen
Ein City-Girl zieht aufs Land.
240 Seiten. Piper Taschenbuch

Gestern trank sie noch Latte macchiato... und schwupps! Heute sitzt sie in ungewohnt ländlicher Idylle und fragt sich, wo ihr altes Leben geblieben ist. Der Alltag als Single in der City war herrlich! Ständig war was los, im Job lief alles wunderbar und die Abende mit ihren Freundinnen waren immer ein Event. Warum musste sie sich auch in einen Mann vom Land verlieben und dann auch noch schwanger werden? Statt einem halben Dutzend Mitarbeiter hört jetzt nur noch die Katze auf Alexandras Anweisungen – und selbst die nicht immer. Und an die Stelle von Gossip mit ihren Freundinnen sind Gespräche über Kreißsäle, Presswehen und Stillen getreten. Irgendwie hat sie sich das alles anders vorgestellt. Es muss etwas passieren!